정, 인간을 느끼다

정, 인간을 느끼다

■ 원주용 지음

한국학술정보

머리말

부모와 자식의 관계는 천성적으로 친해야 하는 관계이다. 그래서 五倫의 첫머리에는 "父子有親"이 놓여 있고, 李珥는 『童蒙先習』에서 "부모와 자식은 타고난 천성이 친한 것이다(父子天性之親)."라고 했으며, 申叔舟도 「喜�帶金 示諸子」에서 "부자지간은 하늘이 낸 친밀함이다(父子天作親)."라고 하였다.

하지만 지금의 현실은 그렇지 않은 것 같다. 어버이날 아버지를 살해한 悖倫 남매가 있는가 하면, 悖倫과 暴言이 난무하는 '막장' 드라마에 대한 징계는 정당하다는 법원의 판단이 나오기도 했으며, 노인 학대의 주범은 아들, 배우자, 딸, 며느리 순으로 빈번하다는 통계 수치가 나오기도 했다.

이런 현실에 대해 이 책에서는 예전 우리 先人들이 살았던 삶의 자취를 통해 그 해답을 찾아보고자 했다. 그래서 홀어머니를 두고 벼슬길에 나서면서 忠과 孝 사이에서 갈등하며 어머니를 걱정하는 자식의 입장, 그리고 자식이 앞으로 어떻게 살았으면 좋겠다는 부모의 정이 담긴 내용으로 분류해보았다.

삶을 영위하며 주어진 숙제는 있지만 자습서가 없어 풀 수 없는 입장에서 과거 賢人들의 부모와 자식 사이에 존재했던 情을 통해 현대인이 풀어가야 할 숙제의 정답을 찾았으면 하는 바람이다.

2016년 6월 龜山 기슭에서

元周用 謹書

목 차

머리말 · 5

卷一 父母

「丙戌除夜」 李穀 · 13
「九日」 李穀 · 25
「辛巳元日有感」 李穀 · 28
「東門送家君」 李穡 · 33
「有感」 李穡 · 35
「宿弟存中錦州村家 有感」 李存吾 · 37
「題謝大年望雲詩卷」 李崇仁 · 39
「自壽」 李崇仁 · 43
「正月十七日於鬱榆縣之東海驛逢鄉人郭海龍得家書」 李崇仁 · 45
「三節堂」 李稷 · 50
「孝子圖十詠」 徐居正 · 54
「將向大丘覲親 踰鳥嶺」 徐居正 · 67
「送金善山(宗直)之任」 姜希孟 · 68
「夢感」 成俔 · 70
「奉次燕子樓先君韻」 成俔 · 75
「靈顯庵 夢慈堂」 南孝溫 · 77
「晝寢 夢慈堂」 南孝溫 · 79
「生日作」 李荇 · 81
「在洛寄舍弟」 李彦迪 · 83
「辛巳秋西征吟」 李彦迪 · 87

「先君諱日 在洛寄舍弟」 李彦迪・89
「踰大關嶺 望親庭」 申師任堂・92
「思親」 申師任堂・94
「泣受萱堂寄髮」 柳希春・96
「亦有私感之夢 志之」 崔岦・99
「次韻使相和記夢之作」 崔岦・101
「夢到慈闈」 鄭蘊・105
「路上艱苦記懷」 鄭希得・107
「吾初度日有感」 鄭希得・109
「父親晬辰有感」 鄭希得・113
「母親晬辰 奠罷有感」 鄭希得・115
「傳七家 見柑子有感」 鄭希得・117
「夢中歸覲父親 覺卽記之」 鄭希得・119
「歲暮」 李植・120
「路中誦陟岵詩三復感歎 輒用其語 推廣爲五言七章」 金昌協・122
「病寓仙庵 仰念庭闈 感成一律」 金樂行・128
「遊子」 尹愭・131
「除夜在閣直吟 呈家大人任所」 徐榮輔・133
「辭家」 黃玹・135
「孝子圖贊」 李南珪・138
「夢見先妣有感」 尹錫熙・152

卷二　子息

「示諸子」 李奎報・157
「憶二兒」 李奎報・159
「囑諸子」 李奎報・163
「正月二十九日有作」 李奎報・164
「示諸子」 趙仁規・165
「寄李密直」 李穀・166

「戒子孫詩」 李稷・168
「示諸子」 李穡・170
「新婦來見」 李穡・172
「種學瘧發日 是以催歸」 李穡・174
「戒二子」 崔恒・176
「喜澯帶金 示諸子」 申叔舟・182
「福慶初度」 徐居正・185
「示福慶」 徐居正・188
「憶福慶」 徐居正・190
「寄福慶」 徐居正・191
「追悼小女」 徐居正・196
「貸兒子懶讀」 徐居正・198
「憶病子」 南孝溫・200
「七歌」 成俔・201
「悼女」 成俔・203
「寄內子及兩兒」 李荇・205
「與長兒潗」 金誠一・207
「寄二壻」 李山海・212
「夢殤女」 崔岦・215
「東還來 傳聞男評事罷免得歸 而至今不得其信書 於是有作二首」 崔岦・218
「兒至夕酌」 崔岦・221
「戲兒」 車天輅・223
「憶鵬兒」 梁慶遇・225
「示諸子」 鄭蘊・228
「見子」 鄭蘊・230
「封家書後 寄諸兒」 鄭蘊・232
「以闔眼緘口偶記 示諸子」 李應禧・233
「乳燕」 李應禧・235
「病中 歎兒曹未得科第」 李應禧・236
「己丑四月 贈子斗煥赴任慶基殿參奉」 李應禧・238

「寄端兒」 李植・240
「兒端夏將婚加冠 適棲寄隘陋 不能備禮 書此以代祝辭」 李植・242
「訓子篇」 洪汝河・244
「稚子」 金壽恒・246
「燕行時 集兒隨到箕城辭歸 口占書贈 兼示諸兒」・247
金壽恒・247
「次和郭主簿韻 示兒輩」 金壽恒・249
「與子行敎 1」 尹拯・252
「與子行敎 2」 尹拯・254
「與子行敎 3」 尹拯・257
「贈外孫李後翁」 朴世堂・259
「訓子八條」 李瀷・262
「齋居學規」 李象靖・264
「示家兒」 安鼎福・270
「警女兒」 安鼎福・272
「戲吟稚子」 尹愭・274
「嚳兒」 尹愭・276
「我兒」 尹愭・277
「哭子詩」 尹愭・279
「冠子日口占」 尹愭・285
「孫兒生 名以七孫 詩以祝之」 尹愭・287
「四月二十日學圃至 相別已八周矣」 丁若鏞・289
「豌豆歌」 丁若鏞・291
「穉子寄栗至」 丁若鏞・292
「寄兒」 丁若鏞・294

정, 인간을 느끼다

父母

「丙戌除夜」 李穀[1]

游宦皇都幾見春 황도의 벼슬살이에 몇 번이나 봄을 만났던가?
歲時常憶北堂親 세시마다 언제나 모친을 생각했네
可憐此夕燈前影 가련토다! 오늘 저녁 등불 앞의 그림자여
正是當年闕下身 정말 당년에 대궐 아래 있던 몸이구나
草閣應同黃閣貴 초가집은 황각과 귀한 점에서 응당 같겠지만
錦衣爭似綵衣新 비단옷이 어찌 새 색동옷과 같겠는가?
明朝五十行知命 내일 아침이면 오십이라 천명을 아는 나이이니
莫作東西南北人 동서남북으로 떠도는 사람이 되지는 말아야지

주석

- 爭 어찌 쟁
- 除夜: 除夕라고도 한다. 한 해를 마감하는 '덜리는 밤'이라는 뜻이다. 섣달그믐을 속칭 '작은설'이라고 하여 묵은세배를 올리는 풍습이 있다. 즉, 그믐날 저녁에 사당에 절을 하고, 어른들에게도 세배하듯 절을 한다.
- 歲時: 歲는 한 해를, 時는 춘하추동 사계절을 뜻한다.
- 北堂: 古代 居室 가운데 東房 뒤에 있는 곳으로, 婦女가 세수하던 곳이어서 主婦의 居處로 쓰이다가, 『詩經・衛風・伯兮』에서

---

1) 李穀(1298, 충렬왕 24~1351, 충정왕 3). 字는 仲父, 號는 稼亭. 백이정・정몽주・禹倬과 함께 經學의 대가로 꼽힌다. 1317년 擧子科에 합격, 예문관검열이 되었다. 1332년 元나라에서 정동성 鄕試에 수석, 殿試에 차석으로 급제했고, 원나라 문사들과 사귀었다. 1334년 귀국했다가 이듬해 다시 원나라에 가서 征東行中書省左右司員外郞 등의 벼슬을 거쳤고, 고려에서의 처녀 징발을 중지하도록 건의했다. 1344년 귀국, 이듬해 韓山君에 봉해졌다. 李齊賢 등과 함께 『編年綱目』을 중수했고, 충렬왕・충선왕・충숙왕 3조의 실록 편찬에 참여했다. 문장이 뛰어나 원나라에서도 존경받았으며, 저서로 『稼亭集』 4책 20권이 전한다.

"어디에서 훤초를 얻어, 北堂에 심을까(焉得諼草 言樹之背)?"라는 언급에서 母親의 居室, 母親의 대명사로 주로 쓰인다.

- 黃閣: 漢代 丞相이나 太尉, 漢나라 이후 三公의 관청은 朱門을 피하고 黃色을 칠해서 天子와 구별하였기에 주로 宰相을 가리킨다.
- 錦衣: 顯貴의 화려한 복장을 뜻한다.
- 綵衣: 晉나라 皇甫謐의 『高士傳』에 "노래자는 두 어버이를 효성으로 봉양하였다. 나이 70살에 아이들이 하는 장난을 하여 몸에 오색 무늬의 옷을 입었으며, 일찍이 물을 떠가지고 마루에 오르다가 거짓으로 넘어져서 땅에 엎어져 어린아이의 울음소리를 내었으며, 부모 곁에서 병아리를 가지고 놀며 부모님을 기쁘게 하고자 하였다(老萊子孝奉二親 行年七十 作嬰兒戲 身著五色斑斕之衣 嘗取水上堂 詐跌仆臥地 爲小兒啼 弄雛於親側 欲親之喜)."는 말이 있다.
- 知命: 『論語, 爲政』에 "나이 오십에 천명을 알았다(五十而知天命)."라는 孔子의 말이 나온다.
- 東西南北人: 『예기, 檀弓上』에 "지금 나는 동서남북으로 정처 없이 떠돌아다니는 사람이다(今丘也 東西南北之人也)."라는 공자의 말이 나온다.

감상

이 시는 『稼亭集』 제18권에 실린 시로, 稼亭 李穀이 병술년(1346, 충목왕 2) 元나라에 있으면서 除夜를 맞이하여 모친을 그리워하며 지은 시이다.

稼亭은 원나라와 고려를 오가며 벼슬했는데, 일찍이 원나라에서 문명을 떨쳤다. 원나라의 조정에 고려로부터 童女를 징발하지 말 것을 건의하기도 했으며, 중소지주 출신의 신흥사대부로 원나라의 과거에 급제하여 실력을 인정받음으로써 고려에서의 관직 생활도 대체로 순탄하였다. 1346년에는 원나라 大都인 燕京과 병칭하여 兩都로 일컬어진 上都, 즉 지금의 내몽고 지역에 해당하는 開平府로 천자가 1년에 한 번씩 순행하는 大駕를 扈從하였으며, 이듬해인 1347년에 경사로 돌아왔다.

稼亭은 부친인 李自成이 1310년에 사망하였다. 그는 홀로 계신 모친을 떠나 원나라에서 벼슬을 하였기 때문에 歲時 때가 되면 항상 모친이 그립다. 어버이를 모시는 초가집의 孝와 국가를 경륜하는 승상부의 忠을 가치 면에서 따진다면 우열을 가릴 수 없이 똑같이 귀하겠지만, 이곡의 입장에서는 조정에서 현달한 고관의 복장을 착용하는 것보다는 노래자처럼 집에서 색동옷을 입고 어버이에게 재롱을 떠는 것이 훨씬 좋다는 것이다. 내일이면 知天命인 50살이니, 더 이상 모친을 떠나 동서남북으로 떠도는 신세가 되지 말았으면 하는 바람을 노래하고 있다.

이곡은 「趙苞忠孝論」에서 성리학적 이데올로기로 무장한 신흥사대부의 忠孝 실천에 있어서, 충과 효 가운데 조포의 경우를 들어서 충보다 효가 앞서야 함을 제시하며, 효는 어떠한 상황에서도 절대적인 인간가치에 직결되는 인간성 유지의 근본적 보루이므로 어떤 상황에서도 선행되어야 한다고 하였다. 전문을 제시하면 다음과 같다.

君親果有先後乎 聖人已言之 忠孝果無本末乎 余不得不辨焉 孔子序易曰 有天地然後有萬物 有萬物然後有男女 有男女然後有父子 有父子然後有君臣 有君臣然後有上下 有上下然後禮義有所錯 此君親之分不得無先後者也 出以事君 入以事親 本之性行之身 以立於天地之間者忠與孝也 昧乎此則禽獸矣 孔子又曰 事親孝 故忠可以移於君 孟子曰 未有仁而遺其親者也 未有義而後其君者也 夫忠孝者 仁義之事 事二而理一 雖以所處之勢不一 而有緩急之不同 其本末蓋有秩然而不可紊者

임금과 어버이에 대해 과연 선후를 따질 수 있겠는가? 이에 대해 성인이 벌써 말한 바가 있다. 충성과 효도는 과연 근본과 끝이 없는가? 이에 대하여는 내가 변론하지 않을 수 없다. 공자는 『주역』을 서술하면서 이르기를, "하늘과 땅이 있은 뒤에 만물이 있고, 만물이 있은 뒤에 남자와 여자가 있고, 남자와 여자가 있은 뒤에 아버지와 아들이 있고, 아버지와 아들이 있은 뒤에 임금과 신하가 있고, 임금과 신하가 있은 뒤에 위와 아래가 있으며, 위와 아래가 있은 뒤에 예의를 실시할 곳이 있다."라고 하였으니, 이것은 임금과 어버이와의 관계에 있어서 그 선후가 없을 수 없다는 것이다. 나가서는 임금을 섬기며 들어와서는 어버이를 섬기는 것은, 성품에 타고난 것을 몸으로 실천하여 하늘과 땅 사이에 서 있게 되는 것으로, 충성과 효도이다. 이것에 어둡다면 짐승이다. 공자는 또 이르기를, "어버이를 효도로 섬기기 때문에 충성을 임금에게 옮길 수 있다."라고 하였고, 맹자는 이르기를, "어질면서 그 어버이를 버리는 자는 없으며, 의로우면서 그 임금을 뒤로하는 자도 없다."라고 하였으니, 저 충성과 효도는 인과 의를 실천하는 일이다. 일은 두 가지지만 이치는 한 가지다. 비록 그 입장이 같지 않아 느리게 하고 급하게 하는 차이는 있지만, 그 근본과 끝은 대개 질서정연하여 문란하게 할 수 없는 것이다.

주석

- 錯 두다 조. 昧 어둡다 매. 遺 버리다 유. 紊 어지럽다 문
- 秩然: 질서가 정연한 모양

略擧古人已行之事明之 吳起戰國之能士也 棄母以求仕 殺妻以求將 起之殘忍薄行 於忠孝何責焉 王陵西漢之名臣也 項王質其母以招陵 陵不肯往 然其母先斷以義 以勉之 此則陵之責輕矣 非惟士夫爲然 高帝之與項羽爭天下也 羽置太公俎上 欲烹以趣降 高帝則曰 幸分我一杯羹 高帝雖失言 然爲天下者不顧家 此其說猶在也

대략 옛사람이 이미 행한 일들을 들어 이를 밝히려 한다. 오기는 전국시대의 유능한 사람이다. 어머니를 버리고 벼슬을 구하였으며, 아내를 죽여서 장군이 되기를 구하였으니, 오기의 잔인스럽고 천박한 행동은 충성과 효도에 대하여 무엇을 책망하겠는가? 왕릉은 서한의 명신이다. 항왕이 그의 어머니를 볼모로 왕릉을 불렀으나, 왕릉은 가려 하지 않았다. 그러나 그의 어머니는 먼저 의로써 결단을 내려 그에게 (한왕을 따를 것을) 권면하였으니, 이것은 곧 왕릉의 책임이 가벼운 것이다. 사대부만 그런 것이 아니다. 고제가 항우와 천하를 다툴 때에, 항우는 아버지를 도마 위에 올려놓고 삶아 죽이겠다 하며 항복을 재촉하였다. 고제는 말하기를, "부디 나에게도 국 한 그릇을 나누어 달라."라고 하였으니, 이것은 고제가 비록 실언한 것이지만, 천하를 다스리는 사람은 가정을 돌보지 않는 법이니, 이 경우는 그래도 해명할 말이 있다.

주석

- 責 꾸짖다 책. 質 볼모 질. 勉 권면하다 면. 俎 도마 조. 趣 재촉하다 촉. 幸 바라다 행. 羹 국 갱. 爲 다스리다 위
- 太公: 아버지

至若趙苞殺母與妻以全一城 君子許之 稱其獨行 余竊惑焉 初苞守遼西 使迎母 値鮮卑入寇 取其母及妻子 質載以擊之 苞悲號謂母曰 昔爲母子 今爲王臣 義不顧私恩以毁忠義 其母遙謂曰 人各有命 何得相顧以虧忠義 爾其勉之 苞卽進戰破賊 母妻皆爲所害 苞歸葬 謂鄕人曰 食祿而避難 非忠臣也 殺母以全義 非孝子也 遂歐血而死 君子之有取焉者此也 此則苞之於忠孝 可謂兩得者也

그러나 조포가 어머니와 아내를 죽이고 하나의 성을 온전히 지킨 데 대하여, 군자는 그를 인정하고 그의 독특한 행위를 칭찬하였다. 그러나 나는 속으로 이를 의심스럽게 생각한다. 당초에 조포가 요서를 지키고 있을 때에 그의 어머니를 맞아들이게 하였고, 선비족이 침략해 들어올 때를 당해서는 그의 어머니와 처자식을 취해서 인질로 싣고서 그를 공격하였다. 조포는 슬피 울면서 어머니에게 말하기를, “옛날은 어머니의 아들이었습니다만 지금은 임금의 신하가 되었으므로, 의리상 사사로운 은혜를 돌보아 충성과 의리를 무너뜨릴 수 없습니다.”라고 하니, 그의 어머니가 멀리서 말하기를, “사람이 각기 운명이 있는데, 어찌 서로 돌보다가 충성과 의리를 무너뜨릴 수 있겠느냐? 너는 부디 힘써 싸우라.”라고 하였다. 조포가 곧 나아가서 싸워 적을 쳐부수니, 어머니와

아내는 모두 적에게 살해되었다. 조포는 돌아와서 장사를 지내고 마을 사람들에게 말하기를, "녹을 먹으며 어려움을 피하는 것은 충신이 아니요, 어머니를 죽여가며 의를 온전히 한 것은 효자가 아니다."라고 하며, 마침내 피를 토하고 죽었다. 군자가 여기에서 취한 것은 이것이며, 이것은 조포가 충성과 효도에 있어서 두 가지를 모두 획득한 것이라고 말할 수 있다.

주석

- 許 인가하다 허. 苞 덤불 포. 值 당하다 치. 號 울다 호. 毁 무너지다 훼. 遙 멀리 요. 虧 이지러지다 휴. 歐 토하다 구

蓋其意則以爲苟以親故 屈膝於賊 失其所守之地之民 則其爲負漢多矣 故寧負母與妻子而敢爲之 旣已爲之則曰 漢則不負矣 吾母死於賊 吾妻子死於賊 而吾身獨全 享功以光榮 是賣親以食 其異於吳起者幾何 於是乎歐血而死 其臨危取舍 可謂審詳矣 然於先後本末 有未盡焉者 母不能先斷以義若陵母之伏劍 而苞乃曰 義不顧恩 則是苞先絶之也 其母勉之之言 豈非出於不得已耶 況勝敗難期 又安知其身之不幷肉於賊手乎 幸而全其身全其地全其民 而母與妻子不可得全 則終亦自殞其身 其視王陵助基大漢 卒以安劉 功大名美者 霄壤不侔矣

대개 그 취지는 만일 어버이 때문에 적에게 무릎을 꿇으며 그가 지키고 있는 영토와 백성을 잃어버린다면, 한나라를 크게 저버

리게 되는 것으로 여겼다. 그러므로 차라리 어머니와 처자를 저버리면서도 감히 그렇게 하였고, 이미 그 일을 하고 나서는 "한나라는 저버리지 않았으나, 나의 어머니가 적에게 죽었고 나의 처자가 적에게 죽었는데, 내 몸만이 홀로 온전하여 공로를 누리며 영광을 본다면, 이는 어버이를 팔아서 먹고 사는 것이니, 그것은 오기와 다른 것이 어느 정도이겠는가?"라고 하고, 이에 피를 토하고 죽었으니, 그 위험한 시기에 임하여 그의 취사선택을 자세히 알았다 할 수 있다. 그러나 선후와 본말에 대해서는 미진한 점이 있다. 그의 어머니는 왕릉의 어머니가 칼을 물고 자살한 것처럼 대의로써 먼저 결단을 내릴 수 없었는데, 조포는 마침내 말하기를, "의리상 은혜를 돌아볼 수 없습니다."라고 하였으니, 곧 이것은 조포가 먼저 그를 끊은 것이요, 그의 어머니가 그를 권면한 말은 어찌 마지못해 나온 말이 아니었겠는가? 더구나 승리와 실패는 기약하기 어려운 일이며, 또 그 자신이 함께 적의 손에 피해를 당하지 않으리라는 것을 어떻게 알 수 있었겠는가? 다행히 그의 몸을 온전히 하였고 그의 영토를 확보하고 그 백성을 온전히 구하였으나, 어머니와 처자를 온전히 할 수 없어서 마침내 또한 스스로 자기의 목숨을 끊었으니, 그것은 왕릉이 기초적인 사업을 도와 한나라를 강하게 하여 마침내 유씨를 안정시켜 공로가 크고 명예가 훌륭했던 것과 비교한다면 하늘과 땅처럼 차이가 난다.

주석

- 膝 무릎 슬. 負 저버리다 부. 殞 죽다 운. 侔 같다 모
- 幾何: 어느 정도
- 於是乎: 뒷일이 앞일과 긴밀하게 이어짐을 나타내며, 번역할 필

요는 없음.

- 審詳: 자세히 앎.
- 肉: 肉은 魚肉으로 생선의 고기인데, 참살당함을 비유함.
- 霄壤(소양): 하늘과 땅으로 엄청난 차이

且劉項之際 勝負呼吸之間 而天下之向背 民生之治亂係焉 故高帝寧負父與妻子 而敢爲之 旣已爲之則尊爲天子 富有四海 以天下養親 其爲孝何如也 然先後本末猶有未盡焉者 其敢爲而能爲之者 特幸耳 或問孟子曰 舜爲天子 皐陶爲士 瞽瞍殺人 則如之何 孟子曰 執之而已矣 然則舜不禁歟 曰 夫舜惡得而禁之 夫有所受之也 然則舜如之何 曰 舜視棄天下 如棄弊屣也 竊負而逃 遵海濱而處 終身訢然樂而忘天下 此雖設辭 據理處事 則不過如是而已 故先儒有云 杯羹之言 天地不容

또 유씨와 항씨의 때에는 한 번 숨 쉬는 사이에 승부가 결정 나는 것이라서 천하의 향배와 백성의 치란이 거기에 달려 있었다. 그러므로 고제는 차라리 아버지와 처자를 저버리면서도 자기의 목적을 용감히 수행하였고, 이미 수행하고 보니 곧 지위는 높은 천자가 되었고 재산은 천하를 차지하였다. 천하로 어버이를 봉양하였으니, 그의 효도가 어떻다 하겠는가? 그러나 선후와 본말에 있어서는 오히려 미진한 점이 있었으니, 그가 용감히 목적을 수행하여 그것을 이룰 수 있었던 것은 다만 요행일 뿐이었다. 어떤 이가 맹자에게 묻기를, "순이 천자가 되고 고요가 법관이 되었을 때에, 고수가 사람을 죽였다면 어떻게 하였겠습니까?"라고 하니, 맹자는 "그를 체포할 뿐이다."라고 하였다. "그렇다면

순이 금지시키지 않겠습니까?"라고 하니, "순이 어떻게 이를 금할 수 있는가? 무릇 그것을 전수받은 곳이 있다."라고 하였다. "그러면 순은 어떻게 했겠습니까?"라고 하니, "순은 천하를 버리기를 헌 짚신 버리는 것처럼 생각하기 때문에, 몰래 고수를 업고 달아나서 바닷가에 가서 살면서, 몸이 마칠 때까지 기뻐하며 즐겁게 살면서 천하를 잊어버릴 것이다."라고 하였다. 이것은 비록 가정하여 한 말이긴 하지만, 사리에 의거하여 일을 처리한다면 이와 같음에 불과할 뿐이다. 그러므로 옛날 선비 중에, "국 한 그릇을 나누어 달라는 말은 하늘과 땅 사이에 용납될 수 없는 것이다."라고 말하는 이가 있었다.

주석

- 際 때 제. 係 매이다 계. 特 다만 특. 弊 해지다 폐. 屣 짚신 사. 遵 따라가다 준. 訢 기뻐하다 흔. 據 의거하다 거
- 呼吸(숨 내쉬다 호): 한숨 쉬는 사이로, 극히 짧은 시간
- 向背: 좇음과 등짐.
- 士: 士官으로 法官을 의미함.

苞乃一郡守耳 所守不過百里之地一郡之民 全而有之 敗而失之 漢不爲之安危 況當此之時 主昏臣佞 忠良殄滅 黎庶塗炭 教化大壞 如洪水橫流 不可隄防 如病在膏肓 醫藥之所不及 豈君子食君食衣君衣 損軀立功之秋也 苞以區區節義 惟知食祿不避難之爲是 而不知助桀富桀之爲非 知殺母市功之爲忠 而不知保身事親之爲孝 虛

慕王陵之賢 實獲吳起之忍 當不可爲之時 爲不必爲之事 故曰 苞於忠孝有未盡焉者此也 然則爲苞之計奈何 曰 以孟子竊負而逃 樂而忘天下之義處事 則天理人欲之公私判然矣 以孔子有道則見 無道則隱之道處身 則無倉卒一朝之患矣 趙苞之事 有關於名教 而不可不辨 故有是說焉

조포는 이에 한 군수일 뿐이다. 맡은 지역은 백 리가 되는 영토와 한 군의 백성에 불과하였다. 이것을 온전히 보전하거나 실패하여 이것을 잃는다 하더라도, 한나라가 그것 때문에 안전해지거나 위험해지지는 않는다. 더구나 당시에 임금은 어리석고 신하는 아첨하여 충신과 선량한 사람이 모두 화를 당하며 백성들이 도탄에 빠졌으며 교화가 크게 무너져 홍수가 횡행하여 막을 수 없는 것 같으며 병이 골수에 스며들어 의약으로 고칠 수 없는 것과 같은 상태였으니, 어찌 군자가 임금이 주는 음식을 먹으며 임금이 주는 의복을 입고, 몸을 희생하며 공적을 세우는 시기였겠는가? 조포는 조그마한 절의를 가지고 오직 녹을 먹으면 어려운 일을 피하지 않는다는 것이 옳다는 것만 알고 걸을 도와 걸을 부하게 만드는 것이 잘못인 줄은 알지 못하였으며, 어머니를 죽이면서라도 공적을 세우는 것이 충성이라는 것만 알았지 자신을 보전하여 어버이를 섬기는 것이 효도라는 것은 알지 못하였다. 부질없이 왕릉의 현명함을 사모하였으나 실제로는 오기의 잔인함을 얻었으며, 해서는 안 될 시기에 반드시 하지 않아도 될 일을 수행하였다. 그러므로 "조포는 충성과 효도에 있어 미진함이 있다." 한 것은 이 때문이다. 그렇다면 조포를 위한 계책으로는 어떠한 것이 있는가? 그 해답은 다음과 같다. "맹자가 '몰래 업고 달아나서 즐겁게 지내며 천하를 잊어버린다.'라고 말한 뜻으로 일을 처리했다면, 천리와 인욕의 공정함과 사사로움이 뚜렷이 구별되었을 것이다. 공자가 '천하에 도가 있으면 나타나고 도가 없으면 숨는다.'라고 말한 방법으로 자신을 처신하였다면, 곧 하루아침에 갑자기 닥치는 걱정은 없었을 것이다." 조포의 일은 명교에 관계가 있으므로, 분별하지 않을 수 없어서 이 설을 쓴다.

주석

- 佞 아첨하다 녕. 殄 모조리 진. 損 상하다 손. 市 사다 시. 虛 부질없다 허. 處 처리하다 처. 關 관계하다 관
- 黎庶(많다 려): 백성
- 塗炭(도탄): 진흙과 숯불로, 몹시 곤란한 경우를 의미함.
- 隄防: 막다.
- 膏肓(고황): 심장과 격막의 사이로, 침이나 약으로 고치지 못하는 곳임.
- 區區: 작은 모양
- 倉卒: 매우 급한 모양
- 名敎: 인륜의 명분을 밝히는 교훈

「九日」 李穀

九日黃花酒 중구일은 국화주 마시는 날
高堂白髮親 고당에 계시는 백발의 모친이여
遠遊空悵望 멀리 노니는 자신 괜히 슬피 바라보고
薄宦且因循 시시한 벼슬에 마냥 끌려다니기만 하네
秋雨荒三逕 가을날의 비는 세 오솔길 거칠어지게 하고
京塵漲四隣 서울의 먼지는 사방에 넘쳐흐르네
登高猶未暇 언덕에 오르는 것 여전히 틈을 내지 못하나니
極目恐傷神 눈에 충만한 것이 내 정신을 상하게 할까 두렵네

주석

- 九日: 9월 9일로, 重九 또는 重陽이라고도 하며 이날을 重陽節이라 하여 茱萸 열매를 머리에 꽂고 높은 산에 올라가 국화주를 마시면 재난을 물리칠 수 있다고 한다. 王維의 「九月九日憶山東兄弟」에 "나 혼자 타향에서 나그네로 살다 보니, 명절만 닥쳐오면 친척 생각 배가되네. 멀리서도 알겠네, 형제들이 함께 높은 산에 올라가, 수유를 두루 꽂다 보면 한 사람 적음을(獨在異鄕爲異客 每逢佳節倍思親 遙知兄弟登高處 遍揷茱萸少一人)."이 유명하다.
- 高堂: 高大한 집으로, 화려한 집을 뜻하거나 朝廷 또는 父母를 가리킨다.
- 遠遊: 『논어, 里仁』에 "부모가 살아 계실 때에는 멀리 나가서 놀지 말 것이요, 나가서 놀더라도 반드시 일정한 처소가 있어야 한다(父母在 不遠遊 遊必有方)."라는 공자의 말이 있다.

- 悵望: 슬프게 바라보다.
- 因循: 自然에 순응하거나, 繼承 또는 徘徊不去를 의미한다.
- 荒三逕: 晉나라 陶潛의 「歸去來辭」에 “세 오솔길이 거칠어졌으나, 솔과 국화는 아직 남아 있네(三逕就荒 松菊猶存).”라는 표현이 있다. 三逕은 세 갈래 길로, 隱士의 집 뜰을 의미한다. 漢의 은사 張詡가 뜰에 작은 길 세 갈래를 내고, 松竹菊을 심어 친구 羊仲과 裘仲과만 사귀고 세상에 나오지 않았다.
- 京塵漲四隣: 燕京 생활의 고달픔을 말한다. 晉나라 陸機의 시에 “집 떠나 멀리 나와 노니는 생활, 아득해라 삼천 리 머나먼 길이로다. 서울에는 바람과 먼지가 많아, 흰옷이 새카맣게 변하네(謝家遠行游 悠悠三千里 京洛多風塵 素衣化爲緇).”라는 표현이 있다.
- 極目: 視野에 充滿하거나 시력을 다 활용하여 멀리까지 바라본다는 의미로 쓰인다.

감상

이 시도 『가정집』 제18권에 실려 있는 것으로, 稼亭 李穀이 병술년(1346, 충목왕 2)에 元나라에 있으면서 重陽節을 맞이하여 모친을 그리워하며 지은 시이다.

중구절은 국화주를 마시는 날이라 고국에 계시는 늙으신 모친께서 국화주를 드시기는 했는지, 그렇지 못한 상황인지 모친의 상황이 그립다. 孔子께서는 분명히 부모님이 살아 계시면 멀리 나가서 놀지 말라고 했는데, 벼슬을 위해 머나먼 원나라까지 간 자신을 보니 괜히 슬퍼지고, 그 벼슬마저도 높지 않은 시시한 것인데 거기에 자신의 마음이 끌리는 것도 서글프다. 隱者의 거처인 三逕은 가을비에 거칠어지고, 서울의 먼지는 사방에 넘쳐흘러 객지 생활이 고달프다. 이렇게 힘들 때는 부모 형제들과 함께 중양절 登高의 풍속에 따라 높은 곳에 올라가 힘든 것을 떨쳐버리고 싶으나, 눈에 들어오는 것마다 오히려 마음이 상할까 봐 엄두도 내지 못하고 있다.

「辛巳元日有感」 李穀

爲母還家四見春	모친 위해 귀가한 뒤 네 번째 맞는 봄인데
今年元日暗傷神	금년 설날에는 남몰래 마음이 아파오네
鏡中不獨添華髮	거울 속에 다만 백발이 늘어났을 뿐 아니라
甘旨供疎藥餌頻	맛있는 음식은 드물게 올리고 약만 자꾸 올려야 했으니까

주석

- 華髮: 흰 머리카락으로, 연로하거나 노인을 가리킨다.
- 甘旨: 어버이가 좋아하는 맛있는 음식이라는 말이다. 『예기, 內則』에 "새벽에 어버이에게 아침 문안을 하고 좋아하는 음식을 올리며, 해가 뜨면 물러나 각자 일에 종사하다가, 해가 지면 저녁 문안을 하고 좋아하는 음식을 올린다(昧爽而朝 慈以旨甘 日出而退 各從其事 日入而夕 慈以旨甘)."라는 말이 나온다.
- 藥餌: =藥物

親年七十又三春	모친 연세가 칠십 하고 삼 세라서
喜懼情深却問神	깊은 정으로 기뻐하고 두려워하며 신명에 묻네
但願期頤安且樂	다만 소원은 백 년간 안락하며
金花湯沐賜頻頻	금화 탕목의 은혜를 계속 받으시기만을

주석

- 喜懼: 『논어, 里仁』에 "부모의 나이는 알지 않아서는 안 되니, 한편으로는 기쁘기 때문이요, 한편으로는 두렵기 때문이다(父母之年 不可不知也 一則以喜 一則以懼)."란 공자의 말이 나온다.
- 期頤: 백 년의 수명을 누리면서 자손의 봉양을 받는 것을 뜻한다. 『예기, 曲禮上』에 "백 년은 인간이 살 수 있는 최고의 수명이니, 자손들은 최대한으로 봉양을 해야 마땅하다(百年曰期 頤)."라는 말이 나온다.
- 金花湯沐賜頻頻: 노모를 영광스럽게 봉양할 수 있는 일만 계속해서 생겼으면 좋겠다는 말이다. 蘇軾의 시 「送程建用」에 "언젠가는 금화의 조서를 보게 될 것이니, 湯沐邑을 하사받고 봄과 가을의 조회를 받들 수 있으리라(會看金花詔 湯沐奉朝請)."라는 구절이 나온다. 이에 대해서 해설한 송나라 王十朋의 주석에, "郡夫人에게는 금화의 羅紙를 사용해서 탕목읍을 하사하고 朝請을 받들게 하는데, 이는 그야말로 어버이를 받드는 영광스러운 일이었다."라는 말이 나온다.

秩滿還朝在此春 올봄에 임기가 끝나 조정으로 돌아가야 하는데
爲緣親老愴精神 늙으신 모친 생각하면 마음 아프네
百年儻盡怡愉養 백 년 동안 혹시라도 기쁨을 다하여 봉양할 수 만 있다면
千里何妨往返頻 천 리 길 자주 왕래한들 무엇을 꺼리리까?

주석

- 愴 마음이 아프다 창. 儻 혹시 당
- 秩滿: 관리의 임기가 만료되다.
- 怡愉: 어버이를 옆에서 모시면서 기쁘고 즐겁게 해 드리는 것을 말한다.

兒童共喜見新春 아이들 함께 새봄 맞아 기뻐하며
竹爆桃符辟鬼神 폭죽과 도부로 귀신들 쫓아내네
笑我異時如汝輩 우습구나, 나도 옛날엔 너희들과 같았는데
而今却怕得年頻 지금은 도리어 자꾸 나이만 먹는 게 두렵단다

주석

- 辟 물리치다 벽. 怕 두려워하다 파
- 竹爆桃符辟鬼神: 섣달그믐날 밤과 새해 아침에 폭죽을 터뜨리면 질병을 옮기는 악귀가 그 소리를 듣고 달아난다고 하였다. 竹爆은 爆竹이며, 桃符는 두 개의 복숭아나무 판자에다 신도(神荼)와 울루(鬱壘)의 두 귀신 이름을 써서 만든 부적으로, 邪氣를 막을 목적으로 정초에 이것을 문간에 걸어두었다.

감상

이 시는 『가정집』 제16권에 실린 시로, 신사년(1341, 충혜왕 복위 2) 설날 감회에 젖어 노래한 것이다.

첫 번째 시는 늙으신 모친을 위해 원나라에서 고려로 귀국하여 4년이 흘렀는데, 모친의 얼굴에는 백발이 늘어났을 뿐 아니라 맛있는 음식은 대접하지 못하고 병약하여 대신 약만 자꾸 올려야 하는 설날, 남몰래 마음 아파하는 심정을 노래하고 있다.

『筆苑雜記』에는 성석린이 어머니의 병을 낫게 한 逸話가 실려 있는데, 예시하면 다음과 같다.

"문경공 성석린은 젊어서부터 뜻이 드높아 큰 절개가 있었다. …… 공의 나이가 60이었을 적에 그 어머니는 나이가 70이 넘었는데 병이 위독하여 눈을 감고 말을 못한 지가 며칠이 되었고, 약도 효험이 없어서 공이 향을 태우고 기도하며 슬피 부르짖다가 거의 기절할 지경에 이르렀는데, 조금 뒤 어머니가 말하기를, '이게 무슨 소리냐?' 하니, 모시고 있던 사람이 놀라고 기뻐하며 대답하기를, '기도하는 소립니다.' 하니, 어머니가 말하기를, '하늘이 사람을 보내어 안석과 지팡이를 주며 말하기를, <아들의 지극한 정성이 이와 같으니, 이것을 붙들고 일어나라.>고 하더라.' 하고는 병이 곧 나으니, 사람들이 문경공의 효성이 지극함을 감탄하였다(成文景公石磷 少有倜儻奇節 …… 公年六十 慈氏亦年踰七十 病革 瞑目不言者數日 藥餌無效 公焚香祈禱哀號幾絶 俄而慈氏曰 是何聲也 侍者驚喜曰 祈禱聲也 慈氏曰 天遣人賜几杖曰 有子至誠如此 可扶而起 病尋愈 人皆嘆文景孝誠之篤)."

두 번째 시는 모친의 연세가 이미 73세라 그때까지 살아주신 것이 기쁘고, 앞으로 사실 날이 많지 않음을 두려워하는 감정이 깊어 언제까지 사실 수 있을는지 신명에게라도 물어보고 싶은 심정이다. 단지 바라는 것이 있다면 평생토록 안락하며 노모를 영광스럽게 봉양할 수 있는 일만 계속해서 생겼으면 좋겠다는 애절한 효자의 마음을 읊고 있다.

세 번째 시는 올봄이면 고려에서의 임기가 끝나 원나라 조정으로 돌아가야 하는데, 늙으신 모친을 생각하면 마음이 서글퍼진다. 살아계실 동안 모친 곁에서 모시면서 기쁘고 즐겁게 해 드리는 봉양을 다할 수 있다면 원나라와 고려를 오가는 천 리 길이야 자주 왕래한들 아무런 문제가 되지 않는다고 노래하고 있다.

마지막 시는 설날을 맞이하여 아이들이 그믐날 밤과 새해 아침에 질병을 옮기는 악귀를 쫓아내려고 폭죽을 터뜨리며 다니는 모습을 보면서, 자신도 한때는 저렇게 천진난만하게 놀았지만, 지금은 자꾸 나이만 먹어 모친을 봉양할 수 없을까 겁이 난다는 불효에 대한 두려움을 그려내고 있다.

「東門送家君」 李穡[2)]

遠游萬里爲思親 만 리에 원유함은 부모 생각 때문인데
親却東還鼻自辛 부친이 동으로 돌아가시니 코가 절로 시큰하네
天地一身渾似夢 천지의 한 몸은 온통 꿈만 같은데
風塵四面暗傷神 풍진은 사면에 어두워 정신을 상하게 하네
書林底處猶迷路 학문은 어디서나 여전히 길을 헤매고
宦海無涯試問津 벼슬길은 끝없어 시험 삼아 나루를 묻네
努力分陰當自惜 노력하여 일초의 시각도 마땅히 스스로 아껴서
好將功業樹昌辰 장차 공업을 태평한 시대에 잘 세우리라

주석

- 遠游: 『논어, 里仁』에 "부모가 살아 계실 때에는 멀리 나가서 놀지 말 것이요, 나가서 놀더라도 반드시 일정한 처소가 있어야 한다(父母在 不遠遊 遊必有方)."라는 공자의 말이 있다.
- 爲思親: 『맹자, 萬章下』에 "벼슬함은 가난을 위해서가 아니지만, 때로는 가난을 위한 경우가 있다(仕非爲貧也 而有時乎爲貧)."라

2) 李穡(1328, 충숙왕 15~1396, 태조 5): 字는 穎叔, 號는 牧隱. 1341년(충혜왕 복위 2) 진사가 되었으며, 1348년(충목왕 4) 元나라 국자감의 생원이 되었다. 이색은 李齊賢을 座主로 하여 성리학을 익혔고, 원의 국립학교인 국자감에서 수학하여 성리학의 요체를 파악할 수 있었다. 1352년(공민왕 1) 아버지가 죽자 귀국했으며, 1355년 공민왕의 개혁정치가 본격화되자 왕의 측근세력으로 활약하면서 「時政八事」를 올렸는데 그중 하나가 政房의 혁파였다. 이 일로 이부시랑 겸 병부시랑에 임명되어 文武의 銓選을 장악하게 되었다. 1365년 신돈이 등장하고 개혁정치가 본격화되면서 그는 교육・과거제도 개혁의 중심인물이 되었다. 1367년 성균관이 重營될 때 이색은 大司成이 되어 金九容・鄭夢周・李崇仁 등과 더불어 程朱性理의 학문을 부흥시키고 학문적 능력을 바탕으로 성장하는 유신들을 길러냈다. 1371년 공민왕이 죽자 그의 정치활동은 침체기를 맞았다. 1388년 위화도회군이 일어나자 문하시중에 임명되었다. 그는 위화도회군을 군령을 위반하고 왕의 명령을 거역한 행위로 이해했으므로 그 주체세력이나 동조세력에 반감을 갖고 있었다. 그래서 鄭道傳 등의 상소로 인하여 장단으로, 금주・여흥 등지로 유배당하는 등 고려 말기의 정치권에서 멀어지게 되었다. 1396년 여주 神勒寺에서 죽었다. 문집으로는 『牧隱集』이 있다.

는 내용의 주석에 늙은 부모를 위해 벼슬한다는 말이 보인다.

- 書林: 文人學者의 무리, 글방을 가리킨다.
- 底處: =何處
- 問津: 나루가 어디 있는지 묻는 것으로,『論語, 微子』에 長沮와 桀溺이 밭을 갈고 있을 때 공자 일행이 그 곁을 지나가다가 공자가 제자 子路를 시켜 나루를 물은 일에서 학문의 門路를 가르쳐 주기를 청하는 것을 말한다. 여기서는 벼슬길을 묻는 것을 뜻한다.
- 分陰: 매우 짧은 시간
- 昌辰: =盛世

감상

이 시는『牧隱詩稿』제2권에 실린 것으로, 목은이 1348년(충목왕 4) 元나라 국자감의 생원으로 있다가 부친인 李穀이 고려로 돌아가자 東門에서 송별하며 지은 시이다.

부모가 살아 계실 때에는 멀리 만 리 밖에서 遠遊하지 않는 것인데, 부모를 위해 벼슬할 생각 때문에 이렇게 먼 타국인 원나라에 왔다. 하지만 부친이 동으로 돌아가시니 코가 절로 시큰해진다. 천지 사이에 있는 자신은 온통 꿈만 같은데, 모진 바람과 티끌은 사방에서 불어와 심신을 상하게 한다. 빨리 학문을 성취해야 하는데 아직도 성취하지 못하고 있고, 성취한 학문으로 벼슬길에 나서고 싶다. 그러니 학문에 힘써 스스로 일초의 시각을 아껴서 태평한 시대에 공업을 세우고 싶다.

「有感」李穡

父母劬勞有此身 부모님 애써주신 덕에 이 몸이 생겼으니
昊天恩德老彌新 하늘과 같은 그 은덕 늙을수록 더욱더 새롭네
今朝靜坐思無盡 오늘 아침 조용히 앉으니 한없이 뻗치는 사념이여!
終始汾陽可孝親 분양으로 시종해야만 부모에게 효도했다고 하련마는

주석

- 彌 더욱 미
- 劬勞: 『시경, 小雅, 蓼莪』에 "슬프다 부모님이여, 나를 낳아 기르시느라 애를 쓰셨다(哀哀父母 生我劬勞)."라는 말이 나온다.
- 昊天恩德: 『시경, 小雅, 蓼莪』에 "그 은덕을 갚고 싶은데, 하늘처럼 다함이 없도다(欲報之德 昊天罔極)."라는 말이 나온다.
- 終始汾陽可孝親: 汾陽王에 봉해진 唐나라의 郭子儀처럼 위대한 인물이 되어 국가에 공을 세워야만 비로소 어버이의 은혜를 갚았다고 할 수 있으리라는 말이다. 唐나라 肅宗 때 安史의 난을 평정하고 분양왕에 봉해진 곽자의는 무려 20년 동안 천하의 安危를 한 몸에 짊어진 名將이요, 名相으로서, 德宗으로부터 尙父의 칭호를 하사받기도 하였다.

감상

이 시는 『목은시고』 제29권에 실린 것으로, 어떤 느낌이 들어서 지은 것이다.

부모님께서 낳아서 길러주신다고 애써주신 덕에 이 몸이 태어났으니, 하늘과 같은 부모님 은덕은 나이가 들어 자식을 낳아 기를수록 더욱더 새록새록 느껴진다. 오늘 아침에 조용히 앉아 있자니 이런저런 思念들이 끝없이 일어난다. 汾陽王에 봉해진 唐나라의 郭子儀처럼 위대한 인물이 되어 국가에 공을 세워야만 비로소 어버이의 은혜를 갚았다고 할 수 있을 텐데, 현실의 자신은 그렇지 못해 이런저런 생각이 든다.

「宿弟存中錦州村家 有感」 李存吾[3)]

愧我與君俱老大 부끄러워라, 나와 그대가 다 늙었으니
眼前豚犬已多生 눈앞에는 돼지와 개가 이미 많이 생겼구나
天胡早奪爺孃壽 하늘은 어찌하여 부모의 수명을 일찍 빼앗아
不見兒童項領成 아이들 장성한 것을 보지 못하게 하였는가?

주석

- 爺 아버지 야. 孃 어미니 양
- 錦州: 충청도 錦山
- 老大: 나이가 많다.
- 豚犬: 후한 말년에 孫權이 강물의 어귀에 제방을 쌓아서 曹操의 침공에 대비하였다. 『삼국지, 吳書, 吳主傳』에 "조조가 유수를 침공하자, 손권이 한 달 넘게 서로 대치하였다. 조조가 손권의 군대를 바라보고는, 엄숙하게 정제된 것을 탄복하면서 물러갔다(曹公攻濡須 權與相拒月餘 曹公望權軍 歎其齊肅乃退)."라고 하였는데, 그 註에 "조조가 '아들을 낳으려면 손중모쯤은 되어야지, 유경승의 아이들은 개나 돼지와 같다(生子當如孫仲謀 劉景升兒子若豚犬耳).'라고 탄식하였다."라고 하였다. 仲謀는 손권의 자이다. 景升은 荊州刺史 劉表의 자이고, 그 아들은 劉琦와 劉琮을

---

3) 李存吾(1341, 충혜왕 복위 2~1371, 공민왕 20): 본관은 慶州. 자는 順卿, 호는 石灘·孤山. 1360년(공민왕 9)에 문과에 급제하고, 水原에 있던 京畿觀察道의 書記를 거쳐 史官에 발탁되었다. 1366년(공민왕 15) 右正言이 되어 辛旽의 횡포를 탄핵하다가 왕의 노여움을 샀으나, 李穡 등의 옹호로 극형을 면하고 長沙監務로 좌천되었다. 그 뒤 공주 石灘(현 충청남도 부여군 부여읍 저석리의 옛 지명)에서 은둔 생활을 하면서 울분 속에 지내다가 31세로 죽었다. 평소 鄭夢周, 朴尙衷 등과 교분이 두터웠다.

가리키는데, 유표가 죽은 뒤에 유종이 조조에게 항복하며 형주를 헌납하였다. 후에 자기 아이들의 謙稱으로 쓰인다.

- 項(크다 항)領成: 『시경, 小雅, 節南山』에 "사모가 목이 크다(四牡項領)."라고 한 데서 "項領成"은 목이 단단해져 형세를 끼고 남에게 교만하여 眼中에 사람이 없는 것의 비유로 쓰이나, 여기서는 목이 크게 자라는 것으로 아이들이 장성하는 것을 의미한다.

감상

이 시는 『동문선』 제21권에 실린 것으로, 이존오가 아우 이존중의 금주 촌집에 자면서 손자, 손녀들이 장성하는 것을 보지 못하고 일찍 돌아가신 부모님을 생각하면서 지은 시이다. 이존오의 父親은 李吉祥이고, 모친은 溫陽 方氏인 知春秋館事 曙의 따님으로, 이존오는 일찍 부모님을 여의고 가난한 가정에서 苦學으로 학문을 닦았다. 『孔子家語』에 "나무는 고요하고자 하나 바람이 멈추지 아니하고, 자식이 봉양하고자 하나 부모가 기다려주지 않는다(樹欲靜而風不止 子欲養而親不待)."라는 글귀를 연상하게 하는 시이다.

「題謝大年望雲詩卷」 李崇仁[4]

望彼白雲 저 흰 구름 바라보니
于山之陽 산의 남쪽에 있네
我思我親 나는 내 어버이 생각하며
在天一方 하늘 한쪽에 있네
曷日其還 어느 날에나 돌아가서
稱我壽觴 축수하는 술잔 올릴까?
有唐懷英 당나라 회영이여!
實同所傷 실로 내 마음처럼 아팠으리

주석

- 稱 물건을 들어 올리다 칭. 傷 걱정하다 상
- 望雲: 타향에서 어버이를 간절히 생각하는 효자의 심정을 비유할 때 쓰는 표현이다. 『新唐書 卷115, 狄仁傑列傳』에, 당나라 狄仁傑이 幷州의 法曹參軍이 되어 太行山을 넘어가던 중에 흰 구름이 외로이 떠가는 남쪽 하늘을 바라보면서 "우리 어버이가 계

4) 李崇仁(1349, 충정왕 1~1392, 태조 1): 본관은 星州. 자는 子安, 호는 陶隱. 牧隱 이색, 圃隱 정몽주와 함께 고려 말의 三隱으로 일컬어진다. 1360년(공민왕 9) 14세의 나이로 국자감시에 합격하여 이색의 문하에 있었으며, 24세에 중국의 과거에 응시할 인재를 뽑는 시험에서 수석을 차지했으나 나이가 미달하여 가지 못했다. 우왕 즉위년에는 親明派라고 하여 대구현에 유배되었으며, 1386년 하정사로 명나라에 다녀왔다. 1388년(창왕 즉위) 최영 일파의 참소로 通州에 유배되었으며, 1392년 정몽주가 피살되자 그 일파로 몰려 순천에 유배되었다가 조선 개국에 앞서 정도전의 심복인 황거정에 의해 피살되었다. 그 후 태종이 그의 죽음이 무고함을 밝히고 1406년 이조판서를 증직하고 文忠이라는 시호를 내렸다. 그는 文士로서 국내외에 이름을 떨쳤고, 文才로서 고려의 국익을 위해 기여했으며, 시는 후대에 많은 극찬을 받았다. 그의 시는 정연하고 高雅하다는 평을 들었고, 산문은 表文이 많은데, 이는 그가 대외관계에 필요한 많은 文을 썼기 때문이다. 고려 후기의 문학을 대변하는 문인으로 그의 도학적인 문학관은 조선의 변계량·권근에게로 이어졌다. 저서로는 『陶隱集』 5권이 전한다.

신 곳이 이 구름 아래다(吾親所居 在此雲下).”라고 하고는 한참 동안 머물러 있다가 구름이 다른 곳으로 옮겨 간 뒤에야 다시 길을 떠났다는 고사에서 유래한 것이다.

- 陽: 풍수에서 “山南水北曰陽”이라고 한다.
- 壽觴: 祝壽하는 술잔
- 懷英: 적인걸의 字

望彼白雲 저 흰 구름 바라보니
載飛載敭 날고 또 날아가네
我之懷矣 그리워하는 나의 마음
亦靡有央 또한 끝이 없네
昊天覆幬 하늘처럼 덮어주니
有生瞻昂 생명을 지닌 자가 우러러 바라보네
父兮母兮 아버님 어머님 계신 곳으로
我獨不將 나만 홀로 가지 못하는가?

주석

- 昂 머리를 들다 앙. 將 동반하다, 나아가다 장. 央 다하다 앙
- 載~載: 동시상황을 표시하며, 『시경, 小雅, 鹿鳴之什』에 “날기도 하고 내려앉기도 하다(載飛載下).”라는 표현이 보인다.
- 敭: 揚의 古字
- 昊天: 중앙 鈞天, 동방 蒼天, 동북 旻天, 북방 玄天, 서북 幽天, 서방 昊天, 서남 朱天, 남방 炎天, 동남 陽天이라 하여 九天의 하

나이나, 여기서는 『시경, 小雅, 蓼莪』에 "그 은덕을 갚고 싶은데, 하늘처럼 다함이 없도다(欲報之德 昊天罔極)."의 의미로 쓰였다.

- 覆幬(덮다 부. 덮다 도): =覆燾=覆被. 『중용』에 "비유하자면 하늘과 땅이 실어주지 않음이 없고 덮어주지 않음이 없는 것과 같다(辟如天地之無不持載 無不覆幬)."라 하여 은혜를 베푸는 것을 뜻한다.
- 有生: ① 有生機, ② 有生命者, ③ 有生命, ④ 生活; 生存, ⑤ 生來 등 다양하게 쓰인다.

望彼白雲 저 흰 구름 바라보니
有鬱四明 사명산을 자욱이 뒤덮었네
華髮蒼顏 흰머리에 창백한 연로한 얼굴
宛宛在堂 고향 부모님이 눈에 선하네
王事靡盬 왕의 일은 소홀히 할 수 없어서
徯我于行 나를 길에서 기다리시게 하였네
庶幾勖哉 바라건대 더욱 분발하여
寔慰親思 어버이 생각 달래야 하리

주석

- 鬱 성하다 울. 盬 소홀히 하다 고. 徯 기다리다 혜. 行 길 행. 勖 힘쓰다 욱
- 四明: 강원도 양구군 양구읍과 화천군 간동면에 걸쳐 있는 산
- 華髮: 흰 머리카락으로, 연로하거나 노인
- 蒼顏: 노쇠하여 창백해진 얼굴로, 노인의 얼굴

- 宛宛: 선명한 모양
- 在堂: 健在한 母親
- 王事靡盬: 『시경, 小雅, 鹿鳴之什』에 동일한 표현이 있다.
- 庶幾: 바라건대, 희망함.

감상

이 시는 『陶隱集』 제1권에 실린 것으로, 「사대년의 망운 시권에 제하다」라는 제목 아래에 "대년은 사명 사람으로, 호는 동산후은이다. 望彼白雲은 효자를 노래한 것이다. 효자가 어버이를 봉양하려고 생각하면서도 그렇게 할 수 없기 때문에 붕우가 그의 뜻을 노래한 것이다(大年 四明人 號東山後隱 望彼白雲 歌孝子也 孝子思養其親而不可得 故朋友歌其志焉)."라는 주석이 달려 있다. 陶隱은 『시경』의 시처럼 짓고 또 그 『시경』의 시를 해설한 양식을 본떠서 짐짓 멋을 부려 효자에 대해 지어본 것이다.

「自壽」 李崇仁

今朝吾以降 오늘 이후로 나는
二十六青春 스물여섯 살
父母樂無恙 부모님은 병이 없어 기쁘고
弟兄心更親 형제는 마음으로 더욱 친해라
願修天爵貴 귀한 천작을 닦아
不怕世間貧 세간의 가난쯤은 두렵지 않기를
滿酌一杯酒 한 잔의 술 가득 따라서
還將慶此身 다시 이 몸을 경축하노라

주석

- 壽 장수를 축하하며 술을 드리다 수. 恙 병 양. 怕 두려워하다 파. 酌 따르다 작
- 今朝: ① 今晨, ② 今日, ③ 現今
- 以降: =以後
- 青春: =年齡, 年歲
- 天爵: 사람이 주는 작위라는 뜻의 人爵과 상대되는 말로, 아름다운 덕행과 같은 천연의 작위라는 뜻인데, 『맹자, 告子上』에 "인의충신과 선을 좋아하여 게을리하지 않는 이런 것이 바로 천작이요, 공경대부 이런 것은 인작이다(仁義忠信樂善不倦 此天爵也 公卿大夫 此人爵也)."라는 말이 나온다.

감상

이 시는 『도은집』 제2권에 실린 것으로, 26번째 생일을 자축하며 지은 시이다.

이숭인이 35세 되던 봄에 어머니 김씨가 이질을 앓다 사망하고, 부친은 백 세 가까이 장수한 터라 君子三樂 중 첫 번째 즐거움을 얻어 기쁘다. 그러니 仁義忠信과 선을 좋아하는 마음을 수양해야지 가난쯤은 두렵지 않는 삶을 살기를 희망하고 있다.

「正月十七日於驣榆縣之東海驛逢鄕人郭海龍得家書」

李崇仁

吾親在高堂 고당에 계신 나의 부친이여!
春秋近期頤 춘추도 백 세에 가까우셨네
晨昏侍左右 昏定晨省하면서 좌우에서 모시면서
跬步不曾離 반걸음도 그 곁을 떠난 적이 없었네

주석

- 跬 반걸음 규
- 高堂: 高大한 집으로, 화려한 집을 뜻하거나 朝廷 또는 父母를 가리킨다. 1383년 이숭인이 35세 봄에 어머니 김씨가 이질을 앓다 사망하였으니, 여기서는 부친을 가리킨다.
- 期頤: 백 세를 뜻한다. 『禮記, 曲禮上』에 "백 년은 인간이 살 수 있는 최고의 수명이니, 자손들은 최대한으로 봉양을 해야 마땅하다(百年曰期 頤)."라는 말에서 나온 것이다.
- 晨昏: 『禮記, 曲禮』에 "모든 자식이 된 사람의 예는 겨울이면 어버이를 따습게 해 드리고 여름이면 서늘하게 해 드리며, 저녁에는 잠자리를 편안하게 보아 드리고 새벽에는 안부를 살피는 것이다(凡爲人子之禮 冬溫而夏清 昏定而晨省)."라고 한 데서 온 말이다.
- 跬步: 半步로, 지극히 짧은 거리를 말한다.

去年有君命 지난해 임금님의 명이 있어
奉使不敢辭 사신으로 가는 일 감히 사양 못 했네
道里旣云遠 거리는 아주 멀며
況復經歲時 더구나 다시 한 해를 넘겨야만 했다오
當初去家日 당초 집을 떠나올 그날에는
此懷固難支 이 마음 정말 다잡기 어려웠네
迨今賦言歸 이제는 귀향의 노래를 읊을 때가 되니
舞綵良有期 색동옷 입고 춤출 기약 생겼네

주석

- 支 버티다 지. 迨 이르다 태. 賦 읊다, 짓다 부
- 去年有君命: 1386년 賀節使가 되어 북경에 간 것을 말한다.
- 奉使: 奉命出使
- 道里: 道路나 거리 또는 道路의 村落
- 舞綵: 춘추시대 楚나라의 隱士인 老萊子가 나이 70에도 부모님을 기쁘게 해 드리기 위하여 색동옷을 입고 춤을 추며 재롱을 떨었다는 고사가 있다.

却乃抱憂思 하지만 그래도 근심스러운 생각은 여전해서
耿耿念在玆 염려하며 오직 이 생각뿐이었네
路逢郭典客 길에서 곽 전객을 만나니
尺書手自持 편지를 손수 지니고 있구나
接書讀數過 편지를 받아 몇 줄만 읽었는데도

平安無所疑 평안함을 의심할 것이 없었네
再拜謝典客 두 번 절하며 전객에게 감사드리니
今朝得小怡 오늘에야 마음이 조금 놓였네
父在不遠遊 어버이 살아 계시면 멀리 나가 노닐지 말라는
聖訓星日垂 성인의 가르침이 별과 해처럼 분명히 드리웠네
盡節之日長 충절을 다할 날은 길다고 한
前賢豈我欺 전현의 말씀이 어찌 나를 속이겠는가?

주석

- 怡 기쁘다 이. 耿 편안치 않다 경
- 耿耿: 마음에 잊히지 아니하여 염려가 되는 모양
- 典客: 賓客의 應接을 맡은 벼슬
- 尺書: 書信
- 今朝: ① 今晨, ② 今日, ③ 現今
- 父在不遠遊: 『논어, 里仁』에 "부모님이 살아 계실 때에는 멀리 나가서 놀지 말 것이요, 나가서 놀더라도 반드시 일정한 처소가 있어야 한다(父母在 不遠遊 遊必有方)."라는 공자의 말이 있다.
- 盡節之日長 前賢豈我欺: 도은이 벼슬을 그만두고 고향에 내려와 부친을 봉양하고 싶다는 뜻으로 인용한 말이다. 晉나라 李密이 어려서 부친을 여의고 모친은 改嫁해서 조모의 양육을 받고 자랐는데, 武帝가 太子洗馬의 벼슬로 부르자, 사양하면서 조모를 봉양하게 해 달라고 호소한 「陳情表」 중에 "저는 금년에 나이가 마흔넷이요, 조모 유씨는 금년에 96세이니, 신이 폐하에게 충절을 극진히 바칠 수 있는 날은 길고, 유씨에게 은혜를 갚을 날은

짧다고 할 것입니다(臣密今年四十有四 祖母劉今年九十有六 是臣盡節於陛下之日長 報劉之日短也).”라는 말이 나온다.

往者亦何言 지난 일은 말해서 또 무엇 하리오?
來者當庶幾 앞으로 일을 당연히 잘해야 하고말고
墨卿敢司戒 묵경에게 감히 경계하는 말을 쓸 것 있나?
神明諒必知 신명이 신실하여 분명히 알고 있을 텐데

주석

- 諒 신실하다 량
- 庶幾: ① 近似, ② 希望, ③ 有幸
- 墨卿敢司戒 神明諒必知: 마음속으로 이미 굳게 다짐하고 있는 만큼, 혹시 잊어버릴까 염려해서 箴과 같은 좌우명을 지을 것까지는 없으리라는 말이다. 朱熹가 敬과 관련된 옛날의 격언들을 모아서 자신을 경계하는 뜻으로 지은 「敬齋箴」이라는 글의 마지막에 “아, 공부하는 이들이여! 항상 염두에 두고서 공경하는 자세를 지녀라. 이에 묵경에게 경계하는 글을 쓰게 하면서, 감히 영대에 고하는 바이다(於乎小子 念哉敬哉 墨卿司戒 敢告靈臺).”라는 말이 나온다.
- 墨卿: 漢나라 揚雄의 「長楊賦」에 나오는 말로, 먹의 戲稱이다.
- 神明: 靈臺와 같은 말로, 마음을 뜻한다.

감상

이 시는 『도은집』 제1권에 실린 것으로, 1386년 賀節使가 되어 북경에 갔다가 1387년 41세, 명나라에 있다가 돌아오던 중 1월 17일에 당유현 동해역에서 고향 사람 곽해룡을 만나 집에서 보낸 편지를 받고서 다른 나라에서 한 해를 보내며 어버이를 그리는 심정을 노래한 것이다.

4년 전인 1383년, 이숭인이 35세 되던 봄에 어머니 김씨가 이질을 앓다 사망하고 부친도 백 세에 가까운 연세라, 좌우에서 昏定晨省으로 모시면서 잠시도 부친 곁을 떠난 적이 없었다. 하지만 지난해인 1386년 賀節使가 되어 북경에 가야 했기 때문에 부친과 거리가 멀어진 데다 해까지 넘기게 되었다. 처음 집을 떠나올 그날에 곁에서 모시지 못하는 안타까운 마음을 다잡기 어려웠었는데, 이제는 귀국하여 효도를 바칠 수 있게 되었으니, 정말 다행이다. 하지만 그래도 근심스러운 생각은 여전해서 오직 부친 생각뿐이었는데, 집안 소식을 담은 편지를 지닌 고향 사람 곽해룡을 당유현 동해역에서 만났다. 그가 전해준 편지를 받아 몇 줄만 읽었는데도 부친이 평안하다는 것을 알고는 곽해룡에게 두 번이나 절하며 감사드렸다. 공자께서 "어버이 살아 계시면 멀리 나가 노닐지 말라."라고 하셨으니, 앞으로는 벼슬을 그만두고 고향에 내려와 부친을 봉양하고 싶다.

「三節堂」 李稷[5)]

積善云有慶 선을 쌓으면 남은 경사 있을 것이라는
前達豈欺人 옛 현인의 말씀 어찌 사람을 속이겠는가?
高昌偰氏門 고창의 설씨 가문은
繼世多名臣 대를 이어 명신이 많았다네
桓桓都轉運 용맹한 都運使는
見道得其眞 도를 보아 그 진리를 터득했다네
義氣薄穹旻 의로운 기개는 하늘까지 이르러
磨涅不緇磷 갈아도 닳지 않고 검은 물을 들여도 물들지 않네
賢婦古來罕 현명한 부인은 예부터 드문 것
況經危亂辰 더구나 위태한 일 겪는 난리 때에랴
爲賦柏舟詩 「백주」와 같은 시를 지을 수 있는 것은
感被一家仁 일가의 어짊에 감동받았기 때문이라네
有子在髫齔 칠팔 세 어린 아들이
憂病思代親 어머니 병을 근심하여 대신하고픈 생각에
割肌得能療 살점을 베어 치료할 수 있었으니
至誠無等倫 지극한 정성 同類가 없구나
凜然三節堂 늠름한 삼절당의 이야기
聞者竦心神 듣는 이의 마음과 정신을 공경하게 만드네

---

5) 李稷(1362, 공민왕 11～1431, 세종 13): 본관은 星州. 자는 虞庭, 호는 亨齋. 정당문학을 지낸 兆年의 증손으로, 아버지는 문하평리 仁敏이다. 1377년(우왕 3) 문과에 급제한 후, 경순부주부・사헌지평・성균사예・예문제학 등을 역임했다. 1392년(태조 1) 조선 건국에 참여한 공로로 개국공신 3등이 되고, 星山君에 봉해졌다. 1393년 도승지・중추원학사에 임명되었으며, 1397년(태조 6) 대사헌이 되었으며, 이후 태종을 추대한 공로로 1401년(태종 1) 佐命功臣 4등에 책록되었으나 곧 馬價 문제로 성주에 安置되었으며, 명나라에 사은사로 갔다 온 뒤에도 陽川縣에 안치되었다. 1402년 참찬의정부사・대제학을 거쳐, 1403년 判司評府事가 되어 계미자 주조를 관장했다. 1408년 다시 이조판서에 임명되었고, 1412년 星山府院君에 봉해졌으며, 1414년 우의정이 되어 사은사로 명나라에 다녀왔다. 1415년 忠寧大君의 세자책봉에 반대하다가 탄핵을 받아 성주에 안치되었다. 1422년(세종 4) 딸이 태종의 비가 되자 풀려나 도제조로서 『新續六典』의 편찬작업에 참여했다. 1424년 영의정이 되었으며, 1426년 좌의정이 되었다가 다음 해 사직했다.

虞公玉堂老 우집 학사는
文章聳搢紳 문장가로 벼슬아치들 사이에 이름이 높았는데
記美悉詳盡 미담을 모두 다 상세히 기록하여서
愈久傳愈新 세월이 오래되어도 전해지는 것이 더욱 새롭다네
後嗣摠才俊 후손들 모두가 재주 뛰어나
聯翩立要津 대를 이어 요직에 올랐네
家聲肯失墜 집안의 명성이 어찌 실추되리오?
風德當彌純 풍모와 덕성이 두루두루 순수하구나
幸今際明時 다행히 지금은 明君의 시대이니
努力贊經綸 힘써 임금을 도와 경륜을 펼치시라

주석

- 薄 이르다 박. 竦 공경하다, 움츠리다 송. 聳 높이 솟다 용. 肯 어찌 긍. 彌 두루 미. 贊 돕다 찬
- 積善云有慶: 『易經』에 “선행을 쌓은 집에는 반드시 남는 경사가 있다(積善之家 必有餘慶).”라는 말이 보인다.
- 前達: 地位나 명성이 있는 先輩
- 高昌: 중국 신강성 위구르 자치구의 옛 이름이다. 설씨 가문이 이 지역의 偰輦河에서 살았기에 설씨 성을 갖게 되었다.
- 偰長壽(1341~1399): 고려시대 관인으로 자는 天民, 호는 芸齋이며 시호는 文貞이다. 본래는 위구르인이었는데, 홍건적의 난리 때에 부친 偰遜을 따라 고려로 귀화하였다.
- 桓桓: 武勇이나 威武가 있는 모양
- 都運使: 都轉運使로 조선 초 각 도의 貢賦와 租稅를 서울로 운송

하는 일을 맡았던 관직 이름이다.

- 穹昊(높다 궁): 하늘
- 磨涅不緇磷(涅 검은 물을 들이다 녈. 緇 검다 치. 磷 닳다 린): 『論語, 陽貨』에 춘추시대 晉나라의 대부 佛肸이 孔子를 부르자 공자가 가고자 하니 子路가 만류하였다. 이에 공자가 말하기를 "단단하다고 말하지 않겠는가? 갈아도 얇아지지 않으니. 희다고 말하지 않겠는가? 검은 물을 들여도 검어지지 않으니(不曰堅乎 磨而不磷 不曰白乎 涅而不緇)."라는 말이 있다.
- 柏舟: 『시경, 鄘風』에 실려 전하는 시로, 衛나라의 세자 共伯이 일찍 죽자 그의 아내 共姜이 개가시키려는 부모의 뜻을 거절하고 수절할 것을 맹세하며 지은 것이다.
- 髫齔(늘어뜨린 머리 초, 배냇니가 빠지고 이를 갈다 츤): 머리를 뒤로 늘어뜨리고 이를 갈 무렵의 7~8세의 아이
- 割肌(살가죽 기): 『명심보감』에 "어머니를 봉양할 수 없으면 넓적다리 살을 베어 드시게 했다(無以爲養 則刲髀肉食之)."라는 尙德의 이야기가 있다.
- 等倫: =同輩, 同類
- 虞公: 원나라의 문인이자 학자인 虞集으로 자는 伯生, 호는 道園, 시호는 文靖이며 한림학사를 지냈다.
- 搢紳: 縉紳. 笏을 紳帶의 사이에 꽂는 것으로, 옛날 관리들의 裝束. 士大夫를 가리킴.
- 聯翩(오락가락하다 편): 연이어 끊이지 않는 모양
- 要津: 중요한 나루터로 要害處로 쓰이거나, 높은 관직을 가리킴.
- 經綸: 경영하고 처리하는 것으로, 천하를 다스림.

감상

이 시는 『형재시집』 제1권에 실린 것으로, 제목 뒤에 세주로 "판삼사사 설장수의 조부 도운사가 적을 만나 절의를 지키다 죽었다. 그 부인이 홀로 살면서 부녀자의 도리를 온전히 지킬 수 있었다. 아들 문질이 10세의 나이에 허벅지 살을 베어 어머니 병을 고치는 약으로 삼았다. 이에 이들 세 명의 절의를 '삼절'이라 일컫는다(判三司事偰長壽祖都運使 遇賊守節死 夫人寡居 能全婦道 子文質有十歲 割肌以藥母疾 謂之三節)."라고 되어 있다.

「孝子圖十詠」 徐居正[6]

劉殷 天芹

母病沈綿獨叫閽 모친의 오랜 병세를 홀로 하늘에 호소해

忽逢神女賜天芹 갑자기 선녀 만나서 하늘에서 준 미나리를 하사받았네

人間臘雪盈千尺 인간 세상에는 섣달 눈이 천 자 쌓였는데

綠葉青莖逐白雲 푸른 잎과 줄기가 흰 구름을 쫓아 나왔구나

주석

- 叫 부르짖다 규. 閽 하늘문 혼. 臘 섣달 랍. 莖 줄기 경
- 劉殷 天芹(미나리 근): 유은에게 하늘이 미나리를 내리다. 晉나라 때 효자 유은은 9세 때에 아버지를 여의고 슬픔이 예에 지나칠 정도로 삼년상을 마쳤다. 그 후 한번은 祖母 王氏가 추운 겨울에 미나리나물을 몹시 먹고 싶어 하므로, 유은이 어떤 늪에 들어가 통곡하며 말하기를 “유은이 죄가 많아 일찍 아버지를 여의고 조모님이 계시는데 旬月간의 봉양 거리도 없습니다. 유은은 사람의 자식이 되었으나 조부모가 생각하는 것을 얻을 수가 없

---

6) 徐居正(1420, 세종 2～1488, 성종 19): 자는 剛中, 호는 四佳亭. 權近의 외손자. 조선 전기의 대표적인 지식인으로 45년간 세종·문종·단종·세조·예종·성종의 여섯 임금을 모셨으며 신흥왕조의 기틀을 잡고 文風을 일으키는 데 크게 기여했다. 원만한 성품의 소유자로 端宗 폐위와 死六臣의 희생 등의 어지러운 현실 속에서도 왕을 섬기고 자신의 직책을 지키는 것을 직분으로 삼아 조정을 떠나지 않았다. 당대의 혹독한 비평가였던 金時習과도 미묘한 친분관계를 맺은 것으로 유명하다. 문장과 글씨에 능하여 수많은 편찬사업에 참여했으며, 그 자신도 뛰어난 문학저술을 남겨 조선시대 관각문학이 절정을 이루었던 穆陵盛世의 디딤돌을 이루었다. 그의 저술서로는 객관적 비평태도와 주체적 批評眼을 확립하여 후대의 詩話에 큰 영향을 끼친『東人詩話』, 간추린 역사·제도·풍속 등을 서술한『筆苑雜記』, 설화·수필의 집대성이라고 할 만한『太平閑話滑稽傳』이 있으며, 官人의 富麗豪放한 시문이 다수 실린『四佳集』 등이 있다. 명나라 사신 祁順과의 시 대결에서 우수한 재능을 보였으며 그를 통한『皇華集』의 편찬으로 이름이 중국에까지 알려졌다.

으니, 원컨대 皇天后土께서는 불쌍히 여겨주소서."라고 하였다. 그리고 한나절 동안이나 소리 내어 울었더니, 갑자기 "그쳐라, 울음을 그쳐라(止 止聲)."라고 하는, 마치 사람 말소리 같은 것이 들리므로 유은이 마침내 눈물을 거두고 땅을 내려다보니, 문득 미나리가 나 있어 이것을 많이 캐서 돌아와 조모를 봉양했다는 고사에서 온 말이다. 또 한번은 유은의 꿈에 어떤 사람이 유은에게 말하기를 "서쪽 울타리 밑에 곡식이 있다(西籬下有粟)."라고 하므로, 꿈을 깬 즉시 그 울타리 밑을 파니 과연 곡식 15鍾을 얻었다. 그 종에 "7년 먹을 곡식 100석을 효자 유은에게 내리노라(七年粟百石 以賜孝子劉殷)."라고 새겨져 있기도 했다고 한다. 그런데 여기서는 미나리라고 한 것이 『晉書』에는 본디 菫(제비꽃 근)자로 되어 있는데, 菫은 곧 일반 화초의 이름이다. 위의 시 내용도 『진서, 劉殷列傳』의 내용과는 약간 다른 점이 있다.

- 沈綿: 병에 걸려 오래 낫지 않음.
- 神女: =仙女

董永 貸錢

孝誠珍重格皇天 효성이 진중하여 저 하늘을 감동시키니
天遣織女償萬錢 하늘이 직녀로 하여금 만전을 갚아 주었네
一月足縑三百匹 한 달에 비단 삼백 필을 거뜬히 짜고는
乘雲歸去杳茫然 구름 타고 아득한 데로 돌아가 버렸네

주석

- 格 감동하여 통하다 격. 縑 비단 겸. 杳 아득하다 묘. 茫 아득하다 망
- 董永 貸錢: 동영이 돈을 빌리다. 漢나라 때 효자 동영이 일찍이 어머니를 여의고 집이 가난하여 남의 집에 고용살이를 하면서 아버지를 정성으로 봉양하다가, 마침내 아버지가 죽자 그 주인에게 자기 몸을 팔아 종이 되기로 약속하고 돈 萬錢을 빌려 아버지의 장사를 치렀다. 그리고 장사를 마치고 돌아오는 길에 갑자기 자태가 단아하고 아름다운 한 여인을 만났는데, 그녀가 동영의 아내가 되기를 요구하므로 그녀를 데리고 함께 주인에게 가서 그 사실을 말하였다. 주인이 동영의 아내에게 명하여 비단 300필을 짜내 놓으면 너의 夫妻를 석방하겠다고 했더니, 과연 한 달 만에 비단 300필을 다 짜내므로 주인이 그 신속함을 괴이하게 여기면서 마침내 그 夫妻를 석방했는데, 그녀가 예전에 동영과 서로 만났던 자리에 이르러서는 동영에게 이별을 고하며 말하기를 "나는 하늘의 직녀인데, 그대의 지극한 효성 때문에 천제께서 나로 하여금 그대를 도와 빚을 갚게 하여 잠시 내려온 것이다(我天之織女也 緣君至孝 天帝令助君償債)."라고 하고 즉시 공중으로 사라져 버렸다는 고사에서 온 말이다.
- 格皇天: 『서경』에 "格于皇天"이라는 표현이 있다.

伯兪 泣杖
兒昔逢笞不泣之 아이가 예전엔 매를 맞고도 울지 않았는데
兒今垂淚復何爲 아이가 지금 눈물 흘림은 또 무엇 때문인가?
只緣母力衰猶甚 다만 어머니의 힘이 몹시 쇠해진 때문이니
兒不痛時得不悲 아이가 아프지 않을 때 슬프지 않을 수 있겠는가?

주석

- 笞 매질하다 태
- 伯兪 泣杖: 백유가 매를 맞고 울다. 『說苑, 建本』에, 漢나라 때 효자 백유가 일찍이 잘못이 있어 자기 어머니가 매를 때리자 엉엉 울므로, 그 어머니가 이르기를 "예전에는 너에게 매를 때려도 네가 울지 않더니 지금 우는 것은 무슨 까닭이냐?"라고 하자, 백유가 대답하기를 "제가 죄를 지어 매를 맞을 때면 매가 항상 아팠는데, 지금은 어머니의 힘이 쇠하여 아프게 때리지 못하시는지라, 그래서 웁니다(兪得罪 笞常痛 今母之力 不能使痛 是以泣)." 라고 했던 데서 온 말이다.

王祥 剖氷
蟻牀慈母抱沈痾 모친이 귓병으로 고질을 앓고 있지만
雪亂天寒可若何 눈보라 치는 겨울이라 어떻게 할 수 있으랴
忽此剖氷雙鯉躍 갑자기 얼음이 깨져 두 잉어가 뛰어나왔으니
天心報答亦應多 하늘의 보답이 또한 응당 많았다 하겠네

주석

- 此 이에 차
- 王祥 剖冰: 왕상이 얼음을 가르다. 『晉書 卷33, 王祥列傳』에, 晉나라 때 효자 왕상이 어느 추운 겨울날에 자기 어머니가 살아 있는 물고기를 먹고 싶어 하자, 그가 꽁꽁 얼어붙은 강으로 나가서 웃옷을 벗고 얼음 위에 드러누워 얼음이 녹기를 기다리자, 갑자기 얼음이 저절로 깨지면서 잉어 두 마리가 뛰어나오므로, 이것을 가져다가 어머니를 봉양했다는 고사에서 온 말이다.
- 蟻牀: 귀에 질병을 앓고 있는 것으로, 『晉書 卷84, 殷仲堪列傳』에, 晉나라 때 은중감의 부친이 일찍이 귓병을 앓아, 침상 밑에서 개미들이 움직이는 소리를 듣고 소가 싸우는 소리로 잘못 알아들었다고 한다.
- 沈痾(숙병 아): =重病
- 若何: 어떻게 하다

閔損 單衣

薄薄蘆衣不禦寒 엷고 엷은 갈대옷은 추위를 막지 못했는데
嚴顔明察御車難 부친이 수레 몰기 어려움을 밝게 살폈네
一言誠感千金重 한마디 정성의 감동이 천금처럼 중하며
群弟皆完後母完 아우들 모두 완전하고 계모도 완전했네그려

주석

- 閔損 單衣: 민손이 홑옷을 입다. 민손은 孔子의 제자로 자는 子騫인데, 효행과 덕행으로 일컬어졌다. 민손은 본디 형제가 있었는데, 그의 어머니가 죽은 뒤에 아버지가 再娶하여 또 아들 형제를 낳았다. 한번은 민손이 아버지의 수레를 몰다가 말고삐를 놓치자, 아버지가 그의 손을 잡고 보니 솜 대신 갈대꽃을 둔 옷이 매우 얇았다. 이에 아버지가 즉시 집에 돌아가 후처 소생의 아들을 불러 손을 잡아 보니, 그의 옷에는 솜을 두어 아주 두껍고 따뜻하므로 그 후처에게 말하기를 "내가 네게 장가를 든 까닭은 내 자식을 위해서였는데, 지금 네가 나를 속였으니 내 집에서 나가거라."라고 하자, 민손이 아버지에게 간하여 말하기를 "어머니가 계시면 한 아들만 홑옷을 입게 되지만, 어머니가 떠나시면 세 아들이 다 추위에 떨게 될 것입니다(母在一子單 母去三子寒)."라고 하므로, 아버지가 그 말에 감동되어 후처를 버리지 않았다는 고사에서 온 말이다. 그래서 당시에 "효성스럽도다, 민자건이여! 한마디 말에 그 어머니가 돌아오게 되고, 두 마디 말에 세 아들이 다습게 되었다(孝哉閔子騫 一言其母還 再言三子溫)."라는 말이 있었다 한다.
- 蘆衣: 솜 대신 갈대꽃을 둔 엷은 옷을 말한다.
- 嚴顏: 엄숙한 얼굴
- 後母: =繼母

劉氏 孝姑
旅窓姑病幾經旬 객지에서 시어머니 병 수발한 게 며칠이던가?
齧蚋驅蚊極苦辛 파리매 깨물고 모기 쫓느라 지극히 고생했네
刲股和羹渾細事 다리 베어 국 끓인 것쯤은 잗단 일이니
如劉孝婦古無人 유 효부 같은 이는 예전에도 없던 사람이로다

주석

- 齧 깨물다 설. 蚋 파리매 예. 蚊 모기 문. 刲 베다 규. 股 넓적다리 고. 渾 모두 혼
- 劉氏 孝姑: 유씨가 시어머니에게 효도하다. 劉孝婦는 韓太初의 아내였는데, 명나라 초기에 온 가족을 거느리고 和州로 이사를 가던 도중에 시어머니가 병이 나자 자기 손에서 피를 뽑아 약에 타서 먹여 드렸고, 화주에 이르러서는 남편이 죽자 유씨가 손수 채소를 가꾸어 시어머니를 봉양하였다. 그로부터 2년 뒤에는 시어머니가 또 風疾을 앓아서 일어나지 못하자 밤낮으로 탕약을 올리고 모기, 파리 등을 몰아내느라 곁을 떠나지 않았으며, 시어머니의 몸이 썩어 요자리에서 구더기가 나올 적에는 그녀가 입으로 구더기를 깨물어 죽이자 다시는 구더기가 나오지 않았고, 시어머니의 병이 위독해졌을 때는 자기 넓적다리의 살을 베에 먹여 드리기까지 했으며, 시어머니가 죽은 뒤에는 시아버지의 묘 곁으로 返葬(객지에서 죽은 사람을 그가 살던 곳이나 그의 고향으로 옮겨서 장사를 지냄)을 하려 하나 그럴 힘이 없으므로 무려 5년 동안이나 슬피 통곡한 결과, 마침내 明 太祖가 그 사연을 듣고는 中

使를 시켜 喪具를 갖추게 해주고, 유사에게 명하여 반장하게 한 다음 旌門을 세워주고 국가의 요역까지 면해주었다고 한다.

– 和羹(섞다 화, 국 갱): 여러 가지 양념을 하고 간을 맞춘 국

田眞 荊樹
同氣連枝是弟兄 같은 기운과 이은 가지는 바로 형제인제
分財一夕事堪驚 재물 나누던 하룻밤 일이 참 놀랍기만 하네
珍重堂前紫荊樹 당 앞에 서 있던 자형나무는 진중하여
分來憔悴合來榮 나누려 하자 말랐다 합하려 하자 무성해졌네

주석

– 憔 파리하다 초. 悴 파리하다 췌

– 田眞 荊樹: 전진의 紫荊(콩과에 속하는 낙엽관목으로, 홍자색 꽃이 핌)나무. 『續齊諧記』에, 옛날 田眞 형제 3인이 부모의 유산을 똑같이 나누고는 마지막으로 堂 앞에 서 있는 자형나무 한 그루를 셋으로 쪼개 나누자고 의논을 했더니, 자형나무가 갑자기 말라 죽어 버렸다. 그러자 전진이 두 아우에게 말하기를 "나무는 본디 뿌리가 하나이기에 장차 쪼개 나눈다는 말을 듣고 이 때문에 시들어 버린 것이니, 우리 같은 사람은 나무만도 못하다."라고 하고 서로 슬퍼하여 그 나무를 나누지 않았더니, 그 나무가 다시 살아나서 무성해졌다는 고사에서 온 말이다.

– 同氣: 형제자매

- 連枝: 兄弟姐妹나 恩愛하는 夫婦의 비유로 쓰인다.

曾參 孝親

養親惟在悅乎親	어버이 봉양은 오직 어버이를 기쁘게 하는 데에 두어
日向山中爲採薪	날마다 산중에 들어가 나무를 하였네
齧指動心因孝感	손가락 깨묾에 마음 놀람은 효성이 감통했기 때문인데
踰垣投杼更何人	북 던지고 담장 넘은 사람은 또 누구였던가?

주석

- 踰 넘다 유. 垣 담 원. 杼 북 저
- 曾參 孝親: 증삼이 어버이에게 효도하다. 증삼은 孔子의 제자로 효성이 매우 지극했었다.
- 日向山中爲採薪: 『맹자』에, "증석이 양고기와 대추를 좋아했었는데, 증자께서 차마 양고기와 대추를 먹지 못하셨다(曾晳嗜羊棗而曾子不忍食羊棗)."라는 말이 나온다.
- 齧指動心因孝感: 증삼이 한번은 공자를 따라 초나라에 가 있을 때 갑자기 마음이 놀람을 느껴 즉시 공자께 하직하고 돌아가 어머니께 무슨 일이 있었느냐고 묻자, 어머니가 이르기를 "너를 생각하면서 손가락을 깨물었다(思爾齧指)."라고 하였다. 뒤에 공자가 이 일에 대하여 이르기를 "증삼의 효성이 만 리를 감통하였다(曾參之孝精感萬里)."라고 했던 데서 온 말이다.

– 踰垣投杼更何人: 『戰國策 卷4, 秦2』에, 춘추시대 노나라에 증삼과 똑같은 이름을 가진 사람이 또 있어 그가 살인을 했는데, 다른 사람들이 그가 曾子인 줄로 잘못 알고 증자의 어머니에게 찾아가서 "증삼이 사람을 죽였다."라고 하였다. 그러나 두 번째까지는 증자의 어머니가 "내 아들은 사람을 죽일 리가 없다." 하고 태연하게 베를 짜다가, 세 번째 사람이 또 가서 말하자 그때는 증자의 어머니가 베 짜던 북을 던지고 담장을 넘어 달아났다는 고사에서 온 말이다.

郭巨 埋子

白頭親欲堂中養 백발의 어버이를 집에서 봉양하기 위해
黃口兒從地下埋 어린애를 땅속에 묻으려 했네
忽得千金滿一釜 갑자기 가마솥 가득 천금을 얻었으니
分明天鑑亦昭回 하늘의 살핌 또한 해와 달처럼 밝았음이 분명하네

주석

– 郭巨埋子: 곽거가 자식을 묻다. 『搜神記』에, 후한 때의 효자 곽거는 가난한 형편에도 노모를 극진히 봉양하였는데, 마침 아내가 아들을 낳아 3세가 되었을 때 노모가 항상 자기 밥을 덜어서 손자를 먹이곤 하였다. 그러자 곽거가 자기 아내에게 말하기를 "가난해서 어버이 봉양을 제대로 할 수 없으니, 우리 함께 저 자식을 묻어 버립시다. 자식은 다시 얻을 수 있지만, 어머니는 다

시 얻을 수 없소."라고 하고, 아내와 함께 아이를 안고 가서 묻으려고 하였다. 땅을 2척 남짓 파내려 가자 갑자기 황금이 가득한 가마솥 하나가 나타났는데, 그 솥 위에 "하늘이 효자 곽거에게 내린 것이니 관청에서도 빼앗을 수 없고 다른 사람도 취할 수 없다(天賜孝子郭巨 官不得奪 人不得取)."라고 쓰여 있었다. 그래서 아이 묻는 일을 중단하고 바로 돌아와서 어버이도 잘 봉양하고 아이도 잘 기를 수 있었다는 고사에서 온 말이다.

- 黃口: 새 새끼의 부리로, 새끼 새나 幼兒를 가리킴.
- 黃口兒: 幼兒
- 昭回: 별이 빛나며 회전하는 것으로, 별이나 日月을 가리킴.

楊香 搤虎
何物寧馨一女兒 그 어떤 여아이기에
能騎虎背救親危 호랑이의 등을 타고 위험한 아버지를 구했는가?
紛紛人子何顏面 그 많은 자식 된 자들은 무슨 면목일까?
不及高堂定省時 부모님의 안부 살피는 것도 제때에 미처 못 하는걸

주석

- 楊香 搤虎(조르다 액): 양향이 호랑이의 목을 조르다. 晉나라 때 효녀 양향이 14세가 되었을 적에 한번은 자기 아버지가 호랑이에게 물려 급하게 되었는데, 이때 양향이 맨손으로 호랑이의 목을 힘껏 졸라대자 호랑이가 마침내 달아나서 그 아버지가 죽음

을 면하게 되었던 고사에서 온 말이다.

- 寧馨: 晉宋시대의 俗語로, '如此'의 뜻이다.
- 紛紛: 많고 성대한 모양
- 高堂: 高大한 집으로, 화려한 집을 뜻하거나 朝廷 또는 父母를 가리킨다.
- 定省: 『禮記, 曲禮』에 "모든 자식이 된 사람의 예는 겨울이면 어버이를 다습게 해 드리고 여름이면 서늘하게 해 드리며, 저녁에는 잠자리를 편안하게 보아 드리고 새벽에는 안부를 살피는 것이다(凡爲人子之禮 冬溫而夏凊 昏定而晨省)."라고 한 데서 온 말이다.

감상

이 시는 『사가시집』 제31권에 실린 것으로, 孝子圖를 보고 읊은 것이다.

홍만종의 『小華詩評』에, "서거정은 호를 사가정이라 하는데, 양촌 권근의 외손이다. 6살 때 시를 지으니, 사람들이 신동이라 불렀다. 그가 8살 봄에 양촌을 모시고 앉아 물었다. '옛날 사람들은 일곱 걸음을 걸을 때까지 시를 지었다고 하는데(曹植의 「七步詩」를 두고 한 말임), 그것은 조금 느린 것 같아요. 저는 다섯 걸음 안에 시를 지어보겠습니다.'라고 하였다. 양촌이 매우 기이하게 여기고 드디어 하늘을 가리키며 주제로 삼고 名·行·傾 세 글자를 운으로 불러주었다. 이에 사가가 즉시 시를 지었다. '모양이 지극히 둥글고 커서 이름 짓기 어렵고, 땅을 안고 돌면서 절로 힘차게 다니는구나. 지상을 덮은 중간에 만물을 포용하고 있는데, 기나라 사람은 왜 무너질까 근심했을까?' 양촌은 감탄과 칭찬을 그치지 않았다(徐居正號四佳亭 權陽村外孫也 六世

屬句 人稱神童 八歲春陪陽村坐 四佳曰 古人七步成詩 尙似遲也 請五步成詩 陽村大奇 遂指天爲題 因呼名行傾三字 四佳應聲曰 形圓至大蕩難名 包地回旋自健行 覆燾中間容萬物 如何杞國恐頹傾 陽村歎賞不已).”
라고 하여, 文才가 뛰어난 서거정의 일화를 실어두었다.

「將向大丘覲親 踰鳥嶺」 徐居正

崎嶇鳥嶺似羊腸 험난한 조령의 산길은 양의 장과도 같아서
瘦馬凌兢步步僵 파리한 말이 벌벌 떨며 걸음마다 넘어지네
爲報行人莫相怨 행인들에게 알리노니, 나를 원망하지 말라
欲登高處望吾鄉 높은 곳에 올라 내 고향을 바라보고파서라네

주석

- 覲 뵙다 근. 崎 험하다 기. 嶇 험하다 구. 瘦 파리하다 수. 僵 쓰러지다 강
- 羊腸: 굽고 좁은 작은 길
- 凌兢(떨다 릉. 떨리다 긍): 벌벌 떠는 모양

감상

이 시는 『사가시집』 제2권에 실린 것으로, 서거정은 牧使 徐彌性과 安東 權氏 文忠公 權近의 따님과 결혼하여 낳은 2남 1녀 중 차남으로, 1452년 33세 겨울에 謝恩使 首陽大君의 從事官으로 중국에 가던 도중, 모친상을 당하여 되돌아오기도 했다. 이 시는 大丘에 가서 覲親하기 위해 鳥嶺을 넘으면서 지은 것이다.

「送金善山(宗直)之任」 姜希孟[7)]

萱堂雲闕隔微茫 훤당과 궁궐 아득히 머니
仕宦寧親兩未忘 벼슬살이와 모친 봉양 모두 잊지 못하네
乞郡章成誰會得 고향의 수령 청하여 이룬 것 누가 이해할 수 있으랴?
事親猶短事君長 부모 섬길 날 오히려 짧고 임금 섬길 날 긴 것을

주석

- 會 이해하다 회
- 萱堂: 어머니가 거처하는 방이나 어머니를 칭함. 『詩經, 國風, 伯兮』에 "어디에서 훤초를 얻어 북당에 심을까(焉得諼草 言樹之背)?"라 했는데, 毛傳에서 "諼草 令人忘憂. 背 北堂也"라 하고, 陸德明釋文에는 "諼 本又作萱"이라 했다. 北堂에 훤초를 심어서 사람으로 하여금 근심을 잊게 하는데, 古制에 北堂은 主婦의 居室이므로 뒤에 이러한 의미를 지니게 되었다.
- 雲闕: 궁궐이 높고 크기 때문에 궁궐이나 조정을 일컬음.
- 微茫: 아득하다.

---

7) 姜希孟(1424, 세종 6～1483, 성종 14): 자는 景醇, 호는 私淑齋・無爲子, 시호는 文良이다. 1447년(세종 29) 18세에 별시문과에 장원급제했고, 1453년(단종 1) 예조정랑이 되었다. 1455년(세조 1) 원종공신 2등에 책봉되었고, 예조참의・이조참의를 거쳐 1463년 진헌부사가 되어 명나라를 다녀왔다. 1468년 南怡의 獄事를 다스린 공으로 晉山君에 봉해졌다. 1473년 병조판서가 되고, 이어 판중추부사・이조참판・판돈녕부사・우찬성을 거쳐 1482년 좌찬성에 이르렀다. 부지런하고 치밀한 성격으로 공정한 정치를 했고 博學多識하다는 말을 들었으나, 한편으로 아첨하며 자기 공을 자랑한다는 비방도 들었다. 經史와 典故에 통달한 뛰어난 문장가였고 민요와 설화에도 깊은 관심을 가졌다. 소나무・대나무 그림과 산수화를 잘 그렸다. 금양에 있을 때 자신의 경험과 견문을 토대로 지은 농업에 관한 저서로 「衿陽雜錄」이 있고, 당시 滑稽傳의 성격을 알 수 있는 『村談解頤』가 있다. 그 밖에 서거정이 편찬한 유고집 『사숙재집』 17권이 있다.

감상

이 시는 『사숙재집』에 실린 것으로, 金宗直이 모친 봉양을 위해 함양군수로 나갈 때 전송하면서 지어준 것으로, 부모에 대한 孝를 기리고 있다.

어머니가 거처하는 곳과 대궐 둘 사이는 아득히 멀어서, 벼슬살이를 하자니 어머니 곁을 떠나야 하고 어머니를 봉양하자니 대궐에서 벗어나야 한다. 이 두 가지를 동시에 이루고 싶으나, 공간적 여건이 너무 멀어서 그렇지 못하니, 고향의 수령을 청하여 어머니 모시는 일을 선택하려고 한다. 그런데 이런 내 마음을 누가 알아줄까? 어머니를 섬길 날은 길지 않고 앞으로 임금을 섬길 날은 많아서 이러한 선택을 했는데…….

「夢感」 成俔[8]

蓼莪恩虧竟何怙 육아의 은혜 이지러졌으니 끝내 누굴 믿을까?
再仕無心樂三釜 두 번 벼슬했지만 삼부를 즐길 마음이 없네
寂寥斧屋蒼山根 적막한 봉분은 푸른 산기슭에 자리했는데
三載茅廬窮獨住 삼 년을 띳집에서 궁하게 홀로 지내던 어느 날
抛書假寐魂始交 책 놓고 잠시 잠들어 넋이 처음 상봉할 때
噩耶懼耶擾胸腑 악몽인지 구몽인지 가슴이 덜덜 떨렸네
慈顏知我痛終天 어머니는 나의 終身의 애통하는 맘을 아시고
倏忽夢中猶暫遇 갑자기 꿈속에서나마 잠시 나를 만나주셨네
兒行據膝窓前歸 나는 애처럼 무릎으로 기어 창 앞에 가서
風吹兒袖萊衣舞 바람 불자 노래자의 색동옷으로 춤을 추며
盤嬉笑語不須臾 즐거워 웃고 말한 지 잠깐도 안 되어
縹渺悠揚覓無路 아득히 날아오르는 넋을 찾을 길이 없었네
月色滿牕夜未央 달빛은 창 가득 밝고 밤은 다하지 않았는데
擁衾無言淚如雨 이불 덮은 채 말없이 눈물이 비와 같구나
此身空虛夢中夢 이 몸의 공허함은 꿈속의 꿈이나 같은 건데
何苦蘄生在塵土 왜 애써 이 진토에서 살기를 바란단 말인가?
莊周蝴蝶齊是非 장주의 나비는 시비를 평등히 보는 것이니
若遇大覺猶朝暮 만약 크게 깨달으면 일생이 아침저녁 같다네

8) 成俔(1439, 세종 21~1504, 연산군 10): 본관은 창녕. 자는 磬叔, 호는 虛白堂・慵齋・浮休子・菊塢. 徐居正으로 대표되는 조선 초기의 館閣文學을 계승하면서 민간의 풍속을 읊거나 농민의 참상을 사실적으로 노래하는 등 새로운 발전을 모색했다. 1462년 식년문과에, 1466년 拔英試에 각각 3등으로 급제하여 박사가 된 뒤 홍문관정자를 거쳐 司錄이 되었다. 1468년 예문관수찬・승문원교검을 겸했고, 1485년 첨지중추부사로 千秋使가 되어 명나라에 다녀온 뒤 대사성・대사간・동부승지・형조참판・강원도관찰사 등을 지냈다. 1488년 평안도관찰사로 있을 때 동지중추부사로 사은사가 되어 명나라에 다녀온 뒤 대사헌을 거쳐 1493년 경상도관찰사가 되었다. 여말선초의 정치사・문화사에서 많은 인물을 배출한 명문의 후예로 비교적 평탄한 벼슬생활을 했으나 공신의 책봉에서는 빠지는 등 정치의 실권과는 거리가 있었다. 62세 때는 홍문관과 예문관 양관의 大提學에 올라 이 시기의 문풍을 실질적으로 주도했다. 문장, 시, 그림, 인물, 역사적 사건 등을 다룬 잡록 형식의 글 모음집인 『慵齋叢話』를 저술했으며, 장악원의 儀軌와 악보를 정리한 『樂學軌範』을 유자광 등과 함께 편찬했다. 문집으로 『虛白堂集』이 전한다. 죽은 뒤 수개월 만에 갑자사화가 일어나 부관참시당했으나, 뒤에 伸寃되었고 淸白吏로 뽑혔다. 시호는 文載이다.

주석

- 倏 갑자기 숙. 據 의지하다 거. 腑 장부 부. 盤 즐기다 반. 嬉 즐기다 희. 央 다하다 앙. 擁 안다 옹. 蘄 바라다 기
- 蓼莪恩: 육아는 『詩經, 小雅』의 편명인데, 이 시는 이미 돌아가신 부모에게 하늘처럼 끝없는 은덕을 갚을 길이 없어 부모를 몹시 그리워하여 부른 노래이다.
- 虧竟何怙: 「육아」에 "길고 큰 것이 쑥인 줄 알았더니, 아름다운 쑥이 아니라 저 나쁜 쑥이로다. 슬프고 슬퍼라, 부모님이여! 나를 낳으시느라 수고하셨도다. ……아버지가 없으면 누구를 믿으며, 어머니가 없으면 누구를 의지할까? 나가서는 근심 걱정뿐이요, 들어오면 돌아갈 곳이 없노라(蓼蓼者莪 匪莪伊蒿 哀哀父母 生我劬勞……無父何怙 無母何恃 出則銜恤 入則靡至)."라고 한 데서 온 말이다.
- 再仕無心樂三釜: 三釜의 釜는 6斗 4升 들이의 용량을 말하는데, 삼부는 일반인이 겨우 한 달 먹을 수 있는 용량에 불과한 것으로, 전하여 薄俸에 비유한다. 『莊子, 寓言』에 "증자가 두 번 벼슬을 했는데, 그때마다 마음이 변했다. 그가 말하기를 '내가 어버이 생존 시에 벼슬할 적에는 삼부의 녹봉만 받아도 마음이 즐거웠는데, 뒤에는 벼슬하여 3천 종의 녹봉을 받았지만 어버이를 봉양할 수 없어 내 마음이 슬펐다.' 했다(曾子再仕 而心再化 曰吾及親仕 三釜而心樂 後仕三千鍾 不曁 吾心悲)."라고 한 데서 온 말이다.
- 斧屋: 무덤의 윗부분이 좁아서 마치 도끼의 날처럼 생긴 封墳을 말한 것으로, 속칭 馬鬣封이라는 것이다. 『禮記, 檀弓』에 孔子가

일찍이 이르기를 “내가 옛날에 본 바로는, 봉분하는 것을 마루처럼 만든 것이 있었고 제방처럼 만든 것도 있었으며, 하옥의 지붕을 덮은 것처럼 만든 것도 있었고 도끼처럼 만든 것도 있었으니, 나는 도끼처럼 만든 것을 따르겠다(吾見封之若堂者矣 見若坊者矣 見若覆夏屋者矣 見若斧者矣 從若斧者焉).”라고 한 데서 온 말이다.

- 蒼山: =靑山
- 噩夢懼夢(놀라다 악): 악몽은 꿈을 꾸면서 매우 놀라는 것을 말하고, 구몽은 마음속에 두려운 것이 있어 꿈으로 나타난 것을 말한다. 『周禮, 春官宗伯, 占夢』에 “세시에 천지일월이 서로 만나는 것을 관찰하여 음양의 기운을 변별해서 일월성신으로 여섯 가지 꿈의 길흉을 점치는 일을 관장하는데, 첫째는 정몽이요, 둘째는 악몽이요, 셋째는 사몽이요, 넷째는 오몽이요, 다섯째는 희몽이요, 여섯째는 구몽이다(掌其歲時觀天地之會 辨陰陽之氣 以日月星辰占六夢之吉凶 一曰正夢 二曰噩夢 三曰思夢 四曰寤夢 五曰喜夢 六曰懼夢).”라고 하였다.
- 慈顔: 자상한 얼굴로, 모친을 가리킴.
- 終天: =終身
- 兒袖萊衣舞: 晉나라 皇甫謐의 『高士傳』에 “노래자는 두 어버이를 효성으로 봉양하였다. 나이 70살에 아이들이 하는 장난을 하여 몸에 오색 무늬의 옷을 입었으며, 일찍이 물을 떠가지고 마루에 오르다가 거짓으로 넘어져서 땅에 엎어져 어린아이의 울음소리를 내었으며, 부모 곁에서 병아리를 가지고 놀며 부모님을 기쁘게 하고자 하였다(老萊子孝奉二親 行年七十 作嬰兒戲 身著五色斑斕之衣 嘗取水上堂 詐跌仆臥地 爲小兒啼 弄雛於親側 欲親之

喜).”라는 말이 있다.

- 縹渺: 멀리 숨는 모양
- 夢中夢: 꿈속의 꿈으로 幻相, 즉 허깨비 같은 것을 의미한다. 『莊子, 齊物論』에 “죽은 이가 죽기 전에 살기를 바랐던 것을 죽은 뒤에 후회하지 않는다는 것을 내가 어찌 알겠는가? 꿈에 술을 마시며 즐기던 사람이 아침에는 곡을 하며 울고, 꿈에 곡을 하고 울던 사람이 아침에는 사냥을 나가 즐긴다. 한창 꿈을 꾸고 있을 때에는 그것이 꿈인 줄을 알지 못하고 꿈속에서 그 꿈을 점치기도 하다가 깬 뒤에야 그것이 꿈인 줄을 안다. 또한 크게 깨달음이 있는 뒤에야 이것이 큰 꿈인 줄을 아는 것이다(予惡乎知夫死者不悔其始之蘄生乎 夢飮酒者 旦而哭泣 夢哭泣者 旦而田獵 方其夢也 不知其夢也 夢之中又占其夢焉 覺而後知其夢也 且有大覺而後知此其大夢也).”라고 한 데서 온 말이다.
- 莊周蝴蝶: 호접은 나비를 가리킨 것으로, 『장자, 제물론』에 “일찍이 장주가 꿈에 나비가 되어, 기뻐하며 훨훨 나는 것이 분명 나비였는데, ……이윽고 깨어 보니 의기양양한 모습의 장주가 분명하였다. 그래서 장주가 꿈에 나비가 된 것인지, 나비가 꿈에 장주가 된 것인지를 알 수 없었다(昔者莊周夢爲胡蝶 栩栩然胡蝶也……俄然覺則蘧蘧然周也 不知周之夢爲胡蝶 胡蝶之夢爲周與).”라고 한 데서 온 말인데, 전하여 흔히 인생의 무상함을 한바탕 꿈에 비유하는 뜻으로 쓰인다.
- 齊是非: 是非를 평등하게 본다는 것은 곧 『장자, 제물론』에서 만물을 모두 평등한 견지에서 관찰하는 이론을 전개한 데서 온 말이다.

감상

이 시는 『허백당시집』 제2권에 실린 것으로, 1469년 9월, 허백당이 31세에 모친이 돌아가시자 시묘살이를 하던 중 꿈속에서 모친을 뵙고서 지은 시이다.

허백당은 1450년인 12세에 부친 成念祖를 여의고 모친 순흥 안씨의 지엄한 가정교육을 받으며 성장하였는데, 그가 태어난 곳은 확실하지 않으나, 어려서 성장한 곳은 파산(坡山, 지금의 파주) 외가이다. 허백당은 성정과정에서 伯氏 成任과 仲氏 成侃의 영향을 크게 받았다.

「奉次燕子樓先君韻」 成俔

家君攬轡幾經春 가군께서 고삐를 잡은 지 그 몇 해이던가?
板上名存跡已塵 판상에 이름만 남았고 자취는 티끌이 되어버렸네
讀罷蓼莪頻收淚 「육아」를 읽고 나서 자주 눈물이 흐르는데
趨庭問禮是何人 그 어떤 사람에게 추정하며 예를 물을까?

주석

- 燕子樓: 여러 곳에 있는데, 성현의 아버지인 成念祖가 일찍이 경상도 관찰사로 부임했던 김해에 있는 연자루인 듯하다.
- 攬轡: 『後漢書 卷67, 范滂列傳』에 "당시 기주에 흉년이 들어 도적이 떼 지어 일어나므로, 이에 조정에서 범방을 청조사로 삼아 그곳을 안찰하게 하자, 범방이 수레에 올라 말고삐를 손에 잡고는 개연히 천하를 깨끗이 맑히려는 뜻이 있었다(時冀州飢荒 盜賊群起 乃以滂爲淸詔使 案察之 滂登車攬轡 慨然有澄淸天下之志)."라고 한 데서 온 말로, 고삐를 잡았다는 것은 지방관이 된 것을 뜻한다.
- 蓼莪: 육아는 『詩經, 小雅』의 편명인데, 이 시는 이미 돌아가신 부모에게 하늘처럼 끝없는 은덕을 갚을 길이 없어 부모를 몹시 그리워하여 부른 노래이다. 「육아」에 "길고 큰 것이 쑥인 줄 알았더니, 아름다운 쑥이 아니라 저 나쁜 쑥이로다. 슬프고 슬퍼라, 부모님이여! 나를 낳으시느라 수고하셨도다. ……아버지가 없으면 누구를 믿으며, 어머니가 없으면 누구를 의지할까? 나가서는 근심 걱정뿐이요, 들어오면 돌아갈 곳이 없노라(蓼蓼者莪 匪莪伊蒿 哀哀父母

生我劬勞……無父何怙 無母何恃 出則銜恤 入則靡至).”라고 하였다.

- 趨庭: 뜰 앞을 종종걸음으로 걷는 것을 이른다. 『論語, 季氏』에 “일찍이 홀로 서 계실 때에 내가 빨리 걸어 뜰을 지나는데, ‘詩를 배웠느냐?’ 하고 물으시기에 ‘못 하였습니다.’ 하고 대답하였더니, ‘詩를 배우지 않으면 말을 할 수 없다.’ 하시므로 내가 물러가 詩를 배웠다. 다른 날에 또 홀로 서 계실 때에 내가 빨리 걸어 뜰을 지나는데, ‘禮를 배웠느냐?’ 하고 물으시기에 ‘못 하였습니다.’ 하고 대답하였더니, ‘예를 배우지 않으면 설 수 없다.’ 하시므로 내가 물러 나와 예를 배웠다(嘗獨立 鯉趨而過庭 曰 學詩乎 對曰 未也 不學詩 無以言 鯉退而學詩 他日 又獨立 鯉趨而過庭 曰 學禮乎 對曰 未也 不學禮 無以立 鯉退而學禮).”라고 하였는데, 전하여 가정교훈을 의미한다.

감상

이 시는 『허백당시집』 제6권에 실린 것으로, 1493년 7월인 55세에 경상도관찰사가 되어 김해 연자루에 올라가서 先君을 생각하며 차운한 시이다.

가군인 成念祖께서 일찍이 경상도관찰사로 부임했던 그해가 언제던가? 자신 또한 경상도관찰사가 되어 연자루에 올랐는데, 판상에는 부친의 이름만 남았고 부친의 자취는 사라지고 없다. 이미 돌아가신 부모에게 하늘처럼 끝없는 은덕을 갚을 길이 없어 부모를 몹시 그리워하여 부른 노래인 「육아」를 읽고 나니 눈물이 흐른다. 그런데 孔子의 아들인 孔鯉는 뜰을 지날 때 예를 물었던 아버지 공자가 있었지만, 지금 자신은 그럴 수 있는 부친이 없다.

「靈顯庵 夢慈堂」 南孝溫[9]

遠客辭親四浹旬 먼 나그네 어머님 떠나온 지 사십 일이 되니
破衫蚤蝨長兒孫 찢어진 적삼엔 벼룩과 이들 새끼까지 자랐네
裁書付僕重重語 편지 적어 종에게 보내며 거듭거듭 이르노니
魂先歸書到蓽門 꿈속 영혼이 편지에 앞서 사립문에 닿았도다

주석

- 浹 일주 협. 衫 적삼 삼. 蚤 벼룩 조. 蝨 이 슬. 付 주다 부. 蓽 사립짝 필
- 慈堂: 자신의 어머니는 母親이나 慈親이라 부르고, 남의 어머니에 대해서는 높임의 뜻으로 堂자를 붙여 慈堂이나 萱堂이라고 부르는데, 여기서는 자신의 어머니라는 의미로 쓰였다.
- 裁書: 편지를 씀.

감상

이 시는『秋江集』권3에 실린 것으로, 추강의 나이 29세 되던 해인 1482년에 지은 것으로, 영현암에서 어머니를 꿈꾸며 지은 것이

---

9) 南孝溫(1454, 단종 2~1492, 성종 23): 조선 전기의 문신이고 生六臣 중의 한 사람이다. 본관은 의령, 자는 伯恭, 호는 秋江·杏雨·最樂堂·碧沙이다. 세조가 어린 단종을 몰아낸 일이 늘 마음에 걸려 있던 그는 꿈에 단종의 어머니인 현덕왕후가 나타나서 아들을 죽인 것을 책하자, 세조가 물가로 옮기게 한 昭陵(현덕 왕후의 능)의 복위를 상소하였다. 그러나 任士洪·鄭昌孫의 저지로 뜻을 이루지 못하자 세상을 등지고 가난 속에서 농사를 짓거나 의기로 합한 친구들과 어울려 詩文으로 심사를 달래기도 하고 유랑 생활로 인생을 마쳤다. 죽은 후 1504년 甲子士禍 때 金宗直의 문인이고 폐비 윤씨의 복위를 주장했다 하여 剖棺斬屍되었다. 그가 저술한 「六臣傳」은 오랫동안 묻혀 있다가 숙종 때 간행되었다.『秋江集』이 있다.

다. 추강은 부친인 南恮이 都事 李谷의 따님과 결혼하여 낳았다.

남효온은 昭陵 추복이 좌절된 후 술로 세월을 보내다가 어머니의 걱정을 듣고 부근의 영현암에 들어가 친구와 함께 科擧 공부를 다시 시작하며 「靈顯庵肄業」의 시를 짓기도 하지만, 얼마 되지 않아 다시 영현암을 나온다. 1480년 27세에 모친의 명으로 進士科에 응시하여 합격하지만, 이후 昭陵이 復位되지 않았기 때문에 다시는 과거에 응시하지 않았다.

「晝寢 夢慈堂」 南孝溫

老境覺孝衰 늘그막에 효심이 시든 줄 알겠으니
謀身辭北堂 이 몸 꾀하느라 어머님과 하직했네
尋春涉草莽 봄 경치 찾아서 풀숲을 거닐며
數旬臥南方 수십 일을 남녘에서 누워 지냈노라
爽靈渡二江 꿈속의 맑은 영혼 두 강을 건너가
定省華山陽 삼각산 남쪽에서 어머님 문안했지
妻孥款平生 처자식과 평소처럼 정담 나눴더니
覺後是他鄉 꿈 깬 뒤 이곳은 여전히 타향이네
砧聲動春意 다듬이소리는 봄뜻을 일깨우고
錦鳩鳴柔桑 산비둘기는 부드러운 뽕나무에서 우네
拈筆答年華 붓을 잡고 따뜻한 봄빛에 답하자니
有淚濕匡床 눈물이 흘러내려 침상을 적시네

주석

- 孥 처자식 노. 款 친근한 정 관. 砧 다듬잇돌 침. 拈 집다 념. 涉 거닐다 섭. 莽 풀 망
- 北堂: 古代 居室 가운데 東房 뒤에 있는 곳으로, 婦女가 세수하던 곳이어서 主婦의 居處로 쓰이다가, 『詩經·衛風·伯兮』에서 "어디에서 훤초를 얻어, 北堂에 심을까(焉得諼草 言樹之背)?"라는 언급에서 母親의 居室, 母親의 대명사로 주로 쓰인다.
- 爽靈: 영혼
- 華山: 三角山을 화산이라고도 했다.

- 陽: 山南水北曰陽
- 錦鳩: 산비둘기
- 年華: 春光, 또는 一年 중 가장 좋은 시절을 의미함.
- 匡床(바르다 광): 안정적인 침상

감상

이 시는『추강집』제2권에 실린 것으로, 낮잠을 자다가 어머님 꿈을 꾸고서 어머님에 대한 그리움을 노래한 것이다. 추강은 1487년 9월 34세에 지리산을 유람하였고, 1491년 38세에 호남지방을 유람하였는데, 이 시는 아마 이즈음 지은 것으로 보인다.

「生日作」 李荇[10]

父母生我初 부모님이 날 낳으신 처음에
呪我壽命長 내 수명이 길어라 빌어주셨고
及我始成立 내가 비로소 철이 들자
誨我成文章 내게 문장 이루라 가르치셨지
壽命賴以延 수명이 힘입어 늘어났고
文章名亦揚 문장의 명성 또한 드날렸건만
到今只爲累 지금 와선 단지 누가 될 뿐
辛苦囚遐荒 신고 겪으며 변방에 갇혀 있네
親慈詎豈斷 어버이 자애를 어찌 끊으시랴?
中夜起彷徨 한밤에 일어나서 서성이노라
日月屢遷次 해와 달은 누차 돌고 도는데
天地終茫茫 하늘과 땅은 마침내 아득하구나
坐看別家兒 앉아서 남의 집 자식을 보니
青紫各翺翔 저마다 관복 걸친 모습이 의기양양하구나
人事難兩全 사람 일이란 다 좋기 어렵긴 한데
我懷何時康 나의 회포는 그 언제나 편안해질까?

10) 李荇(1478, 성종 9~1534, 중종 29): 朴誾과 함께 海東江西派라고 불렸다. 본관은 德水. 자는 擇之, 호는 容齋·滄澤漁叟·青鶴道人. 김종직의 제자인 李宜茂의 아들이다. 1495년 증광문과에 급제한 뒤, 권지승문원부정자를 거쳐 검열·전적을 역임했고, 『성종실록』 편찬에도 참여했다. 1504년 응교로 있을 때 폐비 윤씨의 복위를 반대하다가 충주에 유배되었고, 甲子士禍로 목숨을 잃을 뻔하다가 다행히 살아나 거제도로 가서 염소를 치는 노비가 되어 위리안치된 생활을 했다. 中宗反正으로 풀려나와 교리에 등용, 대사간·대사성을 거쳐 대사헌·대제학·공조판서·이조판서·우의정 등 고위관직을 두루 역임했다. 1530년 『新增東國輿地勝覽』을 펴내는 데 참여했고, 1531년 金安老를 논박하여 좌천된 뒤 이듬해 함종에 유배되어 그곳에서 죽었다. 그의 시는 許筠 등에 의해 매우 높게 평가되었다. 唐詩의 전통에서 벗어나 기발한 착상과 참신한 표현을 강조하는 기교적인 시를 써서 새로운 시풍을 일으켰다. 그러나 표현의 격조가 높아진 반면 폭넓은 경험에서 나오는 자연스러움은 없었다. 저서로는 『容齋集』이 있다. 시호는 文定이고, 뒤에 文獻으로 바뀌었다.

주석

- 呪 빌다 주. 賴 힘입다 뢰
- 成立: =成人
- 遐荒(멀다 하): 변방의 궁벽한 땅
- 遷次: 옮겨감, 변화함.
- 青紫: 옛날 公卿의 인끈 색으로 高官顯爵이나 顯貴의 옷으로 쓰임.
- 翺翔(날다 고, 날다 상): 빙빙 돌며 낢.

감상

이 시는『용재집』제6권에 실린 것으로, 자신의 생일날 지은 시이다. 용재의 아버지 李宜茂가 昌寧 成氏 校理 成熺의 따님과 결혼하여 5남 1녀를 낳았는데, 용재는 그중 3남이다. 용재는 1504년 응교로 있을 때 폐비 윤씨의 복위를 반대하다가 충주에 유배되었다가 1506(연산군 12)년 1월, 巨濟島에 유배되어 圍籬安置되었는데 이때 지은 것이다.

「在洛寄舍弟」 李彦迪[11]

平生枉被虛名誤 평생을 분에 넘게 헛된 명성 누려온 몸
遊宦多年戀故林 벼슬살이 여러 해 고향 그립네
臨鏡頻驚衰鬢改 거울 보면 바뀐 노쇠한 내 모습에 자주 놀라고
寄書難禁別懷深 편지 쓸 땐 깊어지는 이별 회포 금하기 어렵구나
喜君投紱承親志 그대가 사직하고 모친 모셔 기쁘지만
愧我縻官拂素心 나는 본디 마음을 거스르며 관에 매여 부끄럽네
忠孝由來無二致 충과 효는 원래 두 가지 일 아니니
恐虧天畀日思欽 천성을 어길까 봐 날마다 공경히 생각하네

주석

- 枉 헛되이 왕. 縻 매다 미. 拂 거스르다 불. 畀 주다 비
- 遊宦: 집을 떠나 벼슬살이하다.
- 故林: 故鄕의 樹林으로, 故鄕이나 家園의 비유로 쓰임.
- 衰鬢: 年老해서 성글어진 귀밑털로, 暮年을 가리킴.
- 投紱(인끈 불): 인끈을 던지는 것으로, 벼슬을 사직함.
- 忠孝由來無二致: 崔岦은 「次韻使相和記夢之作」에서 “충성과 효도

11) 李彦迪(1491, 성종 22~1553, 명종 8): 본관은 驪州. 초명은 迪. 자는 復古, 호는 晦齋·紫溪翁. 10세 때 아버지를 여의고 외숙인 孫仲暾의 도움으로 생활하며 그에게 배웠다. 1514년(중종 9) 문과에 급제하여 경주 州學教官이 되었다. 이후 성균관전적·인동현감·사헌부지평·이조정랑·사헌부장령 등을 역임했다. 1530년 司諫으로 있을 때 金安老의 등용을 반대하다가 그들 일당에 의해 몰려 향리인 경주 紫玉山에 은거하며 학문에 열중했다. 1537년 김안로 일파가 몰락하자 종부시첨정으로 시강관에 겸직 발령되고, 교리·응교 등을 거쳐, 1539년에 전주부윤이 되었다. 이후 이조·예조·병조의 판서를 거쳐 경상도관찰사·한성부판윤이 되었다. 1545년(명종 즉위) 인종이 죽자 좌찬성으로 院相이 되어 국사를 관장했고, 명종이 즉위하자 「書啓十條」를 올렸다. 이해 尹元衡이 주도한 을사사화의 推官으로 임명되었으나 스스로 벼슬에서 물러났다. 1547년 윤원형과 李芑 일파가 조작한 良才驛壁書事件에 무고하게 연루되어 강계로 유배되어 죽었다.

는 참으로 일치한다(忠孝諒一致).”라고 노래하고 있다.

多病年來鬢添雪 병이 많아 근년 이래로 흰머리가 늘어가니
夢魂夜夜繞園林 꿈속 혼이 밤마다 고향 동산 맴도노라
望雲眼共南天遠 구름 보는 눈길은 먼 남쪽 하늘과 같고
愛日情同北海深 날짜 아끼는 정성은 깊은 북해와 같네
齟齬未酬經世志 경세제민 뜻 어긋나 이루지 못하였고
怡愉徒切奉親心 어머님을 봉양하고 싶은 마음 기쁘나 간절할 뿐
思歸軒冕輕如羽 귀향할 생각에 벼슬은 깃털처럼 가벼우니
未暇都兪輔舜欽 순 같은 임금님의 정책 도와 토론할 겨를 없네

주석

- 酬 갚다 수. 繞 두르다 요
- 年來: 近年以來나 一年以來
- 望雲: 타향에서 어버이를 간절히 생각하는 효자의 심정을 비유할 때 쓰는 표현이다. 당나라 狄仁傑이 并州의 法曹參軍이 되어 太行山을 넘어가던 중에 흰 구름이 외로이 떠가는 남쪽 하늘을 바라보면서 “우리 어버이가 계신 곳이 이 구름 아래다(吾親所居 在此雲下).”라고 하고는 한참 동안 머물러 있다가 구름이 다른 곳으로 옮겨 간 뒤에야 다시 길을 떠났다는 고사에서 유래한 것이다.
- 愛日: 얼마 남지 않은 어버이의 여생을 생각하며 하루하루 지나가는 것을 안타깝게 여기는 자식의 심정을 말한다. 揚雄의 『法言, 孝至篇』에 “부모를 섬기는 데 있어 스스로 부족함을 알았던

사람은 오직 순 임금일 것이다. 마음대로 오래 할 수 없는 것은 어버이를 섬기는 일이니, 효자는 날을 아끼는 것이다(事父母自知不足者, 其舜乎! 不可得而久者, 事親之謂也, 孝子愛日).”라고 한 데서 온 말이다.

- 齟齬(맞지 않다 저, 어): 위아래의 이가 서로 잘 맞지 않음에서, 사물이 어긋나거나 기대에 어그러짐을 뜻한다.
- 怡愉(기뻐하다 이, 유): 기뻐하다.
- 軒冕: 古時 大夫 이상 官員이 타는 수레나 면류관으로, 國君이나 顯貴者, 또는 벼슬아치를 가리킨다.
- 都兪: =都兪吁咈. 都兪는 찬성, 吁咈은 반대의 뜻으로, 요 임금이 群臣과 政事를 의논할 때 쓰인 말로 군신간의 토론을 뜻한다.

감상

이 시는『晦齋集』제3권에 실린 것으로, 이언적이 52세이던 1542년(중종 37)에 한양에서 아우 李彦适에게 부친 것이다.

이언적은 1542년(중종 37) 1월 이조판서가 되었다가 4월 지중추부사가 되고, 이조판서, 예조, 형조의 판서에 임명되었다. 8월에 사헌부 대사헌, 9월에 형조판서, 예조판서를 거쳐 그해 11월 의정부좌참찬이 되는 등 자신의 분수에 넘친 虛名을 이 나이까지 누리는 바람에 여러 해 고향을 떠나 있어 고향이 그립다. 52세라 거울을 보니 노쇠하게 바뀐 자신의 모습에 자주 놀라고, 고향에 편지 쓸 땐 이별한 회포가 깊어 마음을 가누기 어렵다. 부친 李蕃은 1500년(연산군 6) 2월에 사망했기에 동생이 사직하고 고향으로 가서 모친을 모신다니 기쁘지만, 나는 본래 모친 모시고 싶은 마음을 거스르며 벼슬에 매여 있는 것이 부끄럽다. 충과 효는 원래 두 가지 일 아니니, 타고 날 때 부여받은 천성을 잘 지켜야 할 텐데. 하지만 병이 많아 근년 이래로 흰머리가 늘어가니, 꿈속 혼이나마 밤마다 고향 동산을 찾아간다. 모친 그리는 마음은 먼 남쪽 하늘마냥 길고, 효도할 날짜 아끼는 정성은 북해처럼 깊다. 하지만 벼슬은 經世濟民의 뜻을 이루지 못하였고 어머님을 봉양하고 싶은 마음만이 간절할 뿐이다. 그러니 귀향할 생각에 벼슬은 깃털처럼 가볍게 여기니, 순 임금 같은 中宗의 정책을 도울 겨를이 없다.

「辛巳秋西征吟」 李彦迪

卜吉西征八月時	팔월에 한양으로 출발할 좋은 날 잡으려니
辭親赴闕兩堪悲	어머님 떠나고 대궐로 갈 두 가지 일 슬프네
廬墳愛日無窮意	무덤에 오두막집 짓고 날짜 아끼는 뜻은 다함 없지마는
身隔君門已四期	몸이 대궐을 떠나온 지 벌써 사 년이나 되었구나

주석

- 赴 나아가다 부. 期 돌 기
- 西征吟: 이언적이 31세이던 1521년(중종 16)에 한양으로 올라가면서 지은 20수의 칠언절구로, 8월 6일 집을 나선 뒤 10일에 경주를 출발, 23일 한양에 도착할 때까지의 일정을 날짜별로 기록한 시이다.
- 廬墳: 侍墓살이를 뜻한다.
- 君門: =宮門, 京城

감상

이 시는 『회재집』 제1권에 실린 것으로, 신사년 가을의 西征을 읊은 것인데, 제목 아래에 "무인년인 1518년에 조부 이수회의 상을 당하여 경진년인 1520년 겨울에 삼년상을 마치고, 이해 가을에 교서관 박사에 제수되어 한양으로 올라갔다(戊寅年 丁祖父憂 庚辰冬服闋 是年秋 除校書博士 赴洛)."라는 세주가 달려 있다. 이언적은 1521년 4

월 삼년상을 마쳤으나 관직을 사양하고 경주에 내려가 三聖庵에 머무르며 학문 연구와 제자 교육에 전념했는데, 그해 8월 중종이 그를 弘文館博士兼經筵司經, 春秋館記事官으로 임명하며 거듭 불러서 상경하였다. 이때 왕명으로 원래 이름인 迪에서 彦迪으로 개명하였다.

관직을 사양하려 했으나 중종의 거듭 요청에 8월 한양으로 출발하려 하니, 어머님을 떠나고 대궐로 가서 벼슬살이를 해야 할 두 가지 일이 다 슬프다. 무덤에 오두막집 짓고 시묘살이하며 고향에서 선산을 지키고자 하는 마음과 부모님이 살아 계실 날이 얼마 되지 않기 때문에 하루하루 날을 아끼며 효성을 다해 봉양하고 싶은 마음은 끝이 없는데, 대궐을 떠나온 지 벌써 4년이나 되어 이제는 한양으로 가서 벼슬을 하며 忠을 다해야 한다.

「先君諱日 在洛寄舍弟」李彦迪

身在洛城遇諱辰 한양에 있으면서 아버님의 기일을 맞이하니
感時追遠涕霑巾 기일에 정이 깊어 눈물이 수건을 적시네
遙知家廟君孤省 가묘에서 그대 혼자 제사 올릴 걸 멀리서도 알아
堪嘆羞觴我獨陳 술과 음식 나는 홀로 차려놓고 탄식하네
趨庭遺訓猶存耳 뜰을 지날 때의 가르치심 귀에 아직 쟁쟁하고
裹栗悲顔似隔晨 밤을 싸던 슬픈 얼굴 어제처럼 선하구나
此日難堪遊楚慟 이날이면 초나라에 벼슬하는 슬픔 견디기 어려워
便思投紱奉孀親 곧 사직하고 모친 봉양하길 생각하네

주석

- 羞 음식 수. 孀 홀어미 상. 霑 적시다 점
- 諱辰: =忌日
- 追遠: 祭祀에 정성을 다하여 先人을 추모하는 것으로, 『논어, 學而』에 "어버이 상을 당했을 때 신중하게 행하고 먼 조상님들을 정성껏 제사 지내면 백성들의 덕성이 한결 돈후하게 될 것이다(愼終追遠 民德歸厚矣)."라는 말이 나온다.
- 趨庭: 뜰 앞을 총총걸음으로 걷는 것을 이른다. 『論語, 季氏』에 "일찍이 홀로 서 계실 때에 내가 빨리 걸어 뜰을 지나는데, '詩를 배웠느냐?' 하고 물으시기에 '못 하였습니다.' 하고 대답하였더니, '詩를 배우지 않으면 말을 할 수 없다.' 하시므로 내가 물러가 詩를 배웠다. 다른 날에 또 홀로 서 계실 때에 내가 빨리 걸어 뜰을 지나는데, '禮를 배웠느냐?' 하고 물으시기에 '못 하

였습니다.' 하고 대답하였더니, '예를 배우지 않으면 설 수 없다.' 하시므로 내가 물러 나와 예를 배웠다(嘗獨立 鯉趨而過庭 曰 學詩乎 對曰 未也 不學詩 無以言 鯉退而學詩 他日 又獨立 鯉趨而過庭 曰 學禮乎 對曰 未也 不學禮 無以立 鯉退而學禮).”라고 하였는데, 전하여 가정교훈을 의미한다.

- 裹栗悲顔: 이언적이 마지막으로 보았던 부친 李蕃의 모습을 두고 한 말이다. 이번은 이언적이 10세 되던 1500년(연산군 6)에 작고하였는데, 병이 심해지자 이언적을 다른 곳으로 보내면서 힘겹게 몸을 일으켜 손수 밤과 대추를 싸서 소매에 넣어주었다고 한다. 『晦齋集, 改葬先府君祭文』에 "당시에 병이 매우 위중한데도, 자나 깨나 자식 걱정 놓지 못하고, 혹시라도 전염될까 염려하시어, 아이더러 딴 곳으로 피하라 하니, 아이는 타이르는 명을 받들고, 따르지 않을 수가 없었습니다. 급기야 제가 집을 떠나려 하자, 걱정스러운 마음과 안쓰러움에, 아픈 몸을 억지로 일으키시곤, 아쉬움에 차마 작별 못 했습니다. 손수 밤과 대추를 거두어 싸서, 저의 소맷자락에 넣어주시고, 앉은 채로 눈으로 전송하시며, 측은한 듯 말씀이 없었습니다(當其疾病 念子無已 恐慮薰染 戒兒避出 兒承諭命 不敢違越 及其將去 心竊憂惘 力疾而起 依依不忍 手裹棗栗畀余袖去 坐以目送 慜然無語).”라고 되어 있다.
- 遊楚慟: 『孔子家語, 致思』에, 공자 제자 子路가 부모님 생존 시에 살림이 가난하여 나물죽을 먹으면서도 백 리 밖에서 쌀을 구해 져다가 부모님을 봉양하였는데, 부모님이 돌아가신 뒤 초나라 대부가 되어 부귀를 누리게 되자, "나물죽을 먹고 백 리 밖에서 쌀을 져 오고 싶어도(負米百里) 이제는 그럴 수가 없다."라고

하면서 슬퍼했다는 고사가 있다. 이언적 자신이 이제는 벼슬하여 부친을 섬길 능력이 되지만, 부친은 이미 작고하여 섬길 수 없는 상황에 대한 슬픈 마음을 표현한 것이다.

- 投紱(인끈 불): 인끈을 던지는 것으로, 벼슬을 사직함.

감상

이 시는『회재집』제3권에 실린 것으로, 이언적이 51세이던 1541년(중종 36)에 부친 李蕃의 기일인 2월 14일에 한양에 있으면서 아우에게 부친 시이다.

부친의 기일날 "지나간 일이 마치 꿈과도 같고, 어릴 때라 모두 기억 못하지마는, 뼈에 깊이 새겨져 잊을 수 없는, 한 가지 일화가 있었습니다(往事如夢 幼不盡記 銘骨難忘 唯有一事)"라는「改葬先府君祭文」의 언급처럼, 자신이 앓고 있는 병이 혹시라도 자식에게 전염될까 멀리 떠나보내면서 손수 밤과 대추를 거두어 싸서, 자식의 소맷자락에 넣어주신 부친의 따스한 父情을 노래하고 있다.

「踰大關嶺 望親庭」 申師任堂[12]

慈親鶴髮在臨瀛 어머니는 흰머리로 임영에 계시는데
身向長安獨去情 이 몸은 서울을 향하여 홀로 가는 심정이여
回首北村時一望 머리 돌려 북촌 마을 때때로 바라보니
白雲飛下暮山青 흰 구름 날아 내리고 저녁 산이 푸르구나

주석

- 鶴髮: =白髮
- 臨瀛: 강릉

감상

이 시는 38세에 媤宅으로 가기 위해 대관령을 넘으면서 친정을 바라보고 지은 것으로, 어머니와 작별하고 떠나는 애틋한 심정이 잘 드러난 시이다.

나이 드신 어머님은 강릉 땅에 그냥 계신다. 흰머리가 나신 것으로 보아 여생이 얼마나 남았는지 확신할 수 없지만 지금 떠나면 다시 뵐 수 있을지 모르겠다. 그런데도 자신만이 홀로 떠나야 하는 심

---

12) 申師任堂(1504, 연산군 10~1551, 명종 6): 시・글씨・그림에 모두 뛰어났으며 李珥의 어머니로 사대부 부녀에게 요구되는 덕행과 재능을 겸비한 현모양처로 칭송된다. 본관은 평산. 사임당은 周나라 文王의 어머니인 太任을 본받는다는 뜻의 堂號이며, 이 밖에 媤任堂・妊思齊라고도 했다. 강릉 외가에서 자랐으며, 19세에 덕수 이씨 元秀와 혼인했다. 그 뒤 친정에 머물다가 38세에 시집살이를 주관하기 위해 서울로 왔다. 사임당의 작품으로 알려져 있는 그림은 40폭 정도인데, 산수・포도・묵죽・묵매・초충 등 다양한 분야의 소재를 즐겨 그렸다. 산수에서는 안견파 화풍과 강희안 이래의 절파 화풍을 절충한 화풍으로, 16세기 전반에 생겨난 산수화단의 새로운 경향을 보여주는 중요한 의의를 지닌다. 강릉을 떠나 대관령을 넘어 서울 시가로 가면서 지은 「踰大關嶺望親庭」과 서울에서 어머니를 생각하면서 지은 「思親」 등의 시가 유명하다.

정이 애틋하다. 대관령에 이르러 넘어가기 전에 머리를 돌려 어머니가 계시는 북쪽 마을을 한번 바라보니, 마을은 보이지 않고 해 지는 푸른 산에 흰 구름만이 날아서 앉고 있다.

「思親」 申師任堂

千里家山萬疊峯 천 리 고향은 만 겹의 봉우리로 막혔으니
歸心長在夢魂中 돌아가고픈 마음은 길이 꿈속에 있도다
寒松亭畔孤輪月 한송정 가에는 외로운 보름달이요
鏡浦臺前一陣風 경포대 앞에는 한바탕 바람이로다
沙上白鷺恒聚散 모래 위엔 백로가 항상 모였다가 흩어지고
波頭漁艇各西東 파도머리엔 고깃배가 각기 동서로 왔다 갔다 하네
何時重踏臨瀛路 언제나 임영 가는 길을 다시 밟아
綵服斑衣膝下縫 비단 색동옷 입고 슬하에서 바느질할까?

주석

- 疊 겹쳐지다 첩. 艇 거룻배 정. 綵 무늬 채. 斑 얼룩 반. 縫 꿰매다 봉
- 家山: 고향
- 一陣風: 한바탕 부는 바람
- 臨瀛: 강릉
- 綵服斑衣: 晉나라 皇甫謐의 『高士傳』에 "노래자는 두 어버이를 효성으로 봉양하였다. 나이 70살에 아이들이 하는 장난을 하여 몸에 오색 무늬의 옷을 입었으며, 일찍이 물을 떠가지고 마루에 오르다가 거짓으로 넘어져서 땅에 엎어져 어린아이의 울음소리를 내었으며, 부모 곁에서 병아리를 가지고 놀며 부모님을 기쁘게 하고자 하였다(老萊子孝奉二親 行年七十 作嬰兒戱 身著五色斑斕之衣 嘗取水上堂 詐跌仆臥地 爲小兒啼 弄雛於親側 欲親之喜)."라는 말이 있다.

감상

이 시는 서울에 와서 고향에 계신 부모님을 그리워하며 지은 시이다.

서울에서 천 리 멀리 떨어진 강릉 고향은 만 겹의 봉우리로 막혔으니, 돌아가고픈 마음은 현실에서는 이루기 어려워 오랫동안 꿈속에만 존재하고 있다. 지금쯤 강릉 한송정 가에는 외로운 보름달이 떴을 것이요, 경포대 앞에는 한바탕 바람이 일고 있을 것이다. 그리고 모래 위에 백로는 언제나처럼 날아와 모였다가 흩어질 것이고, 파도치는 머리엔 고깃배가 각기 동서로 왔다 갔다 할 것이다. 그런데 나는 언제나 임영 가는 길을 다시 밟아 돌아가 어릴 적 아이처럼 비단 색동옷 입고 부모님 슬하에서 바느질할 수 있을까?

「泣受萱堂寄髮」 柳希春[13]

高堂自斷髮 어머니께서 스스로 머리카락을 잘라
封寄絶域兒 먼 곳의 아이에게 봉하여 부치셨네
絶域音信阻 먼 곳의 소식이 막히니
想我面與眉 내 얼굴과 눈썹 상상하시겠지
我亦欲如對 나 또한 마주 대한 듯하여
可送一寸奇 약간의 기별을 보내려 하네
開緘再拜受 봉함을 뜯고 재배 올리니
涕淚紛交頤 눈물이 턱을 타고 흐르네
囓指久未歸 손가락 깨물도록 오래 돌아가지 못하니
慈天乃至斯 어머니의 사랑 여기까지 이르셨네
宛如侍膝下 완연히 슬하에서 모시는 듯
益篤陟屺思 어머니 그리는 정 더욱 돈독하네
回獻頂心毛 돌아보며 정수리의 머리카락 바치니
惻愴抽肝脾 슬픈 마음은 창자를 뽑은 듯
臨封揀星星 서신 봉할 때 희끗한 머리 가려내니
恐驚兒衰悲 아이 노쇠했다 슬퍼할까 걱정스러워서네

13) 柳希春(1513, 중종 8~1577, 선조 10): 본관은 선산. 자는 仁仲, 호는 眉巖. 아버지는 柳桂鄰이며, 부인은 여류시인인 宋德奉이다. 처음에 崔山斗에게 배우고, 뒤에 金安國에게 師事했다. 1538년(중종 33) 별시문과에 급제했으며, 1544년 사가독서를 한 뒤, 수찬·정언 등을 지냈다. 1546년(명종 1) 대윤과 小尹의 알력이 원인이 되어 을사사화가 일어나자 파직되어 귀향했다. 1547년 良才驛壁書事件에 연루되어 제주도로 유배되었다가 함경북도 종성으로 移配되었다. 이곳에서 19년 동안 유배생활을 하면서 李滉과의 서신교환을 통하여 주자학에 대한 토론을 계속했으며, 이 지방 儒生들을 교육했다. 1567년 선조가 즉위한 뒤 석방되어 지제교·대사성·부제학·전라도관찰사·예조참판·이조참판 등을 지내고 낙향했다.

주석

- 阻 막다 조. 緘 봉하다 함. 頤 턱 이. 宛 완연히 완. 回 돌아보다 회. 紛 어지럽다, 많다 분. 愴 슬퍼하다 창. 脾 지라 비. 奇=寄 알리다 기
- 萱堂: 어머니가 거처하는 방이나 어머니를 칭함. 『詩經, 國風, 伯兮』에 "어디에서 훤초를 얻어 북당에 심을까(焉得諼草 言樹之背)?"라 했는데, 毛傳에서 "諼草 令人忘憂. 背 北堂也"라 하고, 陸德明釋文에는 "諼 本又作萱"이라 했다. 北堂에 훤초를 심어서 사람으로 하여금 근심을 잊게 하는데, 古制에 北堂은 主婦의 居室이므로 뒤에 이러한 의미를 지니게 되었다.
- 高堂: 高大한 집으로, 화려한 집을 뜻하거나 朝廷 또는 父母를 가리킨다.
- 絶域: 지극히 먼 지역으로 작자가 유배 간 함경도 鍾城을 말한다.
- 絶域兒: 유희춘 자신을 지칭한다.
- 音信: 소식
- 囓指(물다 설): 어머니의 자식에 대한 사랑을 의미한다. 曾參이 한 번은 孔子를 따라 초나라에 간 적이 있었다. 그런데 증삼이 갑자기 놀람의 감정을 느껴 공자께 하직하고 집에 돌아가 어머니께 무슨 일이 없으셨는지 묻자 어머니가 이르기를, "너를 생각하면서 손가락을 깨물었다(思爾齧指)."라고 하였다. 공자가 이 일을 듣고 이르기를, "증삼의 효성이 만 리를 감통하였다(曾參之孝精感萬里)."라고 하였다.
- 慈天: 인자한 하늘, 임금, 모친

- 陟屺(오를다 척, 민둥산 기): 『시경, 魏風, 陟岵』는 부역 나간 효자가 고향에 계시는 부모님을 그리면서 읊은 시로, “저 민둥산에 올라가서 어머님 계신 곳을 바라본다. 어머님은 아마도 이렇게 말씀하시겠지. ‘아, 내 막내아들이 부역에 나가서 밤낮으로 잠도 자지 못할 터인데, 부디 몸조심해서 죽지 말고 살아서 돌아오기만 해라(陟彼屺兮 瞻望母兮 母曰嗟予季行役 夙夜無寐 上慎旃哉 猶來無棄).”라는 말이 나온다.
- 頂心: 정수리 중앙
- 星星: 머리카락이 흰 모양

감상

이 시는 『眉巖集』 제1권에 실린 것으로, 울면서 어머니께서 부쳐주신 머리카락을 받고서 지은 것이다.

柳希春은 1547년(명종 2) 9월 양재역 벽에 익명의 朱書가 나붙었는데, 내용은 “女主가 위에서 집정하고 간신 李芑 등이 밑에서 弄權하고 있으니 나라가 망하는 것은 서서 기다릴 수 있다. 어찌 한심하지 않은가? 중추월 8월 그믐.”이라는 良才驛壁書事件에 연루되어 濟州로 유배되었다가 고향 海南과 가깝다는 이유로 함경도 종성으로 移配되어 1565년 12월까지 종성에서 지낸다. 이때 고향에 계신 모친께서 자식 소식이 궁금하여 보낸 편지 속에 머리카락이 있어 그것을 보고 모친을 그리워하며 지은 것이다.

「亦有私感之夢 志之」 崔岦[14]

丁年已抱終天慟 정년에 이미 종천의 비통함을 안게 되었으니
有子尤宜識父恩 자식이 부친의 은혜를 더욱 알게 되네
嚴愛教方元惻怛 원래 측달한 교육 방침 엄하고 자애로우셨고
喜憂名字早騰喧 이름이 일찍 나자 기뻐하고 걱정해주셨지
書存手澤經兵盡 간직해온 조상의 글 兵火로 잃어버리고서
主改頭銜荷典尊 이제야 은전 받아 位牌의 제목을 고쳤도다
夢裏承顔今日感 꿈속에서 侍奉한 오늘날의 이 감회여!
幽冥亦覺歲時翻 저승에서도 한 해가 바뀐 것을 아시는지

주석

- 怛 슬퍼하다 달. 騰 오르다 등. 喧 떠들썩하다 훤. 荷 남에게서 은혜를 받다 하. 典 은혜 전. 翻 변하다 번
- 丁年: 장정의 나이로 청년시절을 의미하며, 漢나라 때는 20세를, 明・淸시대에는 16세를 丁이라 하여 일정하지 않았다.
- 終天: 사망
- 終天慟: 부모상
- 手澤: 손때로, 조상의 遺稿나 遺物을 가리킨다.

---

14) 崔岦(1539, 중종 34~1612, 광해군 4): 호는 簡易・東皐. 최립은 빈한한 가문에서 태어났으나, 漢文四大家에 비견되는 당대 일류의 문장가로 인정을 받아 八大文章家(白光弘, 宋翼弼, 李珥, 李山海, 尹卓然, 崔慶昌, 李純仁)의 한 사람이 되었으며, 중국과의 외교문서를 많이 작성하였다. 중국에 갔을 때에 王世貞을 만나 문장을 논하였으며, 그곳의 학자들로부터 名文章家라는 격찬을 받았다. 그의 文과 車天輅의 詩와 韓濩의 書를 松都三絶이라고 일컬었다. 그는 시보다 문으로 이름이 높았으나, 시에서도 蘇軾과 黃山谷을 배워 풍격이 豪橫하고 奇健하며, 質致深厚하고 聲響이 굳세어 금석에서 나오는 소리 같다는 평을 들었다. 최립의 문장은 일시를 풍미하였으나, 擬古文體에 뛰어났기 때문에 문장이 평이한 산문을 멀리하고 先秦文을 모방하여 억지로 꾸미려는 경향이 있었다. 글씨에도 뛰어나 宋雪體에 일가를 이루었다. 문집으로는 『簡易集』이 있다.

- 頭銜: 官職과 位階의 별칭
- 承顔: 어른을 侍奉하다.
- 幽冥: 어두운 땅속이나 죽음, 死者를 가리킨다.

감상

이 시는『簡易集』제7권에 수록된 시로, 사적인 꿈을 또 꾸고 나서 기록한 것이다. 최립은 崔自陽과 茂松 尹氏 尹芸弼의 따님의 외아들이다. 장성한 뒤에 부친인 進士 崔自陽의 죽음을 맞게 되자, 부친의 은혜를 자식이 더욱 느끼게 되었다. 부친께서는 자식 교육 방침이 엄하면서도 자애로우셨고, 1561년(명종 16)에 식년문과에 장원급제하여 벼슬길에 올라 詩文과 學識으로 당대 여러 문사의 칭송을 얻어 세상에 자식의 이름이 일찍 나자 기뻐하면서도 동시에, 당대의 선비들을 인정하지 않는 簡易의 오만함 때문에 많은 비난을 받을 걱정도 해주셨다. 그런데 간직해오던 선인의 글마저도 임진왜란으로 잃어버리고서 이제야 恩典을 받아 位牌의 제목을 고칠 수 있었다. 꿈속에서 얼굴을 뵈었는데, 저승에서도 한 해가 바뀐 것을 아실 것이라는 자식의 심정을 토로하고 있다.

「次韻使相和記夢之作」 崔岦

人臣止於忠 신하는 임금에게 충성하고
人子孝於止 자식은 부모에게 효도하네
忠孝諒一致 충성과 효도는 참으로 일치하니
孰彼而孰此 누가 과연 이 사이에 차이를 둘 수 있으리오?
做官或爲親 벼슬하는 건 간혹 어버이 봉양 위한 것이긴 하나
許國敢有己 나라에 몸을 바치는 데 감히 사사로움이 있을까?
所以二先生 그러한 까닭에 우리 두 분 선생께서
此行辭怙恃 이 길을 떠나올 때 부모님 하직하셨네
何曾不屬毛 어찌 일찍이 터럭을 이어받지 않았으며
豈始不離裏 어찌 살결도 물려받지 않았으랴?
誠難百歲前 정말 어렵구나, 부모님 살아 계실 적에
常全養與仕 어버이 봉양과 벼슬살이 늘 온전히 행한다는 것이
時序正春靑 계절은 바야흐로 봄날인데
道塗臨塞紫 길 떠나 북쪽 변방 요새지에 임했네
夢寐緣思慮 자나 깨나 사모하는 마음이 얽혀 들어
文章見憂喜 문장으로 근심과 기쁨 드러냈네
由來孝子心 원래 효자의 심정으로는
汲汲愛日晷 급급해하며 어버이의 여생을 아끼는 법
應須未遲暮 모름지기 노년에 이르기 전에
竣事還故里 일 마치고 고향으로 돌아가야 하리
如吾一罪人 나와 같은 사람은 죄인이니
平生忍屈指 평생 지은 불효 차마 손을 꼽으리요
幼壯丁兩艱 유아기와 청년시절 양친을 여읜 이 몸
此禍天實使 이 재앙은 하늘이 정말로 내린 것이라네
不復庭前趨 趨庭의 가르침을 어떻게 다시 받겠으며

而誰門內倚 누가 문에 기대어서 나를 기다려나 줄까?
嚴程雨露濡 은혜 받고 바쁜 걸음 걷다 보니
倍覺哀思起 나도 몰래 슬픈 생각 갑절이나 솟구치네
況玆近寒食 하물며 한식날이 가까운 때
丘墳闕省視 산소를 돌볼 수도 없는지라
垂涕歌此詩 눈물을 흩뿌리며 이 시를 지었을 뿐
未是宣驕士 선비에게 뻐기려는 것이 아니외다

주석

- 諒 참으로 량. 晷 햇빛 구. 竣 마치다 준. 濡 젖다 유
- 使相: 재상의 벼슬을 겸한 사람, 또는 勳功 있는 老臣
- 做官或爲親: 『맹자, 萬章下』에 "벼슬함은 가난을 위해서가 아니지만, 때로는 가난을 위한 경우가 있다(仕非爲貧也 而有時乎爲貧)." 라는 내용의 주석에 늙은 부모를 위해 벼슬한다는 말이 보인다.
- 怙恃: 『詩經, 小雅, 蓼莪』 "아버지가 없으면 누구를 믿으며, 어머니가 없으면 누구를 믿을까(無父何怙 無母何恃)?"라는 말에서 '믿고 의지하다'라는 의미로 쓰였고, 전하여 父母의 合稱이다.
- 屬毛(붙다 촉), 離裏(걸리다 리): 『시경, 小雅, 小弁』에 "우러러보나니 아버님이요, 의지하나니 어머님일세. 터럭에도 연결되지 않으며, 가슴에도 걸리지 않는가(靡瞻匪父 靡依匪母 不屬于毛 不離于裏)?"라는 구절로, 자식들 모두가 어버이의 氣血을 이어받고 태어났다는 말이다.
- 道塗: =道途, 道路, 路途
- 塞紫: =紫塞. 만리장성의 흙이 자줏빛이므로 만리장성의 異稱

- 由來: 自始以來
- 愛日: 한나라 揚雄의『法言, 孝至』에 "이 세상에서 오래 가질 수 없는 것은 어버이를 모실 수 있는 시간이다. 따라서 효자는 어버이를 봉양할 수 있는 동안 하루하루 날을 아낀다(不可得而久者 事親之謂也 孝子愛日)."라는 말이 나온다.
- 暮: 晩年의 비유로 쓰인다.
- 兩艱: 부모의 喪을 당하다.
- 不復庭前趨: 부친이 생존해 계시지 않는다는 말이다. 공자가 홀로 뜨락에 서 있을 때에 아들 伯魚가 종종걸음으로 뜨락을 지나가자[趨庭], 공자가 그를 불러 세우고서 詩와 禮를 배워야 한다고 가르침을 내렸던 고사가 있다.
- 而誰門內倚: 모친이 생존해 계시지 않는다는 말이다. 전국시대 齊나라 王孫賈의 모친이 문에 기대어서[倚門] 아들이 돌아올 때까지 기다렸던 '倚閭之望'이라는 고사가 있다.
- 嚴程: 期限이 緊迫한 路程
- 雨露: 비와 이슬로도 쓰이나, 恩澤을 비유하기도 한다.

감상

이 시는『간이집』제6권에 실린 것으로, 꿈을 기록한 것에 使相이 화답한 시에 차운한 것이다.

임금에게 신하가 바쳐야 하는 충성이나 부모에게 자식이 바쳐야 하는 효성이나 말은 비록 달라도 그 정신은 똑같으니, 누가 과연 이 사이에 차이를 둘 수 있겠는가? 어버이를 봉양 위한 벼슬도 있긴 하지만, 나라에 몸을 바친 이상 감히 사사로움을 내세울 수 없다. 자식

중에 일찍이 아버지의 터럭을 이어받지 않았으며 어머니의 살결도 물려받지 않은 사람이 있겠는가? 자식들은 모두가 어버이의 氣血을 이어받고 태어났지만 부모님 살아 계실 적에 어버이 봉양과 벼슬살이 둘 다를 온전히 행한다는 것은 정말 어렵다. 원래가 효자라면 안타까운 심정으로 줄어드는 어버이의 여생을 아끼는 법이니, 모름지기 어버이가 더 늙으시기 전에 빨리 일을 마치고 고향으로 돌아가자. 유아기와 청년시절에 양친을 차례로 여읜 죄인이기에 평생 동안 지은 불효는 차마 손을 꼽을 수가 없을 정도이다. 공자가 아들에게 내린 가르침처럼 부친으로부터 가르침을 받을 수도 없으며, 문에 기대어서 자신을 기다려 줄 모친도 없다. 임금님의 은혜로 관직에 바쁘다 보니 슬픈 생각 갑절이나 솟구친다. 더군다나 지금은 한식날에 가까운데, 부모님 산소를 찾아가서 돌볼 수도 없다.

「夢到慈闈」 鄭蘊[15]

夢見慈顔色 꿈에 어머니 모습을 뵈니
蓬頭氣不平 쑥대머리에 편찮으신 듯
應知念遊子 응당 알겠네, 멀리 간 자식 염려하시다
是用疚深情 이 때문에 깊은 마음에 병이 나신 게로다
不孝當誅死 불효하면 마땅히 죽어야 하고
無忠愧久生 충성심 없이 오래 사는 것도 부끄럽다
覺來憂戀切 꿈에서 깨어나자 걱정과 연모 간절하여
坐待曉窓明 새벽 창이 밝을 때까지 앉아서 기다렸네

주석

- 疚 오래 앓다 구
- 慈闈(안방 위): 어머니

---

15) 鄭蘊(1569년, 선조 2~1641년, 인조 19): 본관은 草溪. 자는 輝遠, 호는 桐溪·鼓鼓子. 별제 玉堅의 증손으로, 할아버지는 증좌승지 淑이고, 아버지는 진사 惟明이다. 어머니는 장사랑 姜謹友의 딸이다. 1601년(선조 39)에 진사가 되고, 1610년(광해군 2) 별시문과에 을과로 급제하여 시강원겸설서·사간원정언을 역임하였다. 임해군옥사에 대해 全恩說을 주장했고, 영창대군이 강화부사 鄭沆에 의해서 피살되자 격렬한 상소를 올려 정항의 처벌과 당시 일어나고 있던 폐모론의 부당함을 주장하였다. 이에 광해군은 격분하여 李元翼과 沈喜壽 등의 반대에도 불구하고 국문할 것을 명하고 이어서 제주도에 위리안치하도록 하였다. 그 뒤 인조반정 때까지 10년 동안 유배지에 있으면서 학문을 게을리하지 않았으며, 중국 옛 성현들의 명언을 모은 『德辨錄』을 지어 이것으로 자신을 반성하였다. 인조반정 후 광해군 때 절의를 지킨 인물로 지목되어 사간·이조참의·대사간·대제학·이조참판 등 淸要職을 역임하였다. 특히, 언관에 있으면서 반정공신들의 비리와 병권장악을 공격하였다. 또 廢世子(광해군의 아들 祬)와 선조의 서자 仁城君 珙의 옥사에 대해 전은설을 주장, 공신들을 견제하였다. 1627년(인조 5) 정묘호란이 일어나자 行在所로 왕을 호종하였다. 1636년 병자호란 때에는 이조참판으로서 명나라와 조선과의 의리를 내세워 崔鳴吉 등의 화의주장을 적극 반대하였다. 강화도가 함락되고 항복이 결정되자 오랑캐에게 항복하는 수치를 참을 수 없다고 하며 칼로 자결했으나 목숨은 끊어지지 않았다. 그 뒤 관직을 단념하고 덕유산에 들어가 조를 심어 생계를 자급하다가 죽었다. 숙종 때 절의를 높이 평가하여 영의정에 추증되었다. 어려서부터 당시 경상우도에서 명성이 자자하던 鄭仁弘에게 사사하여 그의 강개한 기질과 학통을 전수받았다.

감상

이 시는 『桐溪集』 제1권에 실린 것으로, 꿈에 晉州 姜氏 姜謹友의 따님인 어머니를 뵙고 느낌이 있어서 지은 것이다. 정온은 1614년(광해군 6) 46살 2월에, 「甲寅封事」를 올려 永昌大君을 죽게 한 江華府使 鄭沆을 斬하고 永昌의 位號를 追復하여 禮葬할 것을 청하고, 廢母論을 발의한 丁好寬, 尹訒, 鄭造를 극변에 안치시킬 것을 청하였다가 8월, 濟州 大靜縣에 위리안치되었고, 仁祖反正 때까지 10년 동안 유배지에 있었는데, 이 시는 아마 이 시기에 어머니를 그리워하며 지은 것으로 보인다. 어머니는 1630년, 정온의 나이 61세 7월에 돌아가셨고, 정온은 모친상을 당하고, 10월에 居昌 龍山에 장사지내고 廬墓살이를 한다.

「路上艱苦記懷」 鄭希得[16]

家山指點白雲邊 흰 구름 저쪽쯤이 내 고향이라 알려주는데
坐數殘更夜似年 앉아서 남은 시간 세어보니 하룻밤이 일 년 같네
鶴髮高堂無恙否 늙으신 부모님은 병이 없으신가?
逢人欲問淚如泉 사람 만나 물으려 하니 눈물이 샘 같네

주석

– 更 시각 경. 恙 병 양
– 記懷: 마음에 있는 것을 기억하다.
– 家山: =故鄉
– 指點(가리키다 점): 가리키다.
– 鶴髮: =白髮
– 高堂: 高大한 집으로, 화려한 집을 뜻하거나 朝廷 또는 父母를 가리킨다.

감상

이 시는 『海上錄』 제2권에 실린 것으로, 정희득이 정유재란 때인 1597년 9월 27일 형 鄭慶得, 족질 鄭好仁 등과 함께 일본에 포로로

---

16) 鄭希得(1573~1623): 본관은 진주, 字는 子吉, 號는 月峯. 선조인 鄭咸道가 조선조에 와서 현령으로 처음 벼슬을 한 이후 조부 宗弼은 司平, 부친 咸一은 찰방의 벼슬에 올랐다. 先祖 중에 크게 벼슬을 한 사람은 없으나, 三綱五倫의 규범을 준수하는 절개 있는 집안이었다. 정유재란 때인 1597년 9월 27일 형 鄭慶得, 족질 鄭好仁 등과 함께 일본에 포로로 잡혀갔다가 1599년 6월 29일 전라도 출신 15인과 함께 귀국했다. 이때의 체험을 기록한 『海上錄』이 전한다. 1603년 사마시에 합격했으나, 인목대비 폐위사건에 반대한 것이 화근이 되어 형 정경득과 같이 과거시험의 자격이 박탈되었다. 그 후 과거를 단념하고 은둔 생활을 하였지만 기개가 강한 사람이었다.

잡혀갔다가 1599년 6월 29일 조선으로 돌아오기 전에 노상에서 겪은 고생을 기억하면서 쓴 것이다.

흰 구름 너머 저쪽쯤이 내 고향이라 조선임을 알려주고는 있는데 갈 수가 없어 앉아서 남은 시간 세어보니 하룻밤이 일 년처럼 길게 느껴진다. 고국에 계신 늙으신 부모님은 병이나 나지 않으셨는지? 고국 사람 만나서 부모님 안부를 물으려 하니 눈물이 샘처럼 계속 흘러내린다.

「吾初度日有感」 鄭希得

一影携來萬事悲 한 그림자 데리고 오니 온갖 일이 슬픈데
苟存頑喘欲何希 구차하게 보존한 모진 목숨 무엇을 바라리오?
燕臺夢裏寒梅瘦 연대의 꿈속에는 찬 매화가 여위고
華表何時舊鶴歸 화표주에는 어느 때에 옛 학이 돌아올까?
原上花殘棠棣樹 언덕 위엔 아가위나무에 꽃이 시들었고
堂前舞斷老萊衣 당 앞엔 노래자의 춤이 끊어졌네
昊天極德將何報 하늘 같은 지극한 은혜 장차 어찌 갚겠는가?
東海深情愧已違 동해 같은 깊은 정 어김이 부끄럽네
追悔生平百歲計 평생의 백 년 계획 돌이켜 후회하고
可憐文物曉星稀 문물은 샛별처럼 드문 게 가여워라
天涯已極孤雲望 먼 타향에서 외로운 구름 바라기에 지쳤는데
上林應知白雁飛 상림에는 아마 흰 기러기 날고 있겠지
烏哺空添悲落日 부모 봉양하는 까마귀 저물녘 부질없이 슬픔만 더하게 하는데
草心安得答春暉 풀 같은 자식이 어떻게 어버이 은혜 보답할까?
祥凝吉日曾云慶 상서가 길일에 엉겨 경사라 했었는데
身落殊方底處依 이젠 타향에 떠도는 몸 어느 곳에 의지할까?
擧案無人齊眼上 밥상을 들어 눈과 나란히 해주는 아내도 없고
倚閭誰復望斜暉 누가 다시 마을 문 의지하여 지는 해를 바라볼 것인가?
故鄕秋色梧應老 고향 가을빛에 오동잎 아마 졌을 것이고
異域風霜菊正馡 타향 서릿바람에 국화 한창 향기롭네
節似去年人事變 계절은 지난해와 같은데 사람 일은 변했고
罪盈天地此身微 죄는 천지에 가득한데 이 몸은 미미하네
寥寥空館蕭蕭雨 적막한 빈집에 비가 쓸쓸히 내리는데
獨向西風淚未晞 홀로 서풍 향해 서 있으니 눈물이 마르지 않네

주석

- 頑 완고하다 완. 喘 수명 천. 瘦 여위다 수. 馡 향기롭다 비. 寥 쓸쓸하다 료. 蕭 쓸쓸하다 소. 晞 마르다 희
- 初度: =生日
- 燕臺: 전국시대 燕나라 召王이 천하의 賢士를 대접하기 위해 燕京에 지은 黃金臺를 말하는데, 昭王이 賢士들을 招致하기 위하여 郭隗에게 그 일을 의논한 결과, 곽외가 말하기를 "지금 왕께서 참으로 현사들을 초치하고자 하시면, 먼저 이 곽외로부터 시작하소서(今王誠欲致士 請先從隗始)."라고 하니, 소왕이 마침내 招賢臺를 짓고 맨 먼저 곽외를 스승으로 섬기자, 樂毅 등 名士들이 많이 모여들었다.
- 華表: 요동 사람 丁令威가 신선이 되고 나서 1천 년 만에 학으로 변해 다시 고향을 찾아와서는 요동 성문의 華表柱 위에 내려앉았다는데, 소년 하나가 활을 쏘려고 하자 허공으로 날아올라 배회하다가 탄식하면서 떠나갔다는 전설이 전한다.
- 棠棣: 아가위꽃으로 형제를 말함. 『詩經, 小雅, 常棣』에 "아가위 꽃송이 활짝 피어 울긋불긋, 지금 어떤 사람들도 형제만 한 이는 없지(常棣之華 鄂不韡韡 凡今之人 莫如兄弟)."라고 하였다.
- 老萊: 晉나라 皇甫謐의 『高士傳』에 "노래자는 두 어버이를 효성으로 봉양하였다. 나이 70살에 아이들이 하는 장난을 하여 몸에 오색 무늬의 옷을 입었으며, 일찍이 물을 떠가지고 마루에 오르다가 거짓으로 넘어져서 땅에 엎어져 어린아이의 울음소리를 내었으며, 부모 곁에서 병아리를 가지고 놀며 부모님을 기쁘게 하

고자 하였다(老萊子孝奉二親 行年七十 作嬰兒戱 身著五色斑斕之衣 嘗取水上堂 詐跌仆臥地 爲小兒啼 弄雛於親側 欲親之喜).”라는 말이 있다.

- 昊天: 중앙 鈞天, 동방 蒼天, 동북 旻天, 북방 玄天, 서북 幽天, 서방 昊天, 서남 朱天, 남방 炎天, 동남 陽天이라 하여 九天의 하나이나, 여기서는 『시경, 小雅, 蓼莪』에 “그 은덕을 갚고 싶은데, 하늘처럼 다함이 없도다(欲報之德 昊天罔極).”의 의미로 쓰였다.
- 文物: 禮樂制度를 가리킴.
- 天涯: =天邊. 아주 먼 地方을 의미하는데 「古詩十九首, 行行重行行」에 “서로의 거리가 만 여리나 되어, 각각 하늘 한끝에 있네(相去萬餘里 各在天一涯).”라는 말이 보인다.
- 雲望: =望雲. 타향에서 어버이를 간절히 생각하는 효자의 심정을 비유할 때 쓰는 표현이다. 당나라 狄仁傑이 幷州의 法曹參軍이 되어 太行山을 넘어가던 중에 흰 구름이 외로이 떠가는 남쪽 하늘을 바라보면서 “우리 어버이가 계신 곳이 이 구름 아래다(吾親所居 在此雲下).”라고 하고는 한참 동안 머물러 있다가 구름이 다른 곳으로 옮겨간 뒤에야 다시 길을 떠났다는 고사에서 유래한 것이다(『新唐書 卷115, 狄仁傑列傳』).
- 上林應知白雁飛: 상림은 上林園으로 漢 武帝가 중건한 궁전의 정원 이름으로, 漢나라의 충신 蘇武가 흉노 땅의 사막 요새지에 19년 동안이나 붙잡혀 있다가, 천자가 上林苑에서 기러기 다리에 매여 있는 편지[雁信]를 보고 소무의 근황을 알게 되었다고 사신이 奇智를 발휘한 덕분에 한나라로 돌아온 고사가 전한다(『漢書 卷54, 蘇武傳』).

- 烏哺: 까마귀가 어미에게 먹이를 먹여주는 것으로, 까마귀는 새끼가 크면 어미에게 먹이를 먹여준다 하여 反哺鳥라 하고 효도하는 새로 알려져 있다.
- 草心, 春暉: 부모의 끝없는 은혜를 만 분의 일이라도 갚을 수 없다는 말로, 당나라 시인 孟郊의 「游子吟」에 "한 치의 풀과 같은 자식의 마음을 가지고서, 봄날의 햇볕 같은 어머니의 사랑을 보답하기 어려워라(難將寸草心 報得三春暉)."라는 구절이 있다.
- 祥凝吉日: 상서가 길일에 엉기는 것으로, 예전에 자신이 태어났을 때를 의미한다.
- 底處: =何處
- 擧案無人齊眼上: 어진 아내라는 말로, 梁鴻의 아내 맹광은 밥상을 가지고 올 때면 반드시 상이 눈썹까지 올라가도록 들어서 공경하는 태도인 擧案齊眉를 보였다 한다.
- 倚閭: 모친이 생존해 계시지 않는다는 말이다. 전국시대 齊나라 王孫賈의 모친이 문에 기대어서[倚門] 아들이 돌아올 때까지 기다렸던 '倚閭之望'이라는 고사가 있다.

감상

이 시는 『海上錄』 제2권에 실려 있는데, 정희득이 정유재란 때인 1597년 9월 27일에 일본에 포로로 잡혀갔으니, 24살인 1597년 자신의 생일날 부모를 그리워하는 마음이 들어서 지은 것이다.

「父親晬辰有感」 鄭希得

客中星歲隙駒催 객지에서의 세월 순식간에 지나가니
此夕還添萬緖悲 오늘 저녁엔 만 갈래 슬픔이 더욱 더하네
極念劬勞生我德 나를 낳으시느라 애쓰신 부모 덕 지극히 생각하다
更思孩哭弄雛兒 또 웃고 울며 병아리를 가지고 놀던 것 생각나네
孤雲落日增新恨 외로운 구름과 지는 해는 새로운 한을 더하고
樽酒斑衣憶舊時 항아리 술과 얼룩옷은 옛 시절 생각나게 하네
宇宙中間一不孝 이 우주 사이에 한 불효한 자식
回首天末涕漣洏 하늘 끝에서 머리 돌리니 눈물만 흐르네

주석

- 晬 생일 수. 緖 줄기 서. 漣 눈물이 흐르다 련. 洏 눈물이 흐르다 이. 孩 웃다 해
- 客中: 他鄕이나 外國
- 星歲: =歲月
- 隙駒: 망아지가 틈을 지나가듯 빨리 지나감을 뜻하는 것으로, 『莊子, 知北遊』에 "사람이 천지 사이에 살아가는 것이 흰 망아지가 틈 사이를 지나는 것과 같아 잠깐 사이일 뿐이다(人生天地之間 若白駒之過郤 忽然而已)."라고 하였다.
- 劬勞: 『시경, 小雅, 蓼莪』에 "슬프다 부모님이여, 나를 낳아 기르시느라 애를 쓰셨다(哀哀父母 生我劬勞)."라는 말이 나온다.
- 弄雛, 斑衣: 晉나라 皇甫謐의 『高士傳』에 "노래자는 두 어버이를 효성으로 봉양하였다. 나이 70살에 아이들이 하는 장난을 하여

몸에 오색 무늬의 옷을 입었으며, 일찍이 물을 떠가지고 마루에 오르다가 거짓으로 넘어져서 땅에 엎어져 어린아이의 울음소리를 내었으며, 부모 곁에서 병아리를 가지고 놀며 부모님을 기쁘게 하고자 하였다(老萊子孝奉二親 行年七十 作嬰兒戲 身著五色斑斕之衣 嘗取水上堂 詐跌仆臥地 爲小兒啼 弄雛於親側 欲親之喜).”라는 말이 있다.

- 天末: 지극히 먼 곳

감상

이 시는 『海上錄』 제2권에 실린 것으로, 부친인 鄭咸一의 생신날 지은 것이다.

정유재란에 포로가 되어 일본이라는 객지에서 지내는 세월은 순식간에 지나가니, 오늘은 부친의 생신날이라 저녁이 되자 만 갈래의 슬픔이 일어난다. 나를 낳으시느라 애쓰신 부모님의 은혜 생각하다가, 또 웃고 울며 부친께 칭얼대며 병아리를 가지고 놀면서 부모님을 기쁘게 하고자 했던 노래자처럼 부친 앞에서 재롱을 떨고 싶다. 하지만 외로이 떠 있는 구름과 석양으로 지는 해를 보니 새록새록 한이 더해지고, 항아리에 담긴 술과 노래자가 입었던 얼룩옷을 보니 옛 시절이 생각난다. 온 세상에 불효한 자식인 나는 타국인 일본 하늘 끝에서 고국을 보기 위해 머리를 돌리니, 부친 생신날인 오늘 눈물만 줄줄 흐른다.

「母親晬辰 奠罷有感」 鄭希得

雨露悲懷歲月深	비와 이슬의 슬픈 회포 세월만 깊어
却將啼血灑空林	슬피 울며 토한 피를 빈숲에 뿌리네
誠違落日慈烏哺	효성은 저물녘 사랑스럽게 어미 먹이는 까마귀 만 못하고
恨結三春寸草心	한은 봄날 촌초의 마음에 맺혔네
花發庭梅慚有素	뜰에 핀 매화꽃 흰 꽃잎 보기 부끄럽고
淚枯廬栢愧于今	눈물에 마른 묘막의 잣나무 지금에 부끄럽구나
天涯一酌微忱切	먼 타향의 한 잔 술에 작은 정성만은 간절하니
萬里孤魂肯許臨	만 리의 외로운 혼께서 왕림하여 주셨으면

주석

- 奠 제사 지내다 전. 灑 뿌리다 쇄. 違 다르다 위. 忱 정성 침
- 雨露: 돌아가신 부모를 사모하는 마음으로, 봄에 비와 이슬이 내리면 군자는 그것을 밟고 반드시 놀라 부모를 뵌 것처럼 하였다. 『禮記, 祭義』의 "가을에 서리와 이슬이 내리면 군자가 그것을 밟아보고 반드시 슬픈 마음이 생기나니, 이는 날이 추워져서 그런 것이 아니다. 또 봄에 비와 이슬이 내려 땅이 축축해지면 군자가 그것을 밟아보고 반드시 섬뜩하게 두려운 마음이 생기면서 마치 죽은 부모를 곧 만날 것 같은 생각이 들게 된다(霜露既降 君子履之 必有悽愴之心 非其寒之謂也 春雨露既濡 君子履之 必有怵惕之心 如將見之)."라는 말에서 유래한 것이다.
- 啼血: 杜鵑새가 슬피 울며 토해내는 피

- 烏哺: 까마귀가 어미에게 먹이를 먹여주는 것으로, 까마귀는 새끼가 크면 어미에게 먹이를 먹여준다 하여 反哺鳥라 하고 효도하는 새로 알려져 있다.
- 三春寸草心: 부모의 끝없는 은혜를 만 분의 일이라도 갚을 수 없다는 말로, 당나라 시인 孟郊의 「游子吟」에 "한 치의 풀과 같은 자식의 마음을 가지고서, 봄날의 햇볕 같은 어머니의 사랑을 보답하기 어려워라(難將寸草心 報得三春暉)."라는 구절이 있다.
- 廬栢: 묘막의 잣나무로, 잣나무는 묘지에 많이 심는 나무이며 墳墓나 先塋을 뜻함.
- 天涯: =天邊. 아주 먼 地方을 의미하는데 「古詩十九首, 行行重行行」에 "서로의 거리가 만 여리나 되어, 각각 하늘 한끝에 있네(相去萬餘里 各在天一涯)."라는 말이 보인다.

감상

이 시는 『海上錄』 제2권에 실린 것으로, 어머니 함평 이씨의 생신에 제사를 마치고 느낀 정회를 노래한 것이다.

「傳七家 見柑子有感」 鄭希得

二月黃柑香更淸 2월 누런 감귤은 향기 더욱 맑은데
一盤秋色盡君誠 한 소반에 가을빛 그대 정성 다했네
追想陸公懷橘日 육공이 귤 품던 날을 돌이켜 생각하니
不能加口淚如傾 입에 올릴 수 없어 눈물이 기운 듯하네

주석

- 柑 홍귤나무 감
- 傳七: 전칠은 일본 사람으로, 『海上錄』에 "왜인 전칠의 집에서 쌍륙 놀이를 보았다. 쌍륙은 우리나라와 같으나 조금 달랐다. 내가 글을 써 보이기를, '하늘은 길고 바다는 멀어 바라보는 눈이 마르려 한다. 어젯밤 꿈에 어린 자식이 문에서 기다리더니 깨고 나니 슬픈 회포를 견딜 수 없었소.' 하였더니, 전칠이 민망스럽게 여겼다(倭傳七家 見雙陸之戱 雙陸與我國同而小異 余書示 天長海遠 望眼欲枯 昨夜之夢 穉子候門 覺來不勝悲懷 傳七爲之愍然柑)."라는 일화가 실려 있다.
- 陸公懷橘日: 부모의 슬하에서 자라던 어린 때를 말한다. 『三國志, 吳志, 陸績傳』에 "육적이 6세 때에 袁術을 찾아가니, 원술이 귤을 주었다. 육적이 돌아오려고 절을 하는데 귤 3개가 품에서 떨어지므로 원술은 '陸郞이 손님으로 와서 귤을 훔쳐가지고 가느냐?' 하니, 육적은 조용히 대답하기를 '어머니에게 갖다 드리려 합니다.' 하였다."고 한다.

감상

이 시는 『海上錄』 제2권에 실린 것으로, 전칠의 집에서 감귤을 보고 느낌이 있어 지은 것이다.

한창 봄인 2월, 누런 감귤은 향기가 아주 향긋한데, 한 소반 위에 누런빛을 띤 감귤이 담겨 있는 것을 보니 그대의 정성이 어떠한지 알겠다. 어릴 적 육적이 어머니를 위해 몰래 귤을 소매 속에 넣던 일을 생각해보니 입으로 말을 할 수 없어서 다만 눈물만 철철 흘린다.

「夢中歸覲父親 覺卽記之」 鄭希得

父子相思萬里餘 부자가 만 여리 밖에서 서로 생각하지만
存亡兩地絶音書 두 곳에서 죽고 살았는지 소식 끊겼구나
夢中罔極劬勞德 꿈속에서도 망극한 부모의 은덕인데
覺後思來淚滿裾 깨어나 생각하니 눈물이 옷자락에 가득하구나

주석

- 裾 옷자락 거
- 歸覲: 돌아가 君王이나 父母를 뵙다.
- 音書: 소식, 서신
- 罔極: 『시경, 小雅, 蓼莪』에 "그 은덕을 갚고 싶은데, 하늘처럼 다함이 없도다(欲報之德 昊天罔極)."라는 말이 나온다.
- 劬勞: 『시경, 小雅, 蓼莪』에 "슬프다 부모님이여, 나를 낳아 기르시느라 애를 쓰셨다(哀哀父母 生我劬勞)."라는 말이 나온다.

감상

이 시는 『海上錄』 제2권에 실린 것으로, 꿈속에서 고향에 가 부친인 鄭咸一을 뵙고 깨어나서 그것을 기록한 것이다. 당시 어머니는 이미 돌아가셨다.

부친은 조선에서, 자식은 일본에서 만 여리나 떨어져 서로 생각하지만, 조선과 일본 두 곳에서 죽었는지 살았는지 소식이 끊겨 생사를 알 수가 없다. 꿈속에서 고향에 가 부친을 뵈었더니 망극한 은덕을 주셨는데, 깨어나 생각하니 눈물이 옷자락을 가득 적셨다.

「歲暮」 李植[17]

歲暮悲親老 해가 저묾에 어버이가 늙으신 게 서글퍼서
高堂返綵衣 비단옷 입고 재롱부리려 모친에게로 돌아왔네
南山風發發 남산에서 부는 바람 거세지만
西嶺日暉暉 서산에 기운 햇빛은 아직도 따사롭네
險難攻吾短 어렵고 힘든 와중에서 내 잘못을 고치며
因循悟昨非 미적거리며 제거하지 못한 지난 허물을 깨닫겠네
從今啜菽水 지금부턴 콩죽에 물 한 사발 먹더라도
歡意誓無違 어버이 기쁘게 해 드릴 일 그르치지 않기를 맹세하네

주석

- 悟 깨닫다 오
- 高堂: 高大한 집으로, 화려한 집을 뜻하거나 朝廷 또는 父母를 가리키는데, 여기서는 홀로 남은 택당의 모친을 가리키는 말이다.
- 綵衣: 晉나라 皇甫謐의 『高士傳』에 "노래자는 두 어버이를 효성으로 봉양하였다. 나이 70살에 아이들이 하는 장난을 하여 몸에 오색 무늬의 옷을 입었으며, 일찍이 물을 떠가지고 마루에 오르다가 거짓으로 넘어져서 땅에 엎어져 어린아이의 울음소리를 내었으며, 부모 곁에서 병아리를 가지고 놀며 부모님을 기쁘게 하고자 하였

---

17) 李植(1584, 선조 17~1647, 인조 25): 1618년 廢母論이 일어나자 은퇴하여 경기도 지평으로 낙향하여, 남한강변에 澤風堂을 짓고 오직 학문에만 전념하였으며, 호를 澤堂이라 한 것은 여기에 연유하였다. 1642년에 金尙憲과 함께 斥和를 주장한다 하여 瀋陽으로 잡혀갔다 돌아올 때에 다시 의주에서 잡혀 갇혔으나 탈출하여 돌아와, 대사헌과 형조·이조·예조의 판서를 역임하였다. 당대의 이름난 학자로서 많은 제자를 배출하였으며, 문장이 뛰어나 漢文四大家의 한 사람으로 꼽혔다. 그의 문장은 우리나라의 정통적인 古文으로 높이 평가되었으며, 金澤榮에 의하여 麗韓九大家의 한 사람으로 뽑혔다. 문집으로는 『澤堂集』이 전한다.

다(老萊子孝奉二親 行年七十 作嬰兒戲 身著五色斑爛之衣 嘗取水上堂 詐跌仆臥地 爲小兒啼 弄雛於親側 欲親之喜).”라는 말이 있다.

- 南山風發發(發發: 힘찬 모양): 효성을 다 바치지 못하는 자식의 심경을 표현한 말이다. 어버이를 제대로 봉양하지 못하는 효자의 심정을 읊은『詩經, 小雅, 蓼莪』에 “남산은 높다랗고, 회오리 바람은 거세도다. 사람들 모두 잘 지내는데, 나만 왜 해를 입나(南山烈烈 飄風發發 民莫不穀 我獨何害)?”라고 하였다.
- 西嶺日暉暉(빛나다 휘): 老母의 자애로운 은덕을 비유한 말이다.
- 因循: 自然에 순응하거나, 繼承 또는 徘徊不去를 의미한다.
- 今啜菽水(마시다 철. 콩 숙): 집안이 가난해도 효성을 다 바치겠다는 뜻이다.『禮記 檀弓下』에, 공자의 제자 子路가 집안이 가난해서 부모님을 잘 모시지 못한다고 한탄하자, 공자가 “콩죽에 물을 마시더라도 어버이를 기쁘게 해 드리는 것이 효도이다(啜菽飮水盡其歡 斯之謂孝).”라고 말한 고사가 있다.

감상

이 시는『택당선생속집』제2권에 실린 것으로, 한 해가 저물어갈 때 어머니를 그리워하며 지은 것이다.

택당은 부친 李安性과 모친 茂松 尹氏 參判 尹玉의 따님이 결혼하여 한양 南小門洞에서 태어났다. 1613년 8월, 30세에 부친 찬성공의 喪을 당하여 砥平에 장사 지냈고, 1637년 7월, 54세에 모친상을 당하여 砥平에 장사 지냈으니, 이 시는 그 사이에 지은 것이다.

「路中誦陟岵詩三復感歎 輒用其語 推廣爲五言七章」

金昌協[18]

我行日悠邁 내 발길 날마다 고향에서 멀어져 가니
所思亦多方 생각나는 건 또한 여러 가지네
引領望父母 목을 빼어 부모 바라보고
兄弟不可忘 우리 형제 잊을 수 없네
行復念妻兒 가다 다시 아내와 자식 생각하니
婉孌縈我腸 예쁘고 아름다움이 내 맘을 휘감네
何以寄所宣 무엇에 이 심정을 담아 펴볼거나?
聽我歌短章 짧은 노래를 들어나 보소

주석

- 邁 멀리 가다 매. 婉 예쁘다 완. 孌 아름답다 련. 縈 두르다 영
- 陟岵詩: 척호는『시경, 魏風』의 편명으로, 孝子가 大國의 노역에 징발되어 힘겨운 작업을 하면서 고향의 부모 형제에 대한 그리움을 부모 형제가 자신을 염려하는 심정으로 바꾸어 노래한 시이다.
- 引領(잡아당겨 빼다 인, 목 령): 목을 빼어 바라봄.

---

18) 金昌協(1651, 효종 2~1708, 숙종 34): 호는 農巖. 고고하고 기상이 있는 문장을 썼고, 글씨도 잘 쓴 당대 문장가이다. 六昌으로 불리는 여섯 형제 중에서 특히 창협의 文과 동생 昌翕의 시는 당대에 이미 명망이 높았다. 문장은 단아하고 순수해 歐陽修의 정수를 얻고, 그의 시는 杜甫의 영향을 받았지만 그대로 모방하지 않고 고상한 시풍을 이루었다. 24세 때 宋時烈을 찾아가『小學』에 대해 토론했고 李珥의 학통을 이었으나 湖洛論爭에서는 湖論의 입장을 취했다. 典雅하고 순정한 문체를 추구한 古文家로 전대의 누습한 文氣를 씻었다고 金澤榮에게 높은 평가를 받았다.

父曰嗟余子 아버님께서 말씀하시길, 아! 내 아들아
行役踰千里 공무 위해 천 리를 넘는구나
王事未可盬 나랏일을 소홀히 할 수 없으니
載驅何時已 달리고 달려 언제 끝내리?
明明宵雅三 「鹿鳴」, 「四牡」, 「皇皇者華」라는 「소아」의 시 세 편
肄汝官其始 네가 벼슬하기 전에 익혀야 하니라
歸歟尙愼旃 아무쪼록 조심히 돌아오너라
毋負上所使 임금님 시킨 일 저버리지 말고

주석

- 嗟 탄식하다 차. 旃 어조사 전. 踰 넘다 유
- 行役: 兵役이나 公務를 이행하기 위해 밖으로 나가는 것, 여행.
- 盬 소홀히 하다 고. 『詩經, 四牡』에 "나랏일을 소홀히 할 수 없기에, 내 마음 슬퍼하노라(王事靡盬 我心傷悲)."라는 구절이 있다.
- 載驅: 사신을 보낼 때 불렀던 『시경, 小雅, 皇皇者華』에 "달리고 또 달리며, 두루 묻고 강구하네(載馳載驅 周爰咨諏)."라는 말이 있다.
- 明明宵雅三: 원문의 宵자는 小자와 통용하는 것으로, 『시경』의 「小雅」를 가리키며 「녹명」, 「사모」, 「황황자화」는 벼슬살이하며 임금을 섬기는 도리를 노래한 시이다.
- 肄汝官其始(익히다 이): 『禮記, 學記』에 "「소아」의 「녹명」, 「사모」, 「황황자화」 등 세 편의 시를 익히는데, 이것은 벼슬살이하며 임금을 섬기는 도리를 학생에게 기대한 것이다(宵雅肄三 官其始也)."라고 하였다.

母曰嗟余季 어머님께서 말씀하시길, 아! 내 둘째야
行役不遑寐 공무에 잠도 편치 못하리
天寒衣裳單 추운 날에 의복도 한 벌일 터이고
路遠顔色悴 먼 길에 얼굴빛도 야위었으리
南州霧露積 남쪽 고을은 안개와 이슬 많은데
無乃瘴爲祟 독한 기운이 빌미나 되지는 않았는지?
歸歟尙愼旃 아무쪼록 조심히 돌아와
慰我如渴思 애타는 나의 그리움 위안해다오

주석

– 遑 한가하다 황. 悴 파리하다 췌. 瘴 장기(산천의 惡氣) 장. 祟 빌미 수

兄曰嗟余弟 형님이 말씀하시길, 아! 내 아우야
行役日迢遞 공무로 날마다 멀어져 가네
死別旣摧腸 막내아우 사별에 애가 끊기고
生別亦易涕 생이별도 그 또한 눈물 쏟아지네
籩豆在我前 음식이 내 앞에 놓여 있어도
未共飫酒醴 함께 술을 실컷 먹을 수 없네
歸歟尙愼旃 아무쪼록 조심히 돌아와
無使室家徯 가족들 기다리게 하지 말게나

주석

- 飫 실컷 먹다 어. 醴 단술 례. 徯 기다리다 혜
- 迢遞(멀다 초. 여러 곳을 거쳐서 보내다 체): 멀어져 가는 모양
- 死別: 1년 전인 1683년(숙종 9) 12월 26일에 막내아우 金昌立이 18세의 나이로 병사하였다.
- 籩豆(제기 변): 祭器나 연회 때 음식을 담는 그릇, 籩은 과일이나 포를 담는 대를 엮어 만든 것이고, 豆는 식혜나 김치 등을 담은 나무로 만든 제기

弟曰嗟余兄 내 아우가 말하길, 아! 우리 형님
行役多所經 공무에 지나가는 곳도 많으리
莽莽數千里 아득한 수천 리 거리
川塗浩縱橫 물길과 산길이 넓게 종횡으로 뻗어 있네
遠游能無賦 멀리 다님에 노래 없을 수 있을까?
靡使來寄聲 소식 행여 아니 부칠까?
歸歟尙愼旃 아무쪼록 무사히 돌아와
釋我鬱陶情 답답한 이내 마음 풀어줬으면

주석

- 莽 아득하다 망. 塗 길 도
- 鬱陶(우거지다 울. 근심하다 도): 근심이 쌓여 있는 모양

婦曰嗟余夫 내 아내가 말하길, 아! 지아비여
行役在遠途 머나먼 공무로 지새는 나날
弊袴誰當澣 낡은 바지는 누가 빨아줄 것이며
又誰絮薄襦 또 누가 솜저고리 누벼줄 건가?
衾枕日以寒 이부자리 날마다 차가울 텐데
無與寧君軀 임의 몸 따뜻하게 해줄 사람 없구나
歸歟尙愼旃 아무쪼록 무사히 돌아오시어
共此糜與餔 죽이든 밥이든 함께 듭시다

주석

- 袴 바지 고. 澣 빨다 한. 絮 솜 서. 襦 저고리 유. 糜 죽 미. 餔 밥 포

兒曰嗟余父 내 아들이 말하길, 아! 내 아버님
行役久勞苦 공무로 오랫동안 수고하시네
方何爲來期 돌아오실 기약은 언제이오며
今復在何所 지금 다시 어디에 계시옵니까?
路遠不可知 길이 멀어 알 수 없고
夢中或時覩 꿈속에서 이따금 뵈옵나이다
歸歟尙愼旃 아무쪼록 무사히 돌아오시어
令我歌且舞 저로 하여금 노래하고 춤추게 해주시옵소서

주석

- 覩=睹 보다 도

감상

이 시는 『농암집』 제2권에 실린 것으로, 도중에 「陟岵」라는 시를 세 번 반복해 읊으며 감탄하고 그 시의 말을 인용하여 五言 七章으로 늘려 지은 것이다. 김창협이 1684년(숙종 10) 8월, 34세에 암행어사가 되어 嶺南을 염찰하기 위해 고향의 가족을 떠나 머나먼 남쪽 지방을 순행하고 있는 자신의 처지가 「척호」 시를 지은 작자와 비슷하므로 인용한 것이다. 김창협의 아버지 金壽恒은 安定 羅氏 羅星斗의 따님과 결혼하여 金昌集, 金昌協, 金昌翕, 金昌業, 金昌緝, 金昌立과 1녀를 낳았다. 김창협은 延安 李氏 副提學 李端相의 따님과 결혼하여 金崇謙(早死), 金載謙(金淸祥 早死)과 5녀를 낳았다.

「病寓仙庵 仰念庭闈 感成一律」 金樂行[19]

破產南來爲養親	파산하고 남으로 온 것은 부친 봉양 때문인데
如何半歲病纏身	어찌하여 반년 만에 몸에 병이 걸렸는가?
便宜自占投閒界	편의대로 정양할 곳 잡아 한적한 곳에 투숙하니
職分專虧愧古人	자식 직분 모두 허물어져 옛사람에게 부끄럽구나
經雨定應傷體氣	장마철 지나면서 반드시 응당 몸이 손상되었을 것이고
課僮能不費精神	아이를 가르치느라 정신을 소모하시지나 않을까?
都緣豚犬兒無狀	모두가 못난 아들이 변변치 못했기 때문에
暮景天涯備苦辛	노년에 먼 변방에서 갖은 신고 다 겪으시네

주석

- 纏 얽다 전. 定 반드시 정. 課 시험하다 과. 僮 아이 동
- 庭闈(안방 위): 부모가 거처하는 곳으로, 부모를 가리킴.
- 體氣: 체질, 기질, 형체

---

19) 金樂行(1708~1766): 字는 艮夫이고, 호는 九思堂이다. 본관은 義城이고, 霽山 金聖鐸의 長子이다. 구사당이 30세 때에 부친이 定配되어 구사당 40세 때에 부친이 세상을 떠났다. 구사당은 1708년(숙종 34)에 安東 川前里에서 태어나, 9세에 四書를 공부하여 대략 大義를 통하였고, 11세 때에 부친이 慰狀을 대신 쓰게 하면 자획이 해정하고 격식이 어긋남이 없었다. 18세 때에 당시 문명을 날리던 江左 權萬의 칭찬을 받았고, 이어 부친의 명으로 密庵 李栽의 문하에 들어갔으며, 30세인 1737년(영조 13) 5월, 부친이 그 스승 葛庵 李玄逸을 변호하는 소를 올렸다가 의금부 옥에 잡혀 들어가서 여러 차례 국문을 받게 되었다. 이에 구사당은 음식을 전폐하고 밤에도 방에 들지 않고 금옥 밖에서 밤낮 울부짖었다. 그해 9월에 豐原君 趙顯命의 抗疏로 인하여 극형을 면하고 제주 旌義縣에 유배하라는 명이 내려졌다. 이듬해인 1738년(영조 14)에 제산이 光陽縣으로 移配되었다. 당시에 고향에 계신 조모를 모시라는 부친의 명을 받고 고향으로 돌아왔지만, 이후로 고향과 배소를 오가면서 조모와 양친을 봉양하였다. 40세 때인 1747년(영조 23) 4월에 부친이 광양의 배소에서 세상을 떠나자 여러 번 기절했다가 다시 소생하였다. 안동 옛집으로 返柩하여 장례를 치르고 피눈물로 삼년상을 마쳤다. 55세 때인 1762년(영조 38)에 모친상을 당했을 때에도 부친상 때처럼 슬픔과 예제를 다하여 집상하였다. 그러나 상중에 지나치게 슬퍼한 까닭으로 상복을 벗은 2년 뒤 1766년(영조 42)에 병이 이미 깊어 59세를 일기로 세상을 마쳤다.

- 豚犬: 후한 말년에 孫權이 강물의 어귀에 제방을 쌓아서 曹操의 침공에 대비하였다. 『삼국지, 吳書, 吳主傳』에 "조조가 유수를 침공하자, 손권이 한 달 넘게 서로 대치하였다. 조조가 손권의 군대를 바라보고는, 엄숙하게 정제된 것을 탄복하면서 물러갔다(曹公攻濡須 權與相拒月餘 曹公望權軍 歎其齊肅乃退)."라고 하였는데, 그 註에 "조조가 '아들을 낳으려면 손중모쯤은 되어야지, 유경승의 아이들은 개나 돼지와 같다(生子當如孫仲謀 劉景升兒子若豚犬耳).'라고 탄식하였다."라고 하였다. 仲謀는 손권의 자이다. 景升은 荊州刺史 劉表의 자이고, 그 아들은 劉琦와 劉琮을 가리키는데, 유표가 죽은 뒤에 유종이 조조에게 항복하며 형주를 헌납하였다. 후에 자기 아이들의 謙稱으로 쓰인다.
- 無狀: 공적이나 선행이 없다는 뜻으로, 謙辭임.
- 暮景: 석양으로, 노년의 비유로 쓰임.

감상

이 시는 『구사당집』 제1권에 실린 것으로, 부친을 따라 配所에 갔다가 병들어 선암에 우거하며 어버이를 생각하다가 느낌이 있어 지은 것이다.

「行狀」에 따르면, 김낙행은 부친 金聖鐸이 1737년(영조 13) 5월, 스승 葛庵 李玄逸을 변호하는 소를 올렸다가 의금부 옥에 잡혀 들어가서 여러 차례 국문을 받게 되었다. 이에 구사당은 음식을 전폐하고 밤에도 방에 들지 않고 금옥 밖에서 밤낮 울부짖었다. 두 손으로 땅을 후벼 파서 열 손가락이 모두 피가 흘렀고 때로는 기진맥진하여 쓰러지기도 하니, 市井의 남녀가 모두 달려와서 술을 입에 넣어주기도 하고 거적으로 햇볕을 가려주기도 하며 구해주었다. 옥졸조차 "우리들도 사람이니 어찌 차마 규정을 지키느라 효자에게 인정을 쓰지 않겠는가?"라고 하고, 옥중 소식을 알려주거나 약물과 음식을 성심으로 전달해주었고, 비록 당로자나 政敵일지라도 지나가면서 보고는 또한 효자라고 稱歎하였다. 그해 9월에 趙顯命의 抗疏로 인하여 극형을 면하고 제주 旌義縣에 유배하라는 명이 내려졌다. 구사당은 부친을 모시고 배소로 가는 도중에 밤이 되면 반드시 부친의 호흡소리를 들으며 앉아서 날을 지새웠고 꿇어앉아 약을 올리고 울먹이며 미음을 권하였다. 배소에 도착해서는 여종을 대신하여 직접 음식을 조리하고 노복을 대신하여 직접 땔감을 구해서 불을 지폈고, 또 부친의 마음을 풀어 드리려고 틈틈이 글을 읽어 질문하기도 하였다. 이러한 효심에 감동한 주민들이 맛있는 음식이 있으면 번번이 먼저 보내왔다고 한다.

「遊子」 尹愭[20]

曉發西天拜北闈 새벽에 서천 떠나 과거 보러 나서는데
兩親執手恐遲歸 양친께서 손을 잡고 더디 돌아올까 염려하네
出門自落千行淚 문 나설 때 일천 줄기 눈물이 떨어지나
負米平生我未希 평생토록 구차하게 봉양하길 난 바라지 않네

주석

- 西天: 서쪽 지역을 이르는 말로, 여기서는 도성 서쪽에 위치한 통진을 가리킨다.
- 北闈(과장 위. 會試를 春闈, 鄕試를 秋闈, 과거를 보는 것을 入闈라고 한다): 과거시험
- 負米平生我未希: 과거에 급제하여 떳떳한 녹봉으로 부모를 봉양하고 싶다는 말이다.
- 負米: 가난한 가운데 어렵게 물자를 구하여 부모를 봉양함을 뜻하는 말로, 『孔子家語, 致思』에 "무거운 짐을 지고 먼 길을 갈 때는 장소를 가리지 않고 쉬고, 집이 가난하고 어버이가 늙으셨으면 녹봉을 가리지 않고 벼슬해야 합니다. 지난날 저는 양친을 섬길 적에 늘 명아주와 콩잎을 먹으면서도 어버이를 위하여 백 리 밖에서 쌀을 져 왔습니다(負重涉遠 不擇地而休 家貧親老 不

---

20) 尹愭(1741, 영조 17~1826, 순조 26): 본관은 坡平. 자는 敬夫, 호는 無名子. 아버지는 光普이며, 어머니는 原州 元氏로 一瑞의 딸이다. 李瀷을 사사하였다. 1773년(영조 49)에 사마시에 합격하여 성균관에 들어가 20여 년간 학문을 연구하였다. 1792년(정조 16)에 식년문과에 병과로 급제하여 승문원정자를 初仕로 宗簿寺主簿, 예조·병조·이조의 낭관으로 있다가 藍浦縣監·黃山察訪을 역임하였다. 이후 다시 중앙에 와서 『정조실록』의 편찬관을 역임하였다. 벼슬이 호조참의에까지 이르렀다. 저서로 『무명자집』20권 20책이 있다.

擇祿而仕 昔由也 事二親之時 常食藜藿之實 爲親負米百里之外).”라는 子路의 말에서 유래하였다.

감상

이 시는『무명자집 시고』제1책에 실린 것으로, 윤기의 나이 23세 때인 1763년(영조 39) 9월, 과거시험을 보기 위해 집을 떠나면서 지은 것이다. 윤기는 楊根에 있다가 이해 9월 말~10월 초에 치러진 大增廣 監試 會試에 응시하기 위해 도성으로 오는 김에 우선 도성 서쪽 통진의 부모님을 뵙고 나서 과거 응시를 위해 새벽길을 떠났는데, 이 시는 부모님께 하직할 때 느끼는, 늦도록 봉양 못하는 송구함을 읊은 것이다.

「除夜在閣直吟 呈家大人任所」 徐榮輔[21)]

官跡那堪曠愛日	벼슬아치라 어찌 날을 아끼지 못하는 심정을 견디랴?
歲除空惜逼青陽	제야에 봄날이 다가오니 부질없이 안타까운 마음뿐
誰憐伏枕承明直	숙직하는 승명에 엎드린들 누가 불쌍히 여길까?
却望橫江如故鄉	고향 하늘 바라보듯 문득 횡강을 바라보네

주석

- 直 숙직하다 직. 曠 헛되이 지내다 광. 逼 가까이 다가오다 핍
- 除夜: 除夕라고도 한다. 한 해를 마감하는 '덜리는 밤'이라는 뜻이다. 섣달그믐을 속칭 '작은설'이라고 하여 묵은세배를 올리는 풍습이 있다. 즉, 그믐날 저녁에 사당에 절을 하고, 어른들에게도 세배하듯 절을 한다.
- 愛日: 자식이 늙으신 어버이를 봉양할 날이 얼마 남지 않은 것을 안타까워하며 하루하루를 아끼는 것을 말한다. 漢나라 揚雄의 『法言, 孝至』에 "이 세상에서 오래 가질 수 없는 것은 어버이를 모실 수 있는 시간이다. 따라서 효자는 어버이를 봉양할 수 있는 동안 하루하루 날을 아낀다(不可得而久者 事親之謂也 孝子愛日)."라는 말이 나온다.

21) 徐榮輔(1759, 영조 35~1816, 순조 16): 본관은 달성. 자는 慶世, 호는 竹石. 아버지는 대제학 有臣이다. 1789년(정조 13) 식년문과에 장원급제했으며, 1790년 사은사의 서장관으로 청나라에 다녀온 뒤 함경도암행어사가 되었다. 1792년 동부승지가 되었고, 대사간・대사성・호남위유사・승지・부호군・관찰사 등을 지냈다. 1804년(순조 4) 예조판서, 이듬해 홍문관제학・지중추부사 등을 지냈다. 1808년 호조판서로 『만기요람』 편찬에 참여했다. 그 뒤 평안도관찰사・대제학・이조판서 등을 역임하고 지중추부사가 되었다. 문장과 글씨가 뛰어났다. 시호는 文憲이다.

- 靑陽: 봄
- 伏枕: 침상에 엎드림.
- 承明: 承明廬의 준말로, 漢나라 承明殿 옆에 있었는데, 시종신들의 숙직소로 쓰였다.
- 橫江: 함경남도 永興郡에 있는 龍興江의 옛 이름이다.

難酬洪渥渥彌重 임금님 큰 은혜 갚기 어려운데 은혜는 갈수록 중해지고
可惜逝年年不留 가는 세월 애석한데 세월은 머무르지 않네
伏祝新元膺茂嘏 엎드려 비옵나니, 새해엔 큰 복 받으시어
春風嶺路穩歸輈 봄바람 고갯길에서 돌아오는 수레 편하소서

주석

- 酬 갚다 수. 渥 은혜 악. 彌 더욱 미. 膺 받다 응. 嘏 복 하. 穩 안온하다 온. 輈 작은 수레 주

감상

이 시는 『죽석관유집』 제1책에 실린 것으로, 섣달그믐 밤에 관각에서 숙직하면서 시를 지어 아버님의 임소에 올리면서 지은 것이다. 文衡인 아버지 徐有臣(1735~1800)과 晉州 柳氏 柳聖蹟의 따님이 결혼하여 장남인 서영보와 徐耕輔, 그리고 1녀를 낳았는데, 서유신이 1800년에 사망하였으니, 그 이전에 지은 것이다.

「辭家」 黃玹[22]

我親慈過人 내 어버이 자애는 남보다 지나쳐
幾忘兒痴魯 자식이 어리석다는 걸 잊으실 정도였네
苦心督詩書 시서를 읽히느라 애를 쓰셨고
謬望就門戶 문호를 세우기를 헛되이 기대하셨지
謂言立揚責 말씀하셨네, “입신양명하는 책임이
詎止橫圭組 어찌 벼슬살이하는 것뿐이겠느냐?
藹藹終南下 화기가 가득한 종남산 아래쪽에는
通國人文聚 온 나라 인문이 모여 있느니
游學倘底成 유학하여 만약 성취하게 된다면
是兒眞幹蠱 이 아이가 참으로 내 뜻을 이어받으리”
托大難遽唯 부탁이 커서 갑자기 대답하기 어려워
只自中焉鏤 그저 마음속으로만 마침내 새겨두었네
離膝旣云慼 슬하를 떠나감도 슬프다 하겠지만
墜訓重爲懼 가르침을 잃을까 더욱 두렵다네
回頭語諸弟 머리 돌려 아우들에게 말하노니
吾輩有賢父 우리에겐 어진 부모 계시느니라

---

22) 黃玹(1855, 철종 6~1910): 본관은 長水. 자는 雲卿, 호는 梅泉. 황현은 姜瑋 · 李建昌 · 金澤榮과 함께 韓末 四大家의 한 사람으로, 어릴 때부터 총명하고 학문에 대한 열성이 있었으며, 특히 시와 문장에 능통하여 17세 때 順天營의 백일장에 응시하여 문명을 떨쳤다. 1875년(고종 12) 서울에 와서 李建昌에게 시를 추천받아 당시의 문장가이며 명사인 姜瑋 · 金澤榮 · 鄭萬朝 등과 교유하게 되었다. 특히 이건창 · 김택영과는 그 후 스승과 친구 사이로 평생 동안 교유하며 지냈다. 1883년 特設保擧科에 응시하여 初試에서 장원으로 뽑혔으나 試官 韓章錫이 그가 시골사람이라 하여 2등으로 내려놓자 會試 · 殿試를 보지 않고 귀향했다. 그 뒤 구례군 萬壽洞으로 옮겨 학문에만 전념하다가 아버지의 뜻에 따라 1888년에 성균관 회시에 응시, 장원으로 뽑혀 성균관 생원이 되었다. 그러나 갑신정변 이후 민씨정권의 무능과 부패에 환멸을 느껴 관계진출을 완전히 단념하고 1890년에 다시 귀향했다. 이후 만수산에 苟安室을 짓고, 3,000여 권의 서적에 파묻혀 두문불출하며 학문연구와 후진교육에만 전념했다. 1905년 을사늑약이 체결되자 사실상 국가의 주권이 상실되었다고 보고, 중국 淮南 지방에 있던 김택영을 따라 중국으로 망명하려고 했으나 뜻을 이루지 못했다. 1910년 한일합병조약 체결 소식을 듣자 비통함을 이기지 못하고 며칠 동안 식음을 전폐하다가 9월 10일 絶命詩를 남기고 자결했다.

주석

- 辭 작별하고 떠나다 사. 幾 거의 기. 魯 미련하다 로. 督 살펴보다 독. 謬 어긋나다 류. 詎 어찌 거. 倘=儻 만약 당. 底 이루다 저. 藹 온화하다 애. 遽 갑자기 거. 唯 대답하다 유. 焉 이에 언. 鏤 새기다 루. 慼 슬퍼하다 척. 墜 잃다 추
- 圭組(인장에 매는 끈 조): 印綬로, 官爵을 가리킴.
- 終南: 終南山으로, 長安의 남쪽에 있는 산 이름이며, 우리나라에서는 서울의 남산을 가리킨다.
- 人文: ① 禮樂敎化, ② 各種文化現象, ③ 人事, ④ 人情
- 幹蠱(견디다 간, 일 고): 幹父之蠱로, 아들이 아버지의 실패한 사업을 회복하여 일을 잘 처리함을 뜻한다.

감상

이 시는 『梅泉集 제5권』에 실린 것으로, 집을 떠나면서 지은 것이다. 황현의 아버지 黃時默은 광양 땅 서석촌에 살면서 어렵사리 살림을 꾸려 상당한 재산을 모았다. 그런데 맏아들인 梅泉이 어릴 적부터 천재로 소문이 나자 벼슬을 시키려 온갖 노력을 기울였다. 그래서 순천, 광주 등지에서 보인 백일장이나 초시에 번번이 나가게 했다. 그뿐만이 아니라 서울로 가서 명문대가들과 어울려 출셋길을 찾게 했다. 매천은 20대에 서울로 나와 명사들과 어울렸는데, 이 시는 이때 집을 떠나면서 지은 것으로 보인다.

「黃玹傳」에, "융희 4년 7월 일본이 드디어 대한을 병합하였다. 8월 황현이 그것을 듣고 비통해하며 마시거나 먹을 수 없었다. 어느 날 저

녁 「절명시」 4수를 쓰고, 또 자제에게 글을 남기며 말하기를, '나는 죽어야 할 의리가 없다. 다만 국가가 선비를 기른 지 5백 년 동안인데, 나라가 망하는 날에 한 사람도 난리에 죽는 자가 없다면 어찌 통탄할 일이 아니겠는가? 내가 위로는 황천의 떳떳한 아름다움을 저버리지 않고, 아래로는 평소 읽은 책을 저버리지 않으려고 조용히 죽는 것이 정말 통쾌한 일임을 깨달았으니, 너희들은 지나치게 슬퍼하지 말라(隆熙四年七月 日本遂倂韓 八月 玹聞之悲痛 不能飮食 一夕作絶命詩四章 又爲遺子弟書曰 吾無可死之義 但國家養士五百年 國亡之日 無一人死難者 寧不痛哉 吾上不負皇天秉彝之懿 下不負平日所讀之書 冥然長寢 良覺痛快 汝曹勿過悲)'"라 하여, 조선에 벼슬하지 않았기 때문에 자결할 이유가 없다고 말했듯이, 황현의 絶命은 忠이라는 이유로 자결한 것이 아니라 士로서 양심을 지켜 人文을 성취하였던 것이다.

「孝子圖贊」 李南珪[23]

嚴不自耋 엄한 부모 계시니 스스로 어른일 수가 없어서
斑爛衣袖 옷과 소매 알록달록하여라
頎身皓髥 헌칠한 키에 길게 늘인 흰 수염이
匍匐偃仆 엎드려 기면서 넘어지고 자빠지는구나
嬿婉戱啼 온순하게 장난하며 울면서
雙手弄縠 두 손으로 병아리를 희롱하니
二親笑娛 아버지 어머니가 웃고 즐기면서
而康而壽 너는 건강하고 천수를 누리라네

주석

- 嚴 아버지 엄. 耋 70 또는 80 노인 질. 爛 얼룩얼룩하다 란. 頎 헌걸차다 기. 皓 희다 호. 髥 구레나룻 염. 偃 넘어지다 언. 仆 넘어지다 부. 縠 새 새끼 구. 而 너 이
- 嬿婉(아름답다 연. 순하다 완): 온순한 모양
- 이상은 老萊子가 아이처럼 놀았던 이야기다. 晉나라 皇甫謐의 『高士傳』에 "노래자는 두 어버이를 효성으로 봉양하였다. 나이 70살에 아이들이 하는 장난을 하여 몸에 오색 무늬의 옷을 입었으

---

23) 李南珪(1855, 철종 6~1907): 본관은 한산. 자는 元八, 호는 汕左·修堂. 아버지는 浩稙이며, 어머니는 청송 심씨이다. 許傳의 문인이다. 1875년 사마시에 합격한 뒤 승문원권지부정자·형조참의·영흥부사·안동관찰사 등을 역임했다. 1893년 「入都倭兵斥逐疏」를 올렸으며, 1894년에는 일본공사 오도리[大島圭介]가 일본군을 이끌고 입성하자 「請絶倭疏」를 올렸다. 1895년 민비학살사건 후에는 「請復王后位號討賊復讐疏」를 올렸다. 1899년 함경남북도안렴사를 제수받았으나 자핵소를 올리고 부임하지 않았다. 1905년 을사늑약이 강제로 체결되자 「請君臣上下背城一戰疏」를 올린 뒤 두문불출했다. 민종식 의진에 참여하지 않았으나 피신한 민종식에게 은신처를 제공한 혐의로 일본군에게 압송당하던 중 온양 평촌 냇가에서 아들 충구와 함께 피살되었다. 1962년 건국훈장 국민장이 추서되었다.

며, 일찍이 물을 떠가지고 마루에 오르다가 거짓으로 넘어져서 땅에 엎어져 어린아이의 울음소리를 내었으며, 부모 곁에서 병아리를 가지고 놀며 부모님을 기쁘게 하고자 하였다(老萊子孝奉二親 行年七十 作嬰兒戱 身著五色斑斕之衣 嘗取水上堂 詐跌仆臥地 爲小兒啼 弄雛於親側 欲親之喜).”라는 말이 있다.

雪滿四山 사방 산에 눈이 가득한데
瘦竹低橫 파리한 대나무들 눈을 인 채 낮게 비스듬히 기울었네
要供病母 어머니 병환에 바쳐야겠기에
禱筍之生 죽순이 돋으라고 기도를 했네
惟誠格神 그 정성에 신도 감동해서
春意冬行 겨울에 봄기운이 감도는구나
騈頭香玉 나란히 치솟는 향기로운 죽순이
齊脫錦綳 비단 포대기를 헤집고 일제히 솟아 나오네

주석

- 瘦 파리하다 수. 筍 죽순 순. 格 감동하여 통하다 격. 騈 나란히 하다 변. 綳=繃 포대기 붕
- 이상은 孟宗의 죽순 이야기다. 三國시대 吳나라에 아주 극진한 효자가 있었는데, 그의 성은 孟이고, 이름은 宗, 자는 共武라 하였다. 그는 어려서 아버지를 여의고 가난한 생활을 하였으나, 어머니와 서로 의지하며 행복한 나날을 보내고 있었다. 그러다가 맹종의 어머니가 연로하셔서 중병이 들어 위독한 상태에 이르렀

다. 어느 날 어머니는 신선한 죽순으로 끓인 죽순탕이 먹고 싶다고 말하였다. 그러나 때가 눈발이 흩날리는 엄동설한이어서 죽순을 구할 수 없자, 맹종은 대나무 숲으로 가서 머리를 써 이리저리 궁리하였으나, 죽순을 구할 방법은 떠오르지 않았다. 그는 순간 너무 상심하여 감정을 누르지 못하고 대나무를 끌어안고 큰 소리로 목 놓아 통곡하였다. 한참을 울고 나니 맹종의 절실한 효성에 하늘도 감동하였는지, 대나무가 쪼개지는 소리가 들리더니 대나무의 뿌리 부분에서 파릇파릇한 죽순이 돋아났다. 맹종은 이 신선한 죽순을 보고 땅에 꿇어앉아 천지신명께 감사를 드리고, 죽순탕을 끓여 어머니께 드렸고 그의 어머니는 그 죽순탕을 먹고 난 후 건강을 회복하였다.

摘彼桑椹 저기 뽕밭에서 오디를 딴다네
于山之南 산 남쪽의 양지바른 곳에서
或猩而殷 어떤 것은 성성이처럼 빨갛고
或柒而黔 어떤 것은 옻처럼 까맣다네
黔甘殷辣 까만 놈은 달고 빨간 놈은 신데
區分二匳 두 바구니에 나누어 담네
母甘我辣 어머니는 단것을 드리고 나는 신것을 먹으니
我辣亦甘 나는 신것을 먹어도 달기만 하네

주석

- 摘 따다 적. 椹 오디 심. 猩 붉은 성성이 성. 殷 검붉은 빛 안. 黔 검다 검. 辣 맵다 랄. 匳=奩 향그릇 렴
- 이상은 蔡順의 오디 이야기이다. 漢나라 때, 蔡順이라는 효자가 있었다. 어렸을 때 아버지가 세상을 떠나고 어머니와 둘이 서로 의지하며 살아가고 있었다. 채순이 그의 어머니를 섬김이 매우 효성스러워 이웃 사람들은 그를 아끼고 존경하였다. 그 당시 王莽이 西漢 황실을 찬탈하자, 천하의 도적들이 모두 떼 지어 일어나 나라가 매우 어지러웠다. 게다가 가뭄까지 겹쳐 양식이 바닥이 나자, 채순은 하는 수 없이 오디를 주워서 허기진 배를 채울 수밖에 없었다. 채순이 오디를 주울 때는 반드시 바구니 두 개를 가져가, 잘 익은 까만색의 오디를 주우면 한쪽 바구니에 넣고, 덜 익은 붉은 오디를 주우면 다른 쪽 바구니에 넣었다. 어느 날 채순이 오디를 줍고 있을 때, 갑자기 눈썹을 빨갛게 칠한 도적들이 몰려왔다. 그들은 채순이 두 개의 바구니에 오디를 나누어 담은 것을 보고 매우 기이하게 여기고 물었다. "여보게 젊은이! 이 오디들을 두 바구니에 나누어 담는 이유가 무엇인가?" 그러자 채순이 "까만색의 열매는 맛이 달아 어머니께 드리려는 것이고, 붉은색의 열매는 맛이 시기 때문에 제가 먹으려고, 두 개의 바구니에 나누어 담습니다."라고 하였다. 그들은 이 말을 듣고, 그가 가난하면서도 이와 같은 효심을 지니고 있음에 감동하지 않을 수 없었다. 그래서 그에게 서 말의 쌀과 한 짝의 소다리를 주면서 어머니께 효도하게 하였다.

髫齡爲賓 어린 나이에 손님이 되어
藏橘以包 귤을 숨겨 가슴에 품었네
旣拜而墮 작별을 드리다가 귤이 떨어지니
人或笑嘲 남들이 더러 웃고 조롱하는구나
曰有母老 "늙으신 어머니가 집에 계시기에
歸言佐餚 갖고 돌아가서 드리려 했답니다"
夕暉在樹 석양이 나뭇가지에 걸리자
烏哺于巢 까마귀가 둥지에서 어미를 먹이네

주석

- 髫 늘어뜨린 머리 초. 齡 나이 령. 橘 귤 귤. 嘲 비웃다 조. 餚=肴 요리 효. 暉 빛 휘. 巢 둥지 소
- 烏哺: 까마귀가 어미에게 먹이를 먹여주는 것으로, 까마귀는 새끼가 크면 어미에게 먹이를 먹여준다 하여 反哺烏라 하고 효도하는 새로 알려져 있다.
- 이상은 陸績이 귤을 품은 일이다. 『三國志, 吳志, 陸績傳』에 "육적이 6세 때에 袁術을 찾아가니, 원술이 귤을 주었다. 육적이 돌아오려고 절을 하는데 귤 3개가 품에서 떨어지므로 원술은 '陸郎이 손님으로 와서 귤을 훔쳐가지고 가느냐?' 하니, 육적은 조용히 대답하기를 '어머니에게 갖다 드리려 합니다.' 하였다."고 한다.

翾翾饑蚊 날아다니는 굶주린 모기떼들이
潛伺昏暮 날이 어둡기만을 숨어서 기다리다가
嚶喝而萃 앵앵대며 몰려드니
人鮮不驅 쫓지 않는 사람들이 드물구나
彼不驅者 저 사람은 모기를 쫓지 않으니
噆莫之惡 모기가 물어도 싫지 않은가 보다
豈不惡噆 어찌 무는 것이 싫지 않겠는가?
噆親是懼 부모님 물어뜯을까 봐 그것이 두려워라

주석

- 翾 날다 현. 蚊 모기 문. 伺 엿보다 사. 嚶 벌레소리 요. 喝 큰소리 갈. 萃 모이다 췌. 噆 물다 참
- 이상은 吳猛이 모기를 쫓지 않은 일이다. 晉나라 때, 효자 吳猛이었는데, 그의 나이는 겨우 8살이었으나, 부모님께 효도하는 도리를 알고 있었다. 게다가 부모를 봉양하는 것이 매우 세심하여 부모가 걱정하는 일을 결코 하지 않았다. 오맹의 집은 매우 가난하여 매일 하루 세끼를 겨우 풀칠하는 정도여서 여름날 밤에 잘 때도 모기장조차 칠 수 없었다. 겨울에는 모기가 없어서 아무런 문제가 되지 않았으나, 매번 여름이 되면 수많은 모기떼들이 방안을 날아다니며 사람을 물어 괴롭혔다. 오맹은 저녁때가 되면 웃옷을 벗어 피부를 드러내고 모기로 하여금 마음대로 피를 빨아먹게 하였다. 비록 그를 물어대는 모기들이 점점 더 많아졌으나 그는 손으로 한 마리의 모기도 쫓지 않았다. 부모님이 주무시는 침상에 모기장이 없어 모기를 피할 수 없으니, 만일 자기의

몸을 모기가 물지 못하도록 한다면 모기들은 반드시 부모님의 몸으로 가서 피를 빨아먹을 것이라는 것을 알고 있었기 때문이다. 그래서 그는 옷을 벗고 알몸이 되어 모기 밥이 됨으로써 부모님을 편히 주무시게 해 드렸다.

祿隕自天 벼슬 내리는 건 하늘로부터지
不由己干 내가 구해서 되는 것이 아니라네
捧檄陞堂 나라가 부르는 글을 받고 당에 오르는데
顏色浮歡 얼굴빛이 들떠 기뻐하는구나
庶幾蚤暮 바라건대 이제야 아침저녁으로
以供毳餐 맛있는 밥을 올릴 수 있으리라
淺之知者 그런데도 대충 아는 사람들은
謂榮其官 그가 벼슬을 영광스러워한다고 말하네

주석

- 隕 떨어지다 운. 干 구하다 간. 檄 부르는 문서 격. 陞 오르다 승. 浮 들뜨다 부. 蚤 일찍 조. 毳 맛나다 취. 餐 음식 찬
- 庶幾: 바라건대, 희망함.
- 이상은 毛義가 나라의 檄文을 받든 일이다. 『後漢書 卷39, 劉趙淳于江劉周趙列傳』에, 東漢의 효자 모의가 집안이 빈한하여 모친을 제대로 봉양하지 못하다가 수령의 임명장을 받들고서 그지없이 기뻐하는 모습을 보이더니, 모친이 세상을 떠난 후로는 관직을 그만두고서 다시는 벼슬길에 나아가지 않았다는 고사가 전한다.

熇蒸積第 푹푹 찌는 무더위 집에 쌓여
熕溽流衽 찌는 땀이 옷에 흐르네
手振輕箑 손에 가벼운 부채를 흔들어
涼飇散枕 어버이 베개에 서늘한 바람 일으키네
通宵不輟 밤이 새도록 그칠 줄 모르고
俾親安寢 어버이로 하여금 편안히 잠들게 하네
寢興神怡 자고 일어나 정신이 기쁘니
式增飧飮 드시는 식사가 느시는구나

주석

- 熇 뜨겁다 고. 蒸 찌다 증. 熕 불타다 분. 溽 젖다 욕. 衽 옷깃 임. 箑 부채 삽. 飇 바람 표. 宵 밤 소. 輟 그치다 철. 俾 하여금 비. 怡 기쁘다 이. 式 발어사 식. 飧=飱 먹다 손
- 이상은 黃香이 베갯머리에서 부채질한 일이다. 漢나라 때 黃香이라는 효자가 있었다. 그는 천성이 총명하고 슬기로웠으며 부모님께 매우 효도하여 자식 된 도리를 다하였다. 그가 아홉 살 때 불행하게도 어머니를 여의었다. 이때부터 그는 자나 깨나 늘 어머니를 그리워하였으며, 틈나는 대로 산소에 달려가 어머니의 명복을 빌었다. 마을 사람들은 그의 어머니에 대한 그리움의 정이 이와 같이 절실한 것을 보고 모두 그를 효자라 칭찬하였다. 황향은 또한 아버지를 잘 봉양하여 집안에서의 힘든 일은 모두 스스로 맡아 하였다. 특히 여름철에 날씨가 무더워지면, 부채질로 아버지 침상 위의 베개와 돗자리를 시원하게 만들어 아버지가 편안히 주무시도록 하였고, 겨울철에는 자신의 몸으로 먼저

아버지의 이불을 따뜻하게 만들어 주무실 때 춥지 않도록 하였다. 당시 江夏의 태수 劉護는 겨우 아홉 살밖에 안 된 어린아이가 이와 같이 부모께 효도한다는 말을 듣고 정말 기특한 일이라 여겼다. 이에 태수는 황향의 효행을 조정에 상주하여 포상을 받도록 하였다.

維園有柰 정원에는 능금나무가 있고
黃雀棲幕 누런 참새 떼는 장막에 날아드네
裸體涉氷 맨몸으로 나가서 얼음을 깨니
而堅匪薄 얼음은 얇지 않구나
凍釋爲澌 그런데도 얼음이 녹아 없어지니
神斧攸斫 신령스러운 도끼가 찍어냈나 보다
下有雙鯉 밑에 한 쌍의 잉어가 있어
潑剌而躍 팔짝 뛰어서 얼음 위로 올라오네

주석

- 柰 능금나무 내. 裸 벌거벗다 라. 涉 이르다 섭. 匪 아니다 비. 凍 얼음 동. 澌 얼음이 녹아 다 없어지다 시. 攸 바 유. 斫 찍다 작. 鯉 잉어 리
- 潑剌(솟아나다 발. 고기 뛰는 소리 랄): 물고기가 활발하게 뛰는 모양
- 이상은 王祥이 얼음을 깨고 잡은 잉어 이야기다. 晉나라 때 낭야라는 곳에 천성이 선량하여 사람을 대함이 겸허 온화하며 매우 효성스러운 이가 있었는데, 王祥이라 했다. 그가 어렸을 때 어머

니가 세상을 떠나자 아버지는 재혼하여 성이 朱氏인 부인을 맞이하였다. 이 계모는 마음이 편협하여, 자비롭고 인자한 마음이라고는 조금도 없어 시시때때로 왕상을 구박하기 일쑤였다. 계모는 그의 아버지 앞에서 늘 왕상의 험담을 하였는데, 험담이 잦아지자 아버지까지도 점점 계모의 말을 믿게 되어 왕상을 냉담하게 대하기 시작하였다. 왕상은 이렇듯 많은 억울함을 당하였지만 조금도 부모를 원망하거나 한탄한 적이 없었으며, 여전히 정성을 다하여 부모님께 효도하였다. 어느 해, 왕상의 계모가 어쩌다가 신병으로 자리에 눕게 되었다. 그의 계모는 한 가지 음식을 특히 좋아하였는데, 그것은 바로 신선한 생선이었다. 그러나 때는 겨울철이었으므로 날씨는 매우 춥고, 도처의 강이 모두 얼어 버렸으니 왕상은 적당한 방법을 강구할 수 없게 되자, 하는 수 없이 자신의 웃옷을 벗어 알몸으로 얼어붙은 강 위에 누워 자기의 체온으로 꽁꽁 언 강을 녹이고자 하였다. 그러자 잠시 후 갑자기 얼어붙은 강이 갈라지며 구멍이 나더니 잉어 두 마리가 뛰어나왔다. 왕상은 너무나 기뻐서 살아 있는 잉어를 들고 돌아가 계모로 하여금 드시게 하였다. 그 잉어를 먹은 왕상의 계모는 몸이 점차 쾌유하고 아울러 마음도 착하게 되어, 왕상을 친아들 이상으로 사랑하게 되었다. 또 계모 朱氏가 성질이 고약해서 왕상에게 동산의 능금나무[丹柰]를 잘 지키라고 했는데, 비바람이 몰아치자 왕상은 흔들려서 능금이 떨어질까 봐 나무를 꼭 안고 울었으며, 계모가 갑자기 참새구이가 먹고 싶다고 해서 왕상이 참새를 잡으려 하자 문득 수십 마리의 참새가 왕상의 휘장 속으로 날아들어서 스스로 잡혔다 한다.

山夜寥闃 산골의 밤이 적막하고 고요하여
燈火青熒 등불이 푸르게 빛나네
載盥明水 정화수에 손을 씻고는
載薦苾馨 향기로운 제수를 올리네
司命有神 사명별이 신령하니
寧莫下聽 어찌 하계의 기도를 들어주지 않으리
願減己年 원컨대 저의 목숨을 줄여서
以補親齡 어버이 나이를 늘려주소서

주석

- 闃 고요하다 격. 熒 빛나다 형. 載 비로소 재. 盥 씻다 관. 薦 올리다 천. 苾 향내 필. 馨 향기 형. 齡 나이 령
- 司命: 별 이름으로, 사람의 생명을 맡음.
- 이상은 庾黔婁의 별에의 기도이다. 남북조시대, 南朝의 齊나라 新野지방에 품성이 온화하며 아주 효성스러운 사람이 있었는데, 庾黔婁였다. 그는 어려서부터 열심히 공부하여, 훗날 진사에 합격하였다. 그 후 조정에서 그를 잔릉현 현관으로 임명하였는데, 뜻밖에도 그가 부임한 지 열흘쯤 지난 어느 날 까닭 없이 갑자기 가슴이 격렬하게 뛰면서 식은땀이 줄줄 흐르는 것이었다. 그는 이렇게 갑작스레 마음이 불안하며 땀을 흘리는 것은 필시 불길한 징조로서, 집안에 무슨 사고가 일어났음이 틀림없다고 생각하였다. 그래서 그는 관직을 반납하고 서둘러 집으로 돌아왔다. 집에 돌아와 보니 과연 그의 부친이 중병으로 신음하고 있었다. 병세를 보러 온 의원이 "만일 병세의 경중을 알려면 환자의 변

을 맛보아야 합니다. 만일 변의 맛이 쓰면 그 병은 쉽게 고칠 수 있고, 변의 맛이 달면 고치기 어렵습니다."라고 하였다. 유검루는 의원의 말을 듣고 곧 아버지의 변을 맛보았다. 그러나 예기치 않게도 변의 맛이 달았으므로 그는 마음속으로 매우 상심하였다. 저녁이 되자 곧 상을 놓고 향을 피워 제를 지냈다. 그는 머리를 조아려 하늘의 북두칠성을 향해 빌며, 아버지의 생명을 소생시킬 수 있다면 자신의 목숨을 바치겠다고 간구하였다. 그 후 아버지의 병은 3~4달 만에 완쾌되었고, 검루는 다시 지방의 태수로 부임해 갈 수 있었다.

思獲甘瓜 어디서 참외를 얻어서
醫母之渴 우리 어머니 갈증을 풀어 드릴까?
峻嶺奧巖 험한 산꼭대기 깊은 바위에
寒吹砭割 찬바람 불어 살갗을 찌르고 베네
仰首泣籲 머리 들어 울며 기원하니
仁穹頫察 어진 하늘이 살피셨구나
有爛文貝 고운 조개무늬 같은 참외가 있어
雪蒂自脫 눈 같은 꼭지가 저절로 떨어지더라

주석

- 醫 고치다 의. 峻 험하다 준. 奧 깊숙하다 오. 砭 찌르다 폄. 籲 신을 불러 기원하거나 호소하다 유. 穹 하늘 궁. 頫 살펴보다 부. 爛 곱다 란. 蒂 꼭지 체

- 甘瓜: 참외
- 이상은 王薦의 참외이다. 元나라 때 왕천은 참외를 구해 지극한 정성으로 어머니를 죽음에서 구해냈으며, 병든 부모를 위해 꽃병에 나뭇가지를 꺾어 꽂아놓고 하늘에 빌었는데 왕천의 효행에 감동해 그 아버지의 병이 완치되고 열두 해를 더 살았으며 그 어머니도 병이 즉시 나았다고 한다.

太常按制 太常卿이 喪制가 되니
闋樂于都 서울 거리에 弔樂을 울렸네
都人縱觀 사람들이 마음대로 구경하는데
聯袂幷袪 연이은 옷소매가 나란히 이어졌네
不敢有貴 그렇다고 감히 부귀함을 뽐내지 않아
而卑而虛 스스로를 낮추고 마음을 비웠네
脫帽徒行 의관도 벗고 버선발로 걸어서
導輿徐徐 천천히 상여를 이끄네

주석

- 闋 모으다 열. 袂 소매 몌. 袪 열리다 거. 帽 모자 모
- 太常: 九卿의 하나로, 종묘 등의 제사를 맡음.
- 徒行: 걸어서 감.
- 이상은 崔邠이 어머니 상여를 이끈 일이다. 최빈은 오랫동안 太常卿 벼슬에 있었고, 서울 거리에 조문하는 음악을 울리니 사람들이 나와서 구경하였는데, 몸소 어머니 상여를 인도하면서 의

관을 벗고 버선발로 걸으니 公卿들이 보고는 모두 길을 피했다.

帝錫馬乳 임금님께서 포도를 내리시니
璣珠蒼黑 구슬같이 푸르고 검더라
稽首俯伏 머리를 조아리고 몸을 굽히며
執而不食 손에 들고는 먹지를 못하네
曰母患痟 "우리 어머니가 소갈증을 앓아서
求玆靡得 포도를 구하다가 얻지를 못했는데
願言歸遺 갖고 돌아가 어머니께 드려서
以彰恩德 임금님의 은덕을 빛나게 하오리다"

주석

- 錫 하사하다 석. 璣 구슬 기. 稽 조아리다 계. 俯 구부리다 부. 痟 소갈증(목이 마르고 소변이 나오지 않는 병) 소. 靡 없다 미. 遺 보내다 유. 彰 밝히다 창
- 馬乳: 말 젖이나 葡萄의 일종
- 이상은 陳叔達의 포도이다. 唐나라 진숙달의 어머니가 병이 들어 목이 마를 때면 포도를 먹고 싶어 하였는데, 숙달이 임금이 내린 음식상에 놓인 포도를 먹지 않으므로, 唐 高祖가 그 까닭을 듣고는 효성에 감동하여, 곧 포도를 내려주었다고 한다.

「夢見先妣有感」 尹錫熙[24]

一夢化蝴蝶 꿈에 저는 호랑나비가 되어
飛入無何國 날아서 무하국에 들어갔습니다
周旋瞻左右 이리저리 왔다 갔다 좌우를 둘러보니
母氏坐床側 어머니께서 상 곁에 앉아 계셨습니다
嗟余如喪性 아! 저는 본성을 잃은 사람처럼
尋常視平昔 어머니 생전의 일상적인 일로 여겨
不行拜揖禮 달려가 인사도 드리지 않고
不作悲喜色 슬프고 기쁜 내색마저 보이지 않았습니다
已而心忽醒 얼마 지나 화들짝 정신을 차리고 보니
一念萌衷臆 마음속에서 한 가지 의문이 싹텄습니다
吾母沒已久 내 어머니는 돌아가신 지 이미 오래되셨는데
胡復此世作 어떻게 다시 이 세상에 계실 수 있지?
遂往抱持項 마침내 달려가 목을 감싸 안고는
大聲長痛哭 크게 소리치며 한참을 통곡했습니다
母兮母兮聲 어머니! 어머니! 부르기만 하다가
此夢忽驚覺 이 꿈에서 홀연히 놀라 깨고 말았습니다

주석

- 妣 죽은 어머니 비. 衷 마음 충. 臆 마음 억. 瞻 바라보다 첨
- 蝴蝶: 호랑나비

---

24) 尹錫熙(1888년, 고종 25~1962년): 자는 禹汝이고, 호는 誠菴이며, 본관은 坡平이다. 부친 通德郎 尹卓逵와 모친 鄭在庸의 딸 東萊 鄭氏 사이에서 태어났다. 학문에 독실하였고, 행실을 바르게 하며 자기 수양에 전념하였다. 매월 초하루와 보름에는 先祖의 출생지를 찾아가 告하고, 매일 아침에는 집안을 돌며 문안드리는 일을 빠짐없이 시행하였으며, 경전의 가르침을 생활 속에서 실천하는 일에 매진하였다. 마음 또한 곧고 바르게 하여 평소 행동과 남을 대하는 예법에 조금의 흐트러짐이 없어야 함을 강조하고 실천하였다.

- 無何國: 『莊子』의 無何有之鄕으로, 있는 것이란 아무것도 없는 곳, 즉 인위적인 그 무엇도 있지 않은 곳으로, 莊子가 말하는 理想鄕을 뜻함.
- 周旋: 왔다 갔다 함.
- 尋常(보통 심): 보통

감상

이 시는 『誠菴文集』 권1에 실린 것으로. 경남 합천군에 살았던 誠菴 尹錫熙가 지은 장편시 가운데 일부이다. 이 시는 동짓달 보름날 친척 간에 모이는 작은 술자리에 갔다가 거나하게 취한 뒤 집으로 돌아와 꿈을 꾸고 나서 새벽에 지은 것으로, 1938년에 어머니가 돌아가신 뒤 3년째 되는 해에 있었던 일이다. 꿈에 돌아가신 어머니를 뵙고 느낌이 있어서 지은 것이다.

성암은 通德郎 尹卓逵와 東萊 鄭氏 鄭在庸 사이에서 태어났는데, 생후 한 달 만에 부친을 여의고 홀어머니의 슬하에서 성장했다. 모친은 가난한 살림을 꾸리는 중에도 자녀들의 가정교육에 남달리 정성을 기울였는데, 한번은 슬하의 형제들을 불러놓고 "너희는 아버지가 계시지 않으므로 행동을 각별히 조심해야 한다. 만일 옳지 못한 행동을 하게 되면 과부의 자식이라 그렇다고 남들이 손가락질할 터이니, 이 점을 특히 유념하여 가문을 욕되게 하는 일이 없도록 하여라."라고 가르쳤다고 한다.

정, 인간을 느끼다

子 息

「示諸子」 李奎報[25)]

子若篤親天不知 아들이 만약 부모에게 효도해도 하늘이 모른다면
醴泉芝草何生地 맛있는 샘과 지초가 어찌 땅에서 나겠는가?
百家千史行自窮 제자백가와 온갖 史書를 모두 궁구해야 하지만
先誦孝經深得旨 『효경』을 먼저 읽어 깊은 뜻 터득하여라

주석

- 醴泉芝草何生地: 김유근의 「壽豊恩國舅花甲」에 "좋은 샘물은 근원 멀고 芝草는 뿌리 굳다(醴泉源遠芝根固)"라고 한 것처럼, 先祖로부터 이어받은 근원이 있으니 부모는 사랑하고 자식은 효도해야 한다는 것이다. 醴泉은 단맛이 나는 물이 솟는 샘으로 태평한 시대에 祥瑞로서 솟는다고 하고, 芝草는 산지에 절로 나는 다년생 풀에 속하는 버섯으로 상서로운 상징으로 여겼다.

25) 李奎報(1168, 의종 22~1241, 고종 28): 字는 春卿, 초명은 仁低, 號는 白雲居士·止軒·三酷好先生. 9세 때 이미 신동으로 알려졌으며 소년시절 술을 좋아하며 자유분방하게 지냈는데, 科擧의 글을 하찮게 여기고 竹林高會의 詩會에 드나들었다. 이로 인해 16, 18, 20세 3번에 걸쳐 司馬試에서 낙방했다. 23세 때 진사에 급제했으나 이런 생활을 계속함으로써 출세의 기회를 얻지 못했다. 개성 천마산에 들어가 白雲居士를 자처하고 시를 지으며 莊子사상에 심취했다. 26세 때 개성에 돌아와 궁핍한 생활을 하면서 당시 문란한 정치와 혼란한 사회를 보고 크게 각성하여 「東明王篇」 등을 지었다. 그 뒤 최충헌 정권에 詩文으로 접근하여 문학적 재능을 인정받고 32세부터 벼슬길에 오르게 되었다. 권력에 아부한 지조 없는 文人이라는 비판이 있으나 대 몽골 항쟁에 강한 영도력이 필요하다는 판단으로 정권에 협조했다고 보는 시각도 있다. 그는 우리 민족에 대해 커다란 자부심을 갖고 외적의 침입에 대해 단호한 항거정신을 가졌다. 국란의 와중에 고통을 겪는 농민들의 삶에도 주목, 여러 편의 농민시를 남기기도 했다.

감상

이 시는 『東國李相國後集』 권1에 실린 것으로, 여러 아들에게 보인 시이다. 이규보는 晉氏 大府卿 晉昇의 따님과 결혼하여 李灌, 李涵, 李澄, 李濟 등 4남 2녀를 낳았다.

자식이 만약 부모에게 효도해도 하늘이 모른다면, 맛있는 샘과 지초가 어찌 땅에서 나겠는가? 선조로부터 이어받은 근원이 있으니, 자식은 부모에게 효도해야 하는 것이 당연한 것이다. 그러기 위해서는 제자백가의 글과 온갖 역사서를 모두 읽고 궁구해서 실천해야 하지만, 그중에서도 먼저 『효경』을 읽어서 孝의 깊은 뜻 터득해야 한다.

「憶二兒」 李奎報

我有一弱女 나에게 어린 딸이 하나 있는데
已識呼爺孃 벌써 아빠 엄마 부를 줄 안다네
牽衣戱我膝 내 무릎에서 옷을 끌며 놀다가
得鏡學母粧 거울을 얻으면 엄마 화장을 흉내낸다
別來今幾月 이별한 지 이제 몇 달이나 되었는가?
忽若在我傍 홀연히 내 곁에 있는 것 같구나
我本放浪士 나는 본래 방랑하는 선비로서
落魄寓他鄕 뜻을 얻지 못하여 타향에 붙여 있다
沈醉數十日 수십 일을 술에 푹 취하기도 하고
病臥三旬强 한 달이 넘도록 병으로 눕기도 했다네
廻首望京闕 머리를 돌려 대궐을 바라보니
山川鬱蒼茫 산천이 푸르러 아득하구나
今朝忽憶汝 오늘 아침 홀연히 너를 생각하니
流淚濕我裳 흐르는 눈물이 내 옷깃을 적시네
僕夫速秣馬 마부야! 빨리 말을 먹여라
歸意日轉忙 돌아갈 마음 날로 더욱 바빠지는구나

주석

- 爺 아비 야. 孃 어미 양. 鬱 울창하다 울. 秣 말먹이다 말. 轉 더욱 전
- 落魄: 뜻을 얻지 못하여 침륜함.
- 蒼茫: 넓고 멀어서 푸르고 아득한 모양
- 僕夫: 종으로 부리는 남자

我有一愛子 내게 사랑하는 아들 하나 있으니
其名曰三百 그 이름은 삼백이라네
將興指李宗 장차 李氏의 가문을 일으킬 것인데
來入驚姜夕 태어나던 날 어머니를 놀라게 했네
爾生骨角奇 너는 기이한 골격과 이마로 태어났고
眼爛面復晳 눈이 빛나고 얼굴도 희었었다
磊落三學士 고명한 세 학사가
作爾湯餅客 너의 탕병의 손님이 되었다
綴詩賀弄璋 시를 지어 아들 낳음 축하하니
詞韻鏘金石 사와 시가 금석같이 울렸다
願汝類其人 네게 바라노니, 그 사람들 닮아서
才名轢元白 재주와 명성이 원진과 백거이를 초월하기를
我生少展眉 내 태어나서 얼굴 펼 날이 적었는데
得汝長笑謔 너를 얻고 나서는 언제나 웃고 농을 한단다
往往向人誇 가끔 남에게 자랑도 하여
始得譽兒癖 처음으로 아들 칭찬하는 버릇이 생겼다
仲夏五月天 중하인 오월에
初別長安陌 처음으로 장안 길에서 이별하였지
遷延客萬里 세월만 보내며 만 리의 객이 되어
忽見霜葉赤 홀연히 서리에 붉게 물든 단풍잎을 보았네
時節日遷代 시절은 날로 바뀌고
我病日云劇 내 병은 날로 심해만 가누나
無由撫犀顱 너를 어루만질 길이 없으니
惻惻傷胸膈 슬퍼서 가슴이 아프다

주석

- 爛 빛나다 란. 謔 농 학. 癖 버릇 벽. 陌 동서로 난 길 맥. 劇 심하다 극. 膈 가슴 격. 轥 치다 린. 鏘 옥이나 방울 같은 것이 울리는 소리 장
- 其名曰三百: 주석에 "내가 오 낭중의 三百韻 시를 화답하였는데, 이날 이 아이가 태어났기 때문에 이름을 삼았다(予和吳郎中三百韻詩 是日兒生 因以爲名)."라고 하였는데, 오 낭중의 삼백운 시는 본집 古律詩 권5에 「次韻吳東閣世文呈誥院諸學士三百韻詩」라 보인다. '三百'은 李涵의 兒名이다.
- 將興指李宗: 李氏임을 말한 것으로, 『史記, 老子列傳』 注에, 옛날 老子는 성이 이씨였는데, 그의 어머니가 임신한 지 81년 만에 거닐면서 오얏나무 아래에 이르자 왼쪽 겨드랑을 뚫고 나와서 오얏나무를 가리켰기 때문에 이씨로 성을 삼았다 한다.
- 來入驚姜夕: 태아가 출생할 때 이상 출산으로 인하여 산모가 몹시 고통을 받은 것을 말한다. 姜은 鄭 莊公의 어머니 武姜을 말한다. 무강이 장공을 낳을 때 출산이 어려워 놀랐기 때문에 한 말이다.
- 磊落(뜻이 크다 뢰): 도량이 넓어서 작은 일에 구애하지 아니하는 모양
- 作爾湯餠客: 주석에 "아이를 낳은 지 칠 일에 낭중 오세문·원외 정문갑·동각 유서정이 와서 방문하고 시를 지어 서로 하례하였다(兒生七日 吳郎中世文 鄭員外文甲 兪東閣瑞廷來訪 作詩相賀)."라고 되어 있으며, 탕병은 밀가루로 만든 국수를 말하는데, 아기가 출생한 지 3일째 되는 날 친척과 친지들이 모여 국수를 먹으

며 축하하기 때문에 이름으로 '洗三'이라고도 한다.

- 弄璋(홀 장): 生男을 말한다. 『詩經, 小雅, 斯干』에 "남자를 낳으면 구슬[璋]을, 여자를 낳으면 기왓장[瓦]을 가지고 놀게 한다." 한 말이 있으므로 아들을 弄璋, 딸을 弄瓦라 한다.
- 元白: 唐의 문장가였던 元稹과 白居易
- 展眉: 찌푸렸던 눈살을 폄. 곧 근심이 사라짐.
- 遷延: 시간을 끌다.
- 犀顱(무소 서. 두개골 로): 두개골이 犀骨로 된 것을 말하는데, 귀인의 相이라 한다.

감상

이 시는 『동국이상국전집』 제6권에 실린 것으로, 아들과 딸을 생각하면서 지은 것이다. 큰아들 李涵이 1195년 28세에 태어났으며, 다음 해인 1196년 5월에 崔忠獻의 집권으로 인해 驪州로 귀양 간 姊夫를 방문하고, 6월에 모친을 뵈러 尙州에 갔다가 寒熱病에 걸려 수개월 머물다가 10월에 여주로 돌아오는데, 아마도 이때 지은 것으로 보인다.

「囑諸子」 李奎報

家貧無物得支分 집이 가난하여 나누어줄 수 있는 물건은 없고
唯是簞瓢老瓦盆 대자리와 표주박, 오래된 질그릇뿐이란다
金玉滿籝隨手散 광주리에 가득한 금옥은 씀씀이에 따라 없어지나니
不如淸白付兒孫 자손에게 청백한 삶을 당부함만 못하리라

주석

- 囑 부탁하다 촉. 支 지불하다 지. 簞 대자리 점. 瓢 표주박 표. 付 부탁하다 부
- 金玉滿籝(광주리 영): 『漢書 卷73, 韋賢傳』에, 漢나라 때 經學者인 韋賢이 네 아들을 두어 모두 훌륭하게 되었는데, 그중에서도 막내아들 玄成은 특히 明經으로 벼슬이 丞相에 이르렀으므로, 당시 鄒魯의 속담에 "바구니에 가득한 황금을 자식에게 남겨주는 것이 한 경서를 가르치는 것만 못하다(遺子黃金滿籝 不如一經)." 라고 했던 데서 온 말이다.

감상

이 시는 『동국이상국후집』 제6권에 실린 것으로, 여러 자식들에게 당부하면서 지은 것이다.

「正月二十九日有作」 李奎報

兒雛婚嫁此時終 자식들 혼사 이제는 끝났으니
雖死猶甘就木中 죽어도 오히려 달갑게 관 속에 들어가겠네
尙子歸來猶未晚 상장처럼 돌아오는 일 늦지는 않았으니
靑山不肯拒衰翁 청산은 쇠락한 늙은이 막으려 하지 않을 것이네

주석

- 雛 병아리 추
- 兒雛婚嫁此時終: 주석에 “막내아들이 미혼이었는데 오는 저녁에 장가를 들었다(有季男未婚 今夕歸).”라고 되어 있다.
- 尙子歸來: 『後漢書 卷83, 逸民列傳 尙長』에 “尙長의 자는 子平인데, 河內 사람으로 숨어 살아 벼슬에 나가지 않고 子女의 혼사가 끝나자 집일도 상관하지 않고 禽慶과 함께 五岳과 명산을 유람하는 것을 일삼았다.”라고 하였다.

감상

이 시는 『동국이상국후집』 제2권에 실린 것으로, 1월 29일 막내아들 李濟의 결혼을 마치고 지은 것이다.

「示諸子」 趙仁規[26]

事君當盡忠 임금을 섬기는 때는 마땅히 충성을 다할 것이며
遇物當至誠 사물을 대하여선 마땅히 정성을 다해야 한다
願言勤夙夜 바라노니 밤낮으로 부지런히 닦아
無忝爾所生 너를 낳아준 부모를 욕되지 않게 하라

주석

- 忝 더럽히다 첨
- 至誠: 儒家에서 道德修養의 最高境界를 가리킴.

감상

이 시는『동문선』제19권에 실린 것으로, 임금에게는 충성을, 일을 대할 때는 儒家에서 道德修養의 最高境界를 가리키는 至誠을 부지런히 수양할 것을 읊고 있다.

---

26) 趙仁規(1227년, 고종 14~1308년, 충렬왕 34): 본관은 平壤. 자는 去塵. 元나라의 간섭기 때 어린 자제들 중 똑똑한 자를 골라서 몽골어를 배우게 했는데, 여기에 선발되었다. 3년 동안 몽골어를 공부하여 諸校로 임명되었다. 세자 심(諶: 뒤의 충렬왕)이 원나라에 입조할 때 수행했고, 세자와 혼인한 齊國大長公主의 私屬人과 친분이 두터웠다. 1278년 대장군으로 경상도에 파견되어 유랑하는 백성들을 모아 호적에 등록했으며, 이어 원나라에 사신으로 다녀왔다. 1280년에는 우승지에 임명되었다. 몽골어와 한어에 능통하여 원에서 보내오는 조서와 칙서를 번역한 공을 인정받아 원나라에서 금패를 받고, 宣撫將軍王京斷事官兼脫脫禾孫으로 임명되었다. 또한 일본정벌 때 원나라에 고려의 일을 잘 보고한 공으로 토지와 노비를 받고 그 자손들은 관직에 임명되었다. 1292년 딸이 세자비가 되었으며, 中贊을 거쳐 1298년 충선왕이 즉위하자 국구로서 司徒侍中參知光政院事가 되었다. 그러나 충선왕의 비인 薊國大長公主가 趙妃를 무고하여 충선왕이 퇴위하게 되자 그도 재산을 몰수당한 후 곤장을 맞고 원의 安西로 유배되었다. 1305년 석방되어 判都僉議司事로 임명되었으며, 1307년에 충선왕의 정치력이 복권되고 난 뒤 咨議都僉議司事平壤君에 봉해지고 宣忠翊戴功臣의 칭호를 받았다. 시호는 貞肅이다.

「寄李密直」 李穀

胄庠文物盛唐虞	국자감의 문물이 요순 때보다 성대하니
有子爭教守海隅	자식 둔 부모가 어찌 본국서만 교육시키려 하리이까?
聞說先生朝北闕	듣자 하니 선생께서 북궐 조회 가신다니
可令豚犬執鞭無	제 자식으로 하여금 말고삐 잡게 해주실 순 없을는지요?

주석

- 爭 어찌 쟁. 隅 모퉁이 우. 鞭 채찍 편
- 胄庠(자손 주. 학교 상): 국자감이나 성균관
- 文物: ① 禮樂制度, ② 文人, 文士, ③ 유구한 文化
- 唐虞: 堯舜
- 聞說先生朝北闕: 『牧隱詩藁 卷2』에 「지난 무자년(1348년, 충목왕 4)에 李政丞 凌幹과 李密直 公秀를 모시고 天壽聖節을 進賀하기 위해 갔었다」라는 시 제목이 나온다.
- 豚犬: 후한 말년에 孫權이 강물의 어귀에 제방을 쌓아서 曹操의 침공에 대비하였다. 『삼국지, 吳書, 吳主傳』에 "조조가 유수를 침공하자, 손권이 한 달 넘게 서로 대치하였다. 조조가 손권의 군대를 바라보고는, 엄숙하게 정제된 것을 탄복하면서 물러갔다(曹公攻濡須 權與相拒月餘 曹公望權軍 歎其齊肅乃退)."라고 하였는데, 그 註에 "조조가 '아들을 낳으려면 손중모쯤은 되어야지, 유경승의 아이들은 개나 돼지와 같다(生子當如孫仲謀 劉景升兒

子若豚犬耳).'라고 탄식하였다."라고 하였다. 仲謀는 손권의 자이다. 景升은 荊州刺史 유劉表의 자이고, 그 아들은 劉琦와 劉琮을 가리키는데, 유표가 죽은 뒤에 유종이 조조에게 항복하며 형주를 헌납하였다. 후에 자기 아이들의 謙稱으로 쓰인다.

감상

이 시는『가정집』제19권에 실린 것으로, 密直 李公秀에게 보내 자식을 부탁하며 지은 것이다.

元나라의 국자감은 문물이 요순 때보다 성대하여 문화의 중심이니, 자식 둔 부모가 어찌 바다 모퉁이인 고려에서만 교육시킬 수 있겠습니까? 더 문물이 넓은 세상에서 많은 것들을 보게 하고 싶은데, 듣자 하니 밀직께서 원나라로 조회를 가신다고 하니, 제 자식을 좀 데려가 주셨으면 합니다.

「戒子孫詩」 李稷

明言告兒孫 자손들에게 명백히 말하노니
儉是傳家則 근검은 대대로 전할 家法이로다
學問能變化 학문은 변화할 수 있어야 하고
存心須正直 간직한 마음은 모름지기 정직이어야 한다
事君思盡忠 임금을 섬김에 충성을 다할 것을 생각하고
居官思盡職 벼슬에 임해서는 직분을 다할 것을 생각하라
莫羨金帛多 금과 비단 많은 것을 부러워 말고
莫羨屋華飾 화려하게 꾸민 집 부러워 마라
天生分定殊 하늘이 낼 때에 분수가 이미 정해졌으니
窮達豈人力 궁하고 달함이 어찌 사람 힘으로 되는 것이겠느냐?
酒色易昏心 주색은 마음을 어둡게 하기 쉽고
心昏無所識 마음이 어두우면 아는 것이 없게 된다
無識是狂妄 아는 것이 없으면 미치고 망녕되니
行世定僵踣 세상 살아감에 반드시 쓰러지고 넘어지게 된다
朋友古來難 벗을 사귀는 것 예부터 어려운 일이니
要知邪正實 사특함과 바른 실체를 알아야 한다
責己宜重周 자기를 책망함엔 무겁고 두루두루 해야 하고
責人休甚疾 남을 책망함엔 너무 미워하지 말라
名途與生理 명예의 길과 삶의 이치에선
知止卽無辱 멈출 줄 알면 욕됨이 없을 것이다
小貪非利己 작은 탐욕은 자기를 이롭게 하지 못하고
小怨終成毒 작은 원망도 끝내는 독이 되는 법이다
愼爾言行間 너희들은 말과 행동을 신중히 하고
念玆當汲汲 이것을 생각하며 마땅히 힘써라
平時頓忘危 평상시에 위험을 갑자기 잊어버리면

禍生悔何及 화가 생길 때 후회한들 어찌 미치겠는가?
和爾兄弟保爾家 너희 형제들이 화목해야 너희 가문을 보존할 수 있을 것이니
爲爾子孫勤夕惕 너희 자손들을 위하여 부지런히 힘쓰고 밤늦게까지 조심하라
匪我言耄多經歷 늙은이의 말이 아니라 많은 경험에서 나온 것이다

주석

- 羨 부러워하다 선. 帛 비단 백. 僵 넘어지다 강. 踣 넘어지다 복(부). 汲 쉬지 않고 부지런히 힘쓰다 급. 頓 갑자기 돈
- 知止卽無辱: 『老子』에 "만족을 알면 욕되지 않고, 그칠 줄 알면 위태롭지 않는다(知足不辱 知止不殆)."라는 말이 보인다.
- 夕惕(근심하다 척): 밤늦게까지 근심을 품고 조심함.
- 匪我言耄(아니다 비. 늙은이 모): 『소학』에 나오는 구절이다.

감상

이 시는 『형재시집』 제1권에 실린 것으로, 자손을 훈계하면서 지은 것이다. 이직은 양천 허씨와의 사이에서 3남 1녀를 두었다.

「示諸子」 李穡

父母常懷愛子情	부모는 항상 자식을 사랑하는 마음 품고 있으니
願無災害到公卿	재앙 없어 공경이 되길 바란다
謙謙自牧兼山卦	겸겸자목의 뜻과 겸산괘의 의미를
晝出須爲座右銘	항상 속에 간직하고 좌우명으로 삼아라
三緘其口愼言人	입을 세 겹 봉하고서 말조심했다는 사람이여!
千載流傳面目新	천년토록 전하는 얘기 지금도 새롭네
莫向座中輕一語	좌중에서 한마디라도 경솔히 내뱉지 말라
樞機榮辱在搖脣	중요한 영욕은 입술을 놀리는 데에 달려 있나니

주석

- 晝 계획하다 획
- 願無災害到公卿: 자기의 총명함을 자랑하다가 중도에 몸을 상하는 일 없이 원만하게 처신하여 높은 지위에 오르기를 바란다는 뜻이다. 참고로 蘇軾의 『蘇東坡詩集 卷22, 洗兒戲作』 시에 "자식 키우는 사람마다 총명하기를 바란다만, 나는 총명 때문에 일생을 그르친 사람이라. 바라건대 내 아이가 바보스럽고 어리숙하여, 하나도 다치지 않고 공경이 되었으면(人皆養子望聰明 我被聰明誤一生 惟願孩兒愚且魯 無災無難到公卿)."라는 내용이 나온다.
- 謙謙自牧兼山卦: 겸손한 자세로 일관하며 자신의 분수를 넘지 말라는 말이다. 『주역, 謙卦』 初六 象에 "지극히 겸손한 군자는 자신을 낮추어 몸가짐을 단속한다(謙謙君子 卑以自牧也)."라는 말이 나온다. 兼山卦는 곧 艮卦인데, 그 象辭에 "산이 중첩된 것이 바로

간괘이니, 군자는 이 점괘를 보고서 자신의 분수를 넘지 않으려고 다짐한다(兼山 艮 君子 以 思不出其位).”라는 말이 나온다.

- 三緘其口愼言人(봉하다 함): 『孔子家語, 觀周』에, 공자가 周나라 太廟에 들어갔다가 金人을 보았는데, 그의 입이 세 겹으로 봉해져 있었고, 그의 등에 또 “옛날에 말조심했던 사람이다. 이를 보고 경계하라! 말을 많이 하지 말라. 말이 많으면 잘못되는 일도 많아질 것이다(古之愼言人也 戒之哉 無多言 多言多敗).”라는 글이 새겨져 있었다 한다.
- 面目: ① 面貌, ② 사물이 드러난 狀態를 비유, ③ 顔面
- 樞機榮辱在搖脣: 『주역, 繫辭傳上』에 “언행은 군자의 자격 요건이다. 그 언행을 어떻게 발하느냐에 따라 영욕이 대체로 결정된다(言行 君子之樞機 樞機之發 榮辱之主也).”라는 말이 나온다.
- 樞機(지도리 추. 베틀 기): ① 지도리와 베틀로, 사물의 긴하고 중요한 부분에 비유됨, ② 중요한 政務, ③ 『易・繫辭上』의 “言行君子之樞機”로 말미암아 후에 言語에 비유됨.

감상

이 시는 『목은시고』 제28권에 실린 것으로, 여러 아들에게 보여주면서 겸손하고 말조심하기를 바라는 부모의 심정을 노래했다. 이런 당부에도 불구하고 목은의 둘째 아들인 李種學(1361~1392)은 1392년(공양왕 2) 8월 정몽주가 피살된 후에, 그의 당으로 몰려 咸昌에 유배되었다가 長沙縣으로 移配되던 중에 茂村驛에서 32세의 나이로 교살당하는 비운을 맞았다.

「新婦來見」 李穡

坐受佳兒佳婦禮	신랑 신부 내외의 절을 앉아서 받자니
願渠恭儉永家聲	매우 공손하고 검소함으로 가문 명성 길이 빛내기를
詩書隱約終身事	시서는 심오하면서 간략하니 한평생 종사할 일이요
天地絪縕萬物生	천지처럼 화합하여 만물을 생성할지니라
縱是在初貽哲命	비록 처음 태어날 때 밝은 명을 받았다 할지라도
還須逐後播芳名	다시 모름지기 앞으로 더욱 힘써 꽃다운 명성을 떨치기를
班資財賄且休問	지위나 재물 따위는 장차 문제 삼지 말고
淸白子孫爲座銘	청백한 자손 되는 일을 좌우명으로 삼아라

주석

- 渠 크다 거
- 詩書隱約終身事: 종신토록 聖賢의 經書에 담긴 간략하면서도 심오한 뜻을 탐구하며 실천해 나가기를 바란다는 뜻이다. 『史記, 太史公自序』에 "『시경』과 『서경』의 글이 간략하면서도 뜻이 심오한 것은 작자가 자신의 생각을 그러한 방식을 통해 드러내려고 했기 때문이다(夫詩書隱約者 欲遂其志之思也)."라는 말이 나온다.
- 天地絪縕萬物生(자리 인. 솜옷 온. 인온; 만물을 생성하는 기운이 왕성한 모양): 陰陽의 두 기운이 화합하여 만물을 생성하는 것처럼 앞으로 아들 부부가 많은 아들딸을 낳아 기르라는 말이다. 『周易, 繫辭傳下』에 "하늘과 땅은 음양의 두 기운을 합하여 만물을

생성하고, 남자와 여자는 精氣를 합하여 자식을 낳아 기른다(天地絪縕 萬物化醇 男女構精 萬物化生).”라는 말이 나온다.

- 縱是在初貽哲命(주다 이) 還須逐後播芳名(뿌리다 파): 훌륭한 가문에서 뛰어난 자질을 품부 받고 태어났다 할지라도 더욱 분발해서 가문의 명예를 드날리기를 바란다는 말이다. 『서경, 召誥』에 “처음 태어날 때에는 스스로 밝은 명을 지니지 않는 경우가 없다(罔不在厥初生 自貽哲命).”라는 말이 나온다.
- 班資財賄且休問(지위 자. 재물 회): 韓愈의 「進學解」에 “재물이 있고 없는 것만을 헤아리고, 지위와 봉록이 높고 낮은 것만을 계산한다(商財賄之有亡 計班資之崇庳).”라는 말이 나온다.

감상

이 시는 『목은시고』 제32권에 실린 것으로, 新婦가 와서 인사를 드리기에 지어준 것이다. 牧隱은 安東 權氏 知密直司事 權仲達의 따님과 결혼하여 李種德, 李種學, 李種善과 1녀를 두었다.

「種學瘧發日 是以催歸」 李穡

恰到田家一宿歸	시골집에서 하룻밤 잘 묵고 돌아왔다마는
憐兒氣體暫乖違	아이의 몸 상태가 잠시 안 좋은 것이 걱정되네
愛情只借千金比	애정은 단지 천금의 비유만 차용했을 뿐
老境方知萬事非	늙어서야 만사가 잘못된 것을 바야흐로 알았도다
糊口餘生誰信命	입에 풀칠하는 여생 그 누가 명을 믿으랴만
繼蹤他日或乘機	고인의 자취 이으면 훗날 기회가 올는지도
明明引逸天心在	분명히 하늘의 마음은 편안으로 이끎에 있으니
一壽箕疇庶永依	기자의 구주 중 첫 번째인 장수를 부디 길이 누렸으면

주석

- 瘧 학질 학. 恰 아주 적당함을 나타내는 말 흡. 乖 어그러지다 괴. 糊 입에 풀칠하다 호. 機 기회 기. 依 따르다 의
- 愛情只借千金比: 천금 같은 자식이라고 마음속으로만 사랑했을 뿐 실제로는 해준 일이 없다는 뜻의 자조적인 표현이다. 『史記 卷101, 袁盎鼂錯列傳』에, "천금의 재산이 있는 집의 자식은 혹시라도 기왓장이 떨어져서 다칠까 염려해서 처마 밑에 앉히지 않는다(千金之子 坐不垂堂)."라는 말이 있다.
- 繼蹤(자취 종): 앞사람의 자취를 잇다.
- 引逸: 편안한 상태로 이끌어주는 것을 말한다. 『서경, 多士』에 "상제가 편안해지도록 이끌어주셨는데도, 하나라는 편안함으로 따라가지를 않았다(上帝引逸 有夏不適逸)."라는 말이 나온다.

- 一壽箕疇(분류된 항목 주): 『書經, 洪範』에, 箕子의 이른바 九疇 중에서 五福을 설명하는 대목에 "첫 번째는 오래 사는 것이다(一曰壽)."라는 말이 나온다.

감상

이 시는 『목은시고』 제34권에 실린 것으로, 아들 李種學이 학질에 걸렸는데 이날 출발해야 했기 때문에 급히 돌아와서 지은 것이다. 자식의 학질이 낫고 오래 살기를 바라는 父情이 잘 드러나 있다.

「戒二子」 崔恒[27]

坐忘予欲學神凝 앉은 채 잊고 신묘한 정신 작용을 배우려니
火宅奔趨惱鬱蒸 화택에 분주하여 정신이 찌는 듯 답답할 뿐
蝸角是非憂轉劇 달팽이 뿔의 시비는 근심만 더욱 심하고
龜毛得失病還增 거북 털의 득실은 병만 오히려 더하네
兢魂日接常流汗 위에 날마다 뵈올 제 황공하여 늘 땀 흘리고
疊足台聯幾履氷 정승자리에 발을 포갰으니 거의 얼음 밟듯
憐我老衰甘瑟縮 불쌍하게도 나는 이미 노쇠하여 움츠러드는 것을 달게 여기나
喜渠强壯易梯升 기쁘게도 너희들은 씩씩하여 사다리로 쉽게 오르네
已將實藝攀蟾桂 이미 실제 재주로 섬계에 놀랐는데
何用浮文售鳳綾 뜬 문자로 봉릉 팔아 무엇하랴?
志節尋常須岳立 뜻과 절개는 늘 마땅히 산악처럼 서야 하고
心源夙夜要淵澄 마음 근원은 밤낮으로 연못처럼 맑아라
麴生迷了魚貪餌 술에 미혹되는 것은 고기가 미끼를 탐함이요
妖物蠱來蛾撲燈 요물인 여자가 마음 호리는 건 불나방이 등불을 치는 것이네
一動或狂辜自速 한 번 행동이 혹시 미치면 죄를 스스로 부르는 것이요
三緘乍放禍方興 세 군데 꿰맨 것은 잠깐 터뜨리면 화가 이내 일어나니
面諛預怕吹毛刃 맞대고 하는 아유는 취모 칼을 미리 경계하고
膚受周防利角菱 살에 받는 참소는 날카롭고 뾰족한 마름을 두

27) 崔恒(1409, 태종 9~1474, 성종 5): 본관은 朔寧. 자는 貞父, 호는 太虛亭. 아버지는 영의정 士柔이다. 勳舊派의 대학자로서 문물제도의 정비에 크게 기여했고, 역사・언어・문장에 정통하여 실록 편찬 및 대중국 외교문서 작성을 전담했다.

루 예방하라

守默勿嘲人短劣 침묵 지켜 남의 단점을 비웃지 말고

撝謙莫詑己才能 겸손하여 자기 재능을 자랑하지 말라

居高唯念小心翼 높은 자리에 있을 땐 오직 조심하기만 생각하고

遇險但思攘臂仍 험한 곳을 만나면 다만 팔을 걷어 올림을 생각하라

淸直他時收令譽 청렴하고 곧으면 후일에 아름다운 명예 거둘 것이고

恪勤何任患難勝 삼가고 부지런하면 무슨 환난 염려하리?

我言維服勿爲笑 내 말에 복종하고 비웃지 말라

子職當爲盍服膺 자식의 도리로서 어찌 명심치 않으랴?

空百萬群期電驥 백만 마리를 다 제쳐놓는 번개 같은 준마 되고

擊三千起擬雲鵬 3천 리 바람을 치고 일어난 구름 속의 大鵬되라

聞詩汝更終身誦 시를 들으면 너희들은 다시 종신토록 외워라

言志吾徒信手憑 너희들 말한 뜻을 나는 다만 그대로 믿노니

善誘寧同過庭訓 내 어찌 과정훈과 같이 잘 가르치랴만

切磋須待盍簪朋 절차탁마는 네 모름지기 뜻이 맞는 벗을 기다려라

주석

– 劇 심하다 극. 兢 두려워하다 긍. 疊 포개다 첩. 台 삼공 태. 售 팔다 수. 澄 맑다 징. 餌 미끼 이. 蠱 미혹하게 하다 고. 蛾 나방 아. 撲 치다 박. 辜 허물 고. 速 부르다 속. 乍 잠깐 사. 諛 아첨하다 유. 怕 두려워하다 파. 菱 마름 릉. 嘲 비웃다 조. 撝 겸손하다 휘. 詑=訑 으쓱거리다 이. 翼 지키다 익. 仍 기대다 잉. 令 아름답다 령. 恪 삼가다 각. 勝 모두 승. 空 뚫다 공. 驥 준마 기. 憑 기대다 빙. 誘 가르치다 유. 梯 사다리 제. 攀 붙잡고 오르다 반

- 坐忘: 『장자, 大宗師』에 나오는 말로, 主客이 분리되지 않은 상태에서 도와 합일된 정신의 경지를 뜻하는데, 佛家의 三昧와 비슷한 의미를 지니고 있다.
- 神凝: 신묘한 精氣와 精神이 응집된 상태를 표현하는 말이다. 『莊子, 逍遙遊』에 "신묘한 정신의 작용이 응집되면 모든 사물을 상처 나거나 병들지 않게 성장시키고 해마다 곡식이 풍성하게 영글도록 한다(其神凝 使物不疵癘而年穀熟)."라고 하였다.
- 火宅: 佛經에, "삼계(三界: 欲界・色界・無色界)엔 편안함이 없어 마치 불난 집[火宅]과 같아 항상 나고 늙고 병들고 죽는 우환이 있느니라."라고 하였다.
- 蝸角: 『莊子』에 "달팽이 뿔에 나라가 있으니 왼쪽은 만이라 하고 오른쪽은 촉이라 하는데 날마다 싸움을 일삼는다(有國於蝸角之左曰蠻 右曰觸 日尋干戈)."라는 말이 있다.
- 龜毛: 佛經에 "거북의 털, 토끼의 뿔(龜毛兔角)"이란 말이 있는데, 그것은 본시 없는 것이란 말이며, 蘇軾의 시에, "거북의 등에서 털을 긁어보았자, 어느 때에 모전을 이룰 수 있으랴(刮毛龜背上 何時得成氈)"라고 했는데, 거북은 본디 털이 나지 않아서 아무리 등을 긁어봐도 털을 취할 수 없으므로, 전하여 헛수고만 할 뿐 공효를 거두지 못함을 비유한 말이다.
- 瑟縮(오므라들다 축): 오므라들어 펴지지 않는 것으로, 唐나라 韓愈가 자식을 잃고 슬픔에 젖은 친구 孟郊를 위로한 「孟東野失子」 시에 "위로 하늘에 호소해도 대답을 듣지 못하자, 땅에 떨어지는 눈물방울이 九泉에까지 이르렀다. 이에 땅귀신이 비통하게 생각하면서, 몸을 움츠리고 한참 불안하게 여기다가, 크게 신령

한 거북이를 호출하여, 구름 타고 올라가 하늘 문을 두드려서 그 까닭을 묻게 하였다(上呼無時聞 滴地淚到泉 地祇爲之悲 瑟縮久不安 乃呼大靈龜 騎雲款大門)"라는 말이 나온다.

- 蟾桂: 月宮을 蟾宮이라 하고 계수나무가 있으며, 과거 합격에 비유한 것이다.
- 鳳綾: 唐 玄宗 때 寧王이 岐王・薛王 이하를 거느리고 奏請하여 乘輿 앞에 붓을 놓고 行在의 일을 적어 天寶 10년에 3백 권을 지어 바치니, 현종이 보고 자주[紫] 龍鳳陵에 책 표제를 쓰게 하여 別閣에 두게 했다.
- 尋常: 늘
- 麴生: 누룩으로 빚은 술을 의인화하여 말한 것으로, 麴先生 혹은 麴秀才라고도 한다.
- 三緘(봉하다 함): 공자가 周에 갔더니 后稷의 廟계단 앞에 金人 동상이 있는데 그 입을 세 군데 꿰매었고 그 등에 "옛날의 말을 삼간 사람"이라 새겨 있었다.
- 吹毛: 칼날 위에 털을 불면 그 털이 끊어지는 날카로운 검, 또 남의 허물을 애써 드러내려고 털을 후후 불어 흠집을 찾아내는[吹毛覓疵] 행동
- 膚受: 『논어』에, "젖어드는 참소와 살에 닿는 참소(浸潤之譖 膚受之愬)"라는 말이 있다.
- 攘臂(걷다 양. 팔 비): 팔을 걷어 올려 격분한 모양
- 思攘臂仍: 격분하는 것이 탈이 된다는 의미이다.
- 盍: =何不
- 服膺: 잘 지켜 잠시도 잊지 아니함.

- 擊三千起擬雲鵬(본뜨다 의): 大鵬은 한 번에 3천 리 물결을 치며 난다고 한다.
- 過庭訓: 뜰 앞을 총총걸음으로 걷는 것을 이른다. 『論語, 季氏』에 "일찍이 홀로 서 계실 때에 내가 빨리 걸어 뜰을 지나는데, '詩를 배웠느냐?' 하고 물으시기에 '못 하였습니다.' 하고 대답하였더니, '詩를 배우지 않으면 말을 할 수 없다.' 하시므로 내가 물러가 詩를 배웠다. 다른 날에 또 홀로 서 계실 때에 내가 빨리 걸어 뜰을 지나는데, '禮를 배웠느냐?' 하고 물으시기에 '못 하였습니다.' 하고 대답하였더니, '예를 배우지 않으면 설 수 없다.' 하시므로 내가 물러나와 예를 배웠다(嘗獨立 鯉趨而過庭 曰 學詩乎 對曰 未也 不學詩 無以言 鯉退而學詩 他日 又獨立 鯉趨而過庭 曰 學禮乎 對曰 未也 不學禮 無以立 鯉退而學禮)."라고 하였는데, 전하여 가정교훈을 의미한다.
- 切磋: 切은 끊는 것이며, 磋는 가는 것이니, 角 같은 물건을 가지고 기구를 만들려면 먼저 끊은 뒤에 다시 갈아야 한다. 이것을 공부하고 덕을 닦는 데 비유하고 또 좋은 친구들이 서로 학문을 도우는 데 비유한다.
- 盍簪: 뜻 맞는 이들이 서로들 달려와 회동하는 것으로, 『周易, 豫卦 九四爻』에 "의심하지 않으면 벗들이 모여들리라(勿疑 朋 盍簪)"라고 하였는데, 그 주석에 "盍은 회합의 뜻이요, 簪은 빠르다는 뜻이다. 여러 친구들이 빨리 와서 회합하는 것을 말한다."라고 하였다.

감상

이 시는 『동문선』 제18권에 실린 것으로, 두 아들에게 경계하며 쓴 것이다. 題註에 "무자(1468년, 예종 1) 단오 뒤 엿새에 내가 태허정에 있는데 가랑비가 뜰에 뿌리었다. 점심 먹은 뒤 낮잠을 실컷 자고 일어나 백청이 계숙에게 주는 시를 보고 화답하여 두 아들로 하여금 띠에 쓰게 하다(戊子端午後六日 余在太虛亭 小雨洒庭 攤飯黑甜之餘 觀伯淸贈季淑詩和之 令兩兒書紳)."라고 하였다. 최항은 達城徐氏 府院君 徐彌性의 따님과 혼인하여 崔永潾과 崔永灝, 그리고 4녀를 두었다.

「喜滐帶金 示諸子」 申叔舟[28]

父子天作親 부자지간은 하늘이 낸 친밀함이니
情義出天眞 정의가 천진에서 나오는구나
父慈子乃孝 아비가 자애롭자 자식이 마침내 효도하니
玆可移君臣 이것은 군신 간에도 옮길 수 있다
老父不如汝 늙은 아비는 너와 같지 않아
弱齡違兩親 어린 나이에 양친이 돌아가셨지
弟兄亦早歲 아우와 형마저도 일찍 세상을 떠나
孑孑唯一身 혈혈단신 오직 한 몸뿐이었다
辛勤讀書史 힘겹게 글을 읽으면서도
念至潛添巾 생각나면 몰래 수건을 적셨지
那知幸際遇 어찌 알았으랴? 다행이 임금께서 알아줌 만나
位極忝元勳 지위 높은 데다 큰 공까지 더하게 될 줄을
功名每欺世 공명으로 늘 세상을 속여
三世蒙聖恩 삼대나 성은을 입었네
兒孫列眼前 아들 손자들이 눈앞에 늘어섰는데
朱紫看紛紛 자줏빛 관복이 어지럽구나
汝又橫黃金 너 또한 황금띠를 두르니

28) 申叔舟(1417, 태종 17~1475, 성종 6): 본관은 고령. 자는 泛翁, 호는 希賢堂・保閑齋. 1438년(세종 20) 생원시・진사시에 합격했고, 이듬해 친시문과에 급제하여 典農寺直長을 지냈다. 입직할 때마다 장서각에 파묻혀서 귀중한 서책들을 읽었으며, 이러한 학문에 대한 열성이 왕에게까지 알려져 세종으로부터 어의를 받기도 했다. 1443년 통신사 卞孝文의 서장관으로 일본에 가서 우리의 학문과 문화를 과시하는 한편 가는 곳마다 산천의 경계와 要害地를 살펴 지도를 작성하고 그들의 제도・풍속, 각지 영주들의 강약 등을 기록했다. 일본에서 돌아온 뒤 집현전 수찬을 지내면서 세종의 뜻을 받들어 훈민정음 창제에 심혈을 기울였다. 1453년 수양대군이 계유정난을 일으켜 金宗瑞・皇甫仁 등을 제거하고 정권을 장악했을 때 중용되어 輸忠協策靖難功臣 1등에 오르고, 이듬해 도승지로 승진했다. 1455년 세조가 즉위하자 同德佐翼功臣 1등에 高靈君으로 봉해지고 예문관대제학으로 임명되었다. 서장관으로 일본에 갔던 경험을 바탕으로 「海東諸國記」를 지어 일본과의 교류에 도움을 주고, 오랫동안 예조판서로 있으면서 명과의 외교관계를 맡는 등 외교정책의 입안・책임자로서도 활약했다. 글씨에도 뛰어났으며, 특히 송설체를 잘 썼다고 한다. 저서로는 문집인 『보한재집』이 있다. 시호는 文忠이다.

婢僕亦欣欣 종들도 기뻐하는구나
家中老阿乳 집안의 늙은이와 젖먹이까지도
喜淚懸津津 기쁨의 눈물을 주룩주룩 흘리네
汝定勝汝父 너는 반드시 네 아비보다 나아서
汝解汝父顰 네 아비의 찡그림을 풀어주어라
我帶至金犀 나는 금서대를 둘렀지만
遇喜空悲嘶 기쁨 만나 부질없이 구슬피 우네
我家本草茅 우리 집은 본래 미천했지만
積善世不迷 선을 쌓음에 대대로 방황하지 않았지
繩繩乃至斯 대를 이어 여기에 이르렀으니
富貴非汝爲 부귀는 네가 할 일이 아니다
天道忌滿盈 하늘의 도는 가득 참을 꺼리니
當思挹損之 마땅히 덜어낼 것을 생각해라
我年已半百 내 나이 이미 반백이어서
筋力亦已衰 근력 또한 이미 쇠했구나
投簪欲謝事 벼슬 던지고 일을 사양하려 하여도
脫駕猶未知 멍에를 벗었는지 오히려 알 수가 없구나
我今語汝曹 내가 이제 너희들에게 말하노니
不願不智奇 지혜롭고 뛰어나지 않음을 원치 않는다
但願淳且謹 다만 순박하고 삼가기만 원하니
保家以爲規 집안을 보전하는 규범으로 삼아라
我願止如此 내 바람은 이와 같음에 그칠 뿐이니
汝曹勤自持 너희들은 부지런히 지켜나가라

주석

- 顰 찡그리다 빈. 嗁 울다 제. 繩 잇다 승. 挹 뜨다 읍. 筋 힘줄 근. 淳 순박하다 순. 齡 나이 령. 違 떨어지다 위. 欣 기뻐하다 흔. 阿 애칭 옥(남을 부를 때 친근한 뜻을 나타내기 위해 앞에 붙이는 말). 紫 자줏빛 의관 자
- 帶金: =帶金佩紫. 옛날 三公 등이 金印과 紫綬를 찼는데, 후에는 高官의 의미로 쓰임.
- 父子天作親: 『童蒙先習』에, "부모와 자식은 타고난 천성이 친한 것이다(父子天性之親)."라는 말이 나온다.
- 早歲: =早年. 일찍 죽다.
- 際遇: 마침 때나 사람을 만나다.
- 元勳: 큰 공이나, 큰 공을 세운 사람
- 津津: 물이 흐르는 모양
- 金犀: 황금과 犀角
- 草茅: 재야에 있는 평민이나, 미천하거나 미천한 사람의 비유로 쓰임.
- 投簪(비녀 잠): 비녀를 던지는 것으로, 벼슬을 버림에 비유됨.

감상

이 시는 『保閑齋集』 권10에 실린 것으로, 아들 찬이 당상관이 되어 황금 허리띠를 기뻐하면서 자식들에게 보여준 시이다. 신숙주는 16살에 무송 윤씨 尹景淵과 결혼하여 申澍, 沔, 潔, 瀞, 浚, 溥, 泂, 泌 8남과 1녀를 두었다.

「福慶初度」 徐居正

今日是渠初度日 오늘이 바로 그 아이의 생일인데
乃翁衰病雙鬢絲 제 아비는 늙고 병들어 두 귀밑이 다 세었네
一任人間豚犬子 인간 세상의 개돼지 같은 자식이 될 뿐이거늘
敢擬天上麒麟兒 감히 천상의 기린아에 견줄 수 있겠는가?
窺牛壯氣尙安在 소를 엿보는 장대한 기운은 어디에 있는가?
舐犢深情乃如斯 송아지 핥는 깊은 정만 이러할 뿐이로다
我無籯金可遺汝 나는 너에게 물려줄 수 있는 황금 바구니는 없고
家世靑氈唯禮詩 대대로 집에 전해온 건 오직 시와 예뿐이란다

주석

- 渠 그 거. 籯 바구니 영
- 初度: 생일
- 乃翁: 그의 부친
- 鬢絲: 귀 앞에 난 흰 머리털
- 豚犬: 후한 말년에 孫權이 강물의 어귀에 제방을 쌓아서 曹操의 침공에 대비하였다. 『삼국지, 吳書, 吳主傳』에 "조조가 유수를 침공하자, 손권이 한 달 넘게 서로 대치하였다. 조조가 손권의 군대를 바라보고는, 엄숙하게 정제된 것을 탄복하면서 물러갔다(曹公攻濡須 權與相拒月餘 曹公望權軍 歎其齊肅乃退)."라고 하였는데, 그 註에 "조조가 '아들을 낳으려면 손중모쯤은 되어야지, 유경승의 아이들은 개나 돼지와 같다(生子當如孫仲謀 劉景升兒子若豚犬耳).'라고 탄식하였다."라고 하였다. 仲謀는 손권의 자이다.

景升은 荊州刺史 劉表의 자이고, 그 아들은 劉琦와 劉琮을 가리키는데, 유표가 죽은 뒤에 유종이 조조에게 항복하며 형주를 헌납하였다. 후에 자기 아이들의 謙稱으로 쓰인다.

- 敢擬天上麒麟兒: 南朝 梁나라의 문인 徐陵이 겨우 두어 살 되었을 적에 高僧 寶誌가 그의 정수리를 어루만지면서 말하기를 "천상의 石麒麟이로구나."라고 한 데서 온 말로, 전하여 천상의 麒麟兒란 흔히 文才가 있는 남의 자제를 칭찬하는 말로 쓰인다. 杜甫의 「徐卿二子歌」에 "그대는 못 보았나 서경의 두 아들 뛰어나게 잘난 것을, 길한 꿈에 감응하여 연이어 태어났다네. 공자와 석가가 친히 안아다 주었다니, 두 아이는 모두가 천상의 기린아일세. 큰아이는 아홉 살에 용모가 맑고 깨끗해, 정신은 가을 물 같고 골격은 옥과 같고, 작은아이는 다섯 살에 소를 잡아먹을 기개라, 당에 가득한 손들이 다 머리 돌려 감탄하네. 나는 서공이 아무 걱정 없을 것을 아노니, 적선한 집엔 공후가 줄줄이 나오는 법일세. 장부가 이 두 아이만 한 아이를 낳기만 한다면, 후일 명성과 지위가 어찌 하찮은 데에 그치랴(君不見徐卿二子生絶奇 感應吉夢相追隨 孔子釋氏親抱送 竝是天上麒麟兒 大兒九齡色淸徹 秋水爲神玉爲骨 小兒五歲氣食牛 滿堂賓客皆回頭 吾知徐公百不憂 積善袞袞生公侯 丈夫生兒有如此二雛者 異時名位豈肯卑微休)."라고 하였다.
- 窺牛壯氣: 소를 엿본다는 것은 소를 잡아먹을 기세가 있음을 의미한다. 杜甫의 「徐卿二子歌」에 "작은아이는 다섯 살에 소를 잡아먹을 기개라, 당에 가득한 손들이 다 머리 돌려 감탄하네(小兒五歲氣食牛 滿堂賓客皆回頭)."라고 하였다.

- 舐犢深情(핥다 지. 송아지 독): 삼국시대 魏의 楊修가 조조에게 죽임을 당했는데, 뒤에 조조가 양수의 아비인 楊彪에게 왜 그토록 야위었느냐고 묻자, 양표가 대답하기를 "김일제와 같은 선견지명이 없었음은 부끄러우나, 아직도 늙은 소가 송아지를 핥아주는 애정만은 지니고 있기 때문입니다(愧無日磾先見之明 猶懷老牛舐犢之愛)."라고 했던 데서 온 말로, 전하여 송아지를 핥는다는 것은 자녀를 몹시 사랑하는 부모의 애정을 말한다. 金日磾는 한 무제 때의 재상으로, 무제의 곁에서 총애를 받으며 자란 자신의 큰아들이 궁녀와 희롱하는 것을 보고는 죽여 버린 인물이다.
- 靑氈(모전 전): 푸른 담요를 말한다. 『晉書 卷80, 王獻之傳』에, 晉나라 王獻之가 어느 날 밤 서재에 누웠을 때, 도둑이 그 방에 들어와서 다른 물건을 모조리 훔치고 또 臥榻으로 올라갔다. 헌지가 처음에는 아무 말도 하지 않고 있다가 마침내 천천히 말하기를, "청전은 우리 집의 대대로 전해온 물건이니, 그것만은 놓아두어야 한다."고 하니, 도둑이 놀라서 달아났다고 한다. 전하여 家傳의 舊物을 의미한다.

감상

이 시는 『사가시집』 제52권에 실린 것으로, 庶子인 福慶의 첫돌에 지은 것이다. 서거정은 金如晦의 딸에게 장가갔다가 자식을 두지 못하였으며, 측실로 李寧根의 딸을 맞이하여 서자인 徐福慶을 48살에 낳았다.

「示福慶」 徐居正

多時拭淚語童烏 늘 눈물 훔치며 동오를 말했었지만
愧我年衰愛汝愚 내 나이 쇠함 부끄럽고 네 철없음은 사랑스럽구나
舐犢恩情當百倍 송아지 핥는 은정은 당연히 백배이니
他年得見返哺無 후에 너의 반포를 받을 수가 있을까?

주석

- 拭 닦다 식
- 童烏: 한나라 양웅의 아들로, 매우 총명하여 9세 때에 벌써 아버지의 『太玄經』 저술을 돕기까지 했으나 요절했다고 한다. 전하여 총명했으나 요절한 아이를 가리키는데, 여기서는 『사가시집』 제8권에 실린 「追悼小女」에서 보듯 요절한 딸을 말한 듯하다.
- 舐犢(핥다 지. 송아지 독): 『後漢書 卷54, 楊震列傳』에, 삼국시대 魏의 楊修가 조조에게 죽임을 당했는데, 뒤에 조조가 양수의 아비인 楊彪에게 왜 그토록 야위었느냐고 묻자, 양표가 대답하기를 "김일제와 같은 선견지명이 없었음은 부끄러우나, 아직도 늙은 소가 송아지를 핥아주는 애정만은 지니고 있기 때문입니다(愧無日磾先見之明 猶懷老牛舐犢之愛)."라고 했던 데서 온 말로, 전하여 송아지를 핥는다는 것은 자녀를 몹시 사랑하는 부모의 애정을 말한다. 金日磾는 한 무제 때의 재상으로, 무제의 곁에서 총애를 받으며 자란 자신의 큰아들이 궁녀와 희롱하는 것을 보고는 죽여 버린 인물이다.

- 返哺: 까마귀가 어미에게 먹이를 먹여주는 것으로, 까마귀는 새끼가 크면 어미에게 먹이를 먹여준다 하여 反哺鳥라 하고 효도하는 새로 알려져 있는데, 자식이 장성한 뒤에 부모에게 효도하여 은혜를 갚는 것을 비유한다.

감상

이 시는 『사가시집』 제29권에 실린 것으로, 서자인 福慶에게 보여준 시이다.

「憶福慶」 徐居正

邇來數日暫分離 근래에 며칠 동안 잠시 헤어졌건만
一日相思十二時 하루에도 열두 번씩 때때로 생각나네
昨夢分明見汝面 어젯밤 꿈에 선명히 네 얼굴을 보았기에
曉窓看月倍相思 새벽 창에 달을 보니 생각이 배로 나는구나

주석

- 邇來: =爾來, 近來

三間茅屋四山深 사방으로 깊은 산중의 세 칸 초가집에서
憐汝居廬戀母心 네가 시묘하며 모친 사모하는 마음이 가련하구나
珍重起居當自愛 기거를 진중히 하여 마땅히 스스로 아껴라
乃翁頭白病侵尋 네 아비는 백발에 병이 점점 깊어지니

주석

- 乃翁(너 내): 너의 부친
- 侵尋(계속하다 심): 점차 발전하다.

감상

이 시는 『사가시집』 제50권에 실린 것으로, 서자인 복경이 어머니 시묘살이를 하며 떨어져 있을 때 그리워 지은 것이다.

「寄福慶」 徐居正

杜甫示兒曾有句 두보는 아이에게 보인 시구가 일찍이 있었고
退之念子又留詩 퇴지도 또한 자식을 염려해 시를 남겼네
兩賢豈是無情者 두 현인이 어찌 정이 없는 분들이겠는가?
老我如今多所思 늙은 나도 이제는 생각이 많아지는구나

주석

- 杜甫示兒曾有句: 두보가 일찍이 두 아들에게 「熟食日示宗文宗武」, 「又示兩兒」, 「元日示宗武」 등의 시를 지어 주었다.
- 退之念子又留詩: 퇴지는 韓愈의 字인데, 또한 「符讀書城南」, 「示兒」 등의 시를 지었다.

己喜攤書吟玉案 책 펴고 청옥안 읊는 게 이미 기쁘고
免教誤字改金根 글자 그르쳐 금근거라 잘못 고칠 지경은 면하였네
養兒不教父之罪 아이를 기르며 가르치지 않은 건 아비의 죄기에
望汝成人志已勤 네게 사람 되기를 바라는 뜻이 매우 간절하단다

주석

- 己喜攤書吟玉案(펴다 탄): 두보의 『杜少陵詩集 卷21』 「元日示宗武」 시에 "시구를 찾아 새로 음률을 알고, 책을 펼쳐 책상 가득히 놓을 줄 알도다. 비로소 청옥안이나 읊조리고, 자라낭은 허리

에 차지 말거라(覓句新知律 攤書解滿牀 試吟靑玉案 莫帶紫羅囊).”
라고 한 데서 온 말이다.

- 玉案: 靑玉案으로 古詩를 가리킴.
- 免敎誤字改金根: 『尙書故實』에, 金根車는 秦 始皇이 처음으로 殷輅의 제도를 취하여 만든 천자의 乘輿인데, 한유의 아들 昶은 본디 우둔했던 탓으로, 그가 일찍이 集賢校理로 있을 때 史傳에 있는 금근거를 잘못된 것이라 하여 ‘根’자를 ‘銀’자로 고쳤던 데서 온 말이다.
- 成人: 재주와 덕을 겸비한 사람

감상

이 시는 『사가시집』 제50권에 실린 것으로, 서자 복경에게 보내면서 成人이 되기를 바라는 아버지의 심정을 노래하고 있다.

참고로 韓愈가 아들 부에게 별장이 있던 성남에서의 독서를 권한 「符讀書城南」을 제시하면 다음과 같다.

木之就規矩 나무가 둥글고 모나게 깎임은
在梓匠輪輿 목수와 장인에 달려 있고
人之能爲人 사람이 사람다운 사람이 될 수 있는 것은
由腹有詩書 배 속에 시서가 있는 것에 달려 있다
詩書勤乃有 시서는 부지런하면 곧 갖게 되고
不勤腹空虛 부지런하지 않으면 배가 비게 된다
欲知學之力 배움의 힘을 알고 싶으면

賢愚同一初 어진 이와 어리석은 이가 처음은 같았음을 알면 되네
由其不能學 그가 배울 수 없었기 때문에
所入遂異閭 들어가는데 마침내 문이 달라지는 것이네
兩家各生子 두 집에서 각기 아들을 낳았어도
提孩巧相如 어릴 적에는 재주가 서로 비슷하고
少長取嬉戱 조금 성장하여 모여 놀 때도
不殊同隊魚 같은 무리의 고기와 다르지 않다네
年至十二三 나이가 열두세 살이 되면
頭角秒相疎 머리골격이 약간 달라진다네
二十漸乖張 스무 살이 되면 점점 더 벌어지니
淸溝映迂渠 맑은 도랑이 더러운 도랑을 비추네
三十骨骼成 서른 살이면 골격이 이루어져
乃一龍一豬 하나는 용, 하나는 돼지처럼 된다네
飛黃騰踏去 비황은 뛰어올라 가고
不能顧蟾蜍 두꺼비는 돌아볼 수조차 없다네
一爲馬前卒 한 사람은 말고삐 잡는 졸개가 되어
鞭背生蟲蛆 채찍 맞은 등에 구더기가 생기고
一爲公與相 한 사람은 공이나 재상이 되어서
潭潭府中居 고래 등 같은 집에 산다네
問之何因爾 묻노니, 무슨 이유로 이렇게 되었나?
學與不學歟 배우고 배우지 못한 차이라네
金璧雖重寶 금이나 구슬이 비록 귀중한 보배이나
費用難貯儲 쓰이어 저장하기 어렵고
學問藏之身 학문은 몸에 간직하여
身在則有餘 몸만 있으면 사용하고도 남음이 있다네
君子與小人 군자와 소인은
不繫父母且 부모에 매인 것이 아니라네

不見公與相 보지 못했는가? 삼공과 재상이
起身自犁鋤 농민으로부터 나온 것을
不見三公後 보지 못했는가? 삼공의 후손들이
寒饑出無驢 헐벗고 굶주리고 나귀도 없이 다니는 것을
文章豈不貴 문장이 어찌 귀하지 않은가?
經訓乃菑畬 경서의 가르침은 곧 마음속의 땅 같은 것
潢潦無根源 고인 물은 근원이 없나니
朝滿夕已除 아침에 찼다가 저녁엔 이미 없어진다네
人不通古今 사람이 고금의 일에 통하지 않으면
牛馬而襟裾 소나 말에 옷을 입혀놓은 것이라
行身陷不義 자신의 행동이 불의에 빠지고도
況望多名譽 하물며 많은 명예를 바라는가?
時秋積雨霽 가을철 장마 그치고
新凉入郊墟 새롭고 시원한 바람이 들판에서 들어오니
燈火秒可親 등불은 점점 가까이할 만하고
簡編可卷舒 책을 펼칠 만하게 됐으니
豈不旦夕念 어찌 아침저녁으로 너를 생각하지 않으리?
爲爾惜居諸 너를 위해 세월이 지나감을 아쉬워한다
恩義有相奪 은혜와 의리가 서로 어긋나
作詩勸躊躇 시를 지어 망설이는 이에게 권하노라

주석

– 規 그림쇠 규. 矩 곱자 구. 隊 무리 대. 秒 아주 작다 초. 疎 나누다 소. 乖 어그러지다 괴. 溝 도랑 구. 渠 도랑 거. 豬 돼지 저. 騰 뛰다 등. 蛆 구더기 저. 潭 깊다 담. 貯 쌓다 저. 儲 쌓다 저. 犁 쟁기 려. 潢 웅덩이 황. 潦 길바닥에 괸 물 료. 襟 옷깃 금. 裾

옷자락 거. 躊 머뭇거리다 주. 躇 머뭇거리다 저

- 梓匠: 목수
- 輪輿: 수레를 만드는 장인
- 提孩: 어린아이
- 飛黃: 준마의 이름
- 蟾蜍: 두꺼비
- 中: 재상이 집무하는 관아
- 且: 운자 때문에 쓴 것이다.
- 菑畬(묵정밭 치. 새밭 여): 황무지를 개간함.
- 簡編: 책
- 居諸(거제): 시간이나 세월
- 恩義: 부모가 자식을 사랑하는 마음인 恩과 교육에 있어 엄한 義

「追悼小女」徐居正

去年此日汝猶在	지난해의 오늘은 네가 여전히 살아 있었는데
今歲茫茫何所之	금년에는 아득히 어디로 갔단 말이냐?
那復牽衣求棗栗	어찌 다시 옷을 끌며 대추와 밤을 달라고 할 것인가?
不堪流涕憶容姿	네 모습 생각에 흐르는 눈물을 감당 못 하겠구나
世間舐犢誰無性	세상에 누군들 송아지 핥는 심성이 없겠는가?
樹裏探環謾有期	나무속의 구슬 찾을 기약만 아득히 있을 뿐이란다
我自悲傷人不識	나 홀로 슬프고 아플 뿐 남은 알지 못하네
如今四十更無兒	지금까지 나이 사십에 아이가 없는 걸

주석

- 世間舐犢誰無性(핥다 지. 송아지 독): 삼국시대 魏의 楊修가 조조에게 죽임을 당했는데, 뒤에 조조가 양수의 아비인 楊彪에게 왜 그토록 야위었느냐고 묻자, 양표가 대답하기를 "김일제와 같은 선견지명이 없었음은 부끄러우나, 아직도 늙은 소가 송아지를 핥아주는 애정만은 지니고 있기 때문입니다(愧無日磾先見之明 猶懷老牛舐犢之愛)."라고 했던 데서 온 말로, 전하여 송아지를 핥는다는 것은 자녀를 몹시 사랑하는 부모의 애정을 말한다. 金日磾는 한 무제 때의 재상으로, 무제의 곁에서 총애를 받으며 자란 자신의 큰아들이 궁녀와 희롱하는 것을 보고는 죽여 버린 인물이다.
- 樹裏探環謾有期(아득하다 만): 晉나라의 名將 羊祜가 5세 때에 한번은 자기 유모로 하여금 자기가 가지고 놀던 금가락지를 가

져오라고 하자, 유모가 말하기를, "너한테는 일찍이 금가락지가 없었단다."라고 하니, 양호가 즉시 이웃의 李氏 집으로 가서 동쪽 담장 곁의 뽕나무 속에서 금가락지를 찾아내자, 그 주인이 놀라며 말하기를, "이것은 우리 죽은 아이가 잃어버린 물건인데, 왜 가져가느냐?"라고 하므로, 유모가 그 사실을 자세히 말하자, 이씨는 매우 슬퍼하였고, 당시 사람들은 그 일을 이상히 여겨 이씨의 아들이 바로 양호의 前身이었다고 했다는 고사에서 온 말로, 전하여 여기서는 죽은 아이가 還生하기를 바라는 뜻으로 한 말이다.

감상

이 시는 『사가시집』 제8권에 실린 것으로, 서거정이 40살에 어린 딸이 죽은 지 1년이 된 해에 어린 딸의 죽음을 추도하며 지은 시이다.

「貸兒子懶讀」 徐居正

少年喜讀愛三餘 소년시절에 나는 삼여에 글 읽기 좋아하여
磊落胸中載五車 넓은 가슴속에 오거서를 담았었지만
畢竟文章何所得 끝내는 문장으로 얻은 게 무엇이던가?
儘敎渠輩懶看書 아이의 글 읽기 게으른 버릇 내버려두자꾸나

주석

- 貸 용서하다 대. 懶 게으르다 라. 渠 그 거
- 三餘: 학문을 하는 데 가장 좋은 세 가지 여가로, 해의 나머지[歲之餘]인 겨울[冬], 날의 나머지[日之餘]인 밤[夜], 때의 나머지[時之餘]인 陰雨를 가리킨다.
- 磊落(뜻이 크다 뢰): 도량이 넓어서 작은 일에 구애하지 아니하는 모양
- 五車: 『莊子, 天下』에 "혜시의 학설은 다방면이어서 그 저서가 다섯 수레에 쌓을 정도이다(惠施多方 其書五車)."라고 한 데서 온 말로, 전하여 수많은 서책이나 박식함을 이른다.
- 儘敎(억지로 진): 어떻든 상관없거나, 될 대로 되라.

감상

이 시는 『사가시집』 42권에 실린 것으로, 아이가 글 읽는 데 게으름을 용서하면서 지은 시이다.

서거정은 큰 꿈을 가지고 많은 서책을 공부하여 조선 전기 강희맹·李承召 등과 더불어 館閣文人으로 일컬어졌으며, 화려한 수사와 세

련된 감성을 위주로 시를 창작하였다. 문학에 있어 實用的인 측면을 강조했던 이들이 唯美主義的인 취향을 드러내는 것은, 王政의 粉飾과 對明 외교의 필요성으로 인해 技巧的인 詩文의 창작이 요구되었고, 한미한 출신에서 집현전 학사로 발탁되어 특별한 대우를 받았던 사람으로서의 엘리트 의식이 귀족적인 성향으로 변질되었던 것이다. 이에 대해 홍만종은 『小華詩評』에서, "사가 서거정은 대제학 자리를 오래도록 지키고 있었기 때문에 명성이 누구보다 성대했다. 그러나 평자들이 그를 중시하지 않은 것은 그의 재주가 화려하고 넉넉한 데만 그치고 있기 때문이다(徐四佳久典文衡 聲名最盛 而不爲評家所重 蓋以才止於華贍而已)."라고 언급하고 있다.

徐居正은 館閣體를 풍미한 사람으로 正祖의 『弘齋全書』 「日省錄」에는 다음과 같은 내용이 실려 있다. "우리나라의 관각체는 陽村 權近으로부터 비롯되었는데 그 이후 春亭 卞季亮, 四佳 徐居正 등이 역시 이 문체로 한 시대를 풍미하였다. 近古에는 月沙 李廷龜, 壺谷 南龍翼, 西河 李敏敍 등이 또 그 뒤를 이어 각 체가 갖추어졌다(我國館閣體 肇自權陽村 而伊後如卞春亭徐四佳輩 亦以此雄視一世 近古則李月沙南壺谷李西河 又相繼踵武 各體俱備)."

「憶病子」 南孝溫

弱質飢寒致病侵 약한 체질과 굶주림, 추위 때문에 병마가 침범하니
念爲人父媿難禁 생각건대 아비가 되어 부끄러움 금할 길이 없네
憶渠半夜愁無寐 자식 생각에 한밤중 근심으로 잠 못 드는데
村笛一聲驚慟心 마을의 피리 한 소리는 마음 더욱 놀라게 하네

주석

– 媿 부끄럽다 괴. 渠 그 거. 笛 피리 적

감상

이 시는 『추강집』 제3권에 실린 것으로, 병든 아들을 생각하며 지은 것이다. 제목의 주석에 "이때 내 집 아이가 병 때문에 다른 집에 우거하였다(時余兒病 寓他家)."라고 기록되어 있는데, 추강은 坡州 尹氏 郡守 尹壎의 따님과 결혼하여 南忠世와 6녀를 두었다.

「七歌」 成俔

有子有子婉淸揚 아들이여! 아들이여! 예쁜 얼굴에
總髮翩翩垂兩傍 땋은 머리는 치렁치렁 양쪽에 늘어뜨렸네
大兒讀書不下床 큰애는 글 읽느라 마루에서 내려오지 않고
小兒騎竹趨康莊 작은애는 죽마 타고 큰길을 쏘다니고
最後一男新弄璋 막내 놈은 막 구슬을 갖고 놀 때라
三人相隨雁聯行 세 아이가 기러기 줄을 지어 서로 따르겠지
夢汝遠在天一方 너희들 꿈만 꿀 뿐 멀리 하늘 한쪽에 있어
思汝不見空斷腸 너희들 생각만 하고 못 보니 부질없이 애간장이 타는구나
嗚呼四歌兮歌慨慷 아! 네 번째 노래하노니 노래가 비분강개해라
胡沙獵獵穿衣裳 사막의 모래바람이 옷을 뚫고 들이치네

주석

- 婉 아름답다 완. 翩 나부끼다 편. 床 마루 상. 趨 달리다 추. 獵 바람이 부는 모양이나 소리 렵. 穿 뚫다 천
- 淸揚: 사람의 얼굴에 대한 敬稱
- 總髮: 묶은 머리로, 소년을 가리킴.
- 康莊: 四通八達한 큰길
- 弄璋(구슬 장): 『시경, 小雅, 斯干』에 "이에 남자를 낳아서, 평상 위에 재우고, 긴 치마를 입히며, 구슬을 갖고 놀게 하자. 우는 소리가 우렁차니, 붉은 슬갑이 휘황찬란하여, 실가를 두고 군왕이 되리로다(乃生男子 載寢之牀 載衣之裳 載弄之璋 其泣喤喤 朱芾

斯皇 室家君王).”라고 한 데서 온 말로, 전하여 구슬을 갖고 놀 때라는 것은 대략 2, 3세쯤 된 사내아이를 가리킨다.

- 三人相隨雁聯行: 형제들끼리 서로 따르는 것을 질서정연하게 줄지어 날아가는 기러기에 비유한 것이다.
- 四歌: 7가 중 4번째 노래라는 의미임.
- 胡沙: 西方과 北方의 사막이나 모래바람

감상

이 시는 『허백당시집』 제4권에 실린 것으로, 七歌 가운데 네 번째 노래이다. 成俔은 副通禮 李墊의 딸과 혼인하여 4남 3녀를 두었다. 4남은 世亨, 世通, 世昌, 世安인데, 위에서 셋째를 막내라고 했으니, 아직 세안이 태어나기 전인 3남만 있을 때 아들과 떨어져 있어서 보고 싶은 父情을 노래하고 있다.

「悼女」 成俔

誰言生女作門楣	누가 딸을 낳으면 문미 된다고 하였던가?
未作門楣勢已虧	문미가 되기 전에 형세 이미 어긋났네
白首老翁空自悼	백발의 늙은 아비 부질없이 슬퍼하고
青春年少竟終睽	청춘의 젊은 부부 끝내 사별하였어라
襁兒索乳連宵哭	포대기의 아이가 젖 달라고 밤마다 울어대니
堂婢收衣攬涕垂	여종이 옷깃을 들어 떨어진 눈물을 훔치네
可惜珠沈兼玉碎	애석해라! 구슬 물에 잠기고 옥 깨졌으니
難堪老境喪明悲	노년에 실명하는 슬픔 감당하기 어려워라

주석

- 悼 슬퍼하다 도. 虧 이지러지다 휴. 睽 외면하다 규. 襁 포대기 강. 攬 잡다 람
- 生女作門楣[문미(문 위에 가로 댄 상인 방) 미]: 딸을 낳으면 가문을 일으킬 수 있다는 말이다. 門楣는 본래 문 위에 가로댄 나무인데, 楊貴妃가 한미한 집안의 딸로 玄宗의 총애를 입어 가문을 크게 일으킨 것을 본 당시 사람들이 너도나도 딸을 낳으려 했다는 데서 나온 말이다. 당나라 陳鴻의 「長恨歌傳」에, 사람들이 "딸 낳았다 슬퍼 말고 아들을 낳았다 기뻐 말라(生女勿悲酸 生男勿喜歡)."라고 하고 "그대 딸이 문미 되는 날을 보게 될 것이니(看女却爲門上楣)."라고 노래했다는 내용이 실려 있다.
- 珠沈兼玉碎(부수다 쇄): 여자의 죽음을 비유하는 말로, 여기서는 딸의 죽음을 의미한다. 玉碎는 옥처럼 아름답게 부서진다는 뜻

으로, 大義나 忠節을 위한 깨끗한 죽음을 이르는 말로, 『北齊書, 元景安傳』에 "대장부는 차라리 옥처럼 부서질지언정 어찌 하찮은 기와가 되어 헛되이 명을 부지하랴(大丈夫寧可玉碎 何能瓦全)." 라는 글귀에서 비롯되었다. 이와 반대로 보잘것없이 헛되게 일생을 보내는 것을 瓦全이라고 한다.

– 喪明: 자식의 죽음을 슬퍼하는 것을 '喪明之痛'이라 한다. 『禮記, 檀弓』에 "자하가 아들을 잃고서 밝음을 잃었다(子夏喪其子而喪其明)."라고 하였다.

감상

이 시는 『허백당보집』 제2권에 실린 것으로, 시집간 딸의 죽음을 슬퍼하며 지은 것이다.

「寄內子及兩兒」 李荇

平時輕歲月 평소엔 세월을 가벼이 여겼는데
孰知離別傷 이별이 몸을 상할 줄 누가 알았으랴?
歸路八百里 돌아가는 길은 팔백 리나 되는데
天網謐而妨 나라 법률 치밀해 못 가게 하는구나
一月三十日 한 달 삼십 일 가운데
一日尙誰忘 어느 하루에도 누군들 잊으랴?
鳥鳴求其偶 새들은 울면서 제 짝을 찾고
蟲螘亦相將 벌레들도 저마다 서로 어울려 지내건만
咄咄但自弔 쯧쯧! 다만 홀로 외로이 지내다니
我生胡不臧 내 삶이 어찌 이리도 좋지 못한가?
兩兒今健否 두 아이는 지금 건강히 잘 있는지?
念之割我腸 그들을 생각하면 내 창자를 도려내는 듯
豈不欲其學 어찌 아이들이 공부하길 바라지 않으랴만
甚懼如翁狂 제 아비처럼 광달할까 몹시 두렵구나
翁狂不自食 아비는 광달하여 끼니도 못 이어 가
家口累爺孃 식구들을 부모님께 맡기었지
白雲杳萬里 흰 구름에 만 리 길 아득한데
此行豈有方 이 길 어찌 정처가 있으리오?
望爾筋骨成 바라노니, 너희는 근골을 장성하게 하여
卒歲攻農桑 한 해가 다 가도록 농경과 蠶業에 힘써서
晨昏奉爾母 아침저녁 네 어미를 봉양하여
庶免饑凍殃 굶주림과 추위의 재앙에서 벗어나기를
他時果若斯 훗날 과연 이렇게만 된다면
乃翁甘遐荒 네 아비는 귀양살이도 달게 여기마

주석

- 隘 좁다 애. 偶 짝 우. 螘=蟻 개미 의. 將 동반하다 장. 咄 혀 차는 소리 돌. 臧 좋다 장. 狂 뜻이 커서 常規를 벗어난 일을 함 광. 累 누 끼치다 루. 爺 아버지 야. 孃 어머니 양. 杳 아득하다 묘. 筋 힘줄 근. 乃 너 내
- 內子: 남에게 자기의 아내를 이르는 말로, 室人과 같은 의미다.
- 天網: 조정의 통치, 국가의 법률
- 農桑: 農耕과 蠶桑
- 遐荒(멀다 하): 변방의 궁벽한 땅

감상

이 시는『용재집』제5권에 실린 것으로, 아내와 두 아들에게 부친 것인데, 1504년 응교로 있을 때 폐비 윤씨의 복위를 반대하다가 충주에 유배되었다가 을축년(1505) 봄 정월, 咸安으로 配所를 옮긴 뒤에 아들에게 당부하면서 지은 것이다. 용재는 全州 李氏 璋山副守 李稠의 따님과 결혼하여 李元禎, 李元祥, 李元福, 李元祿과 3녀를 두었다.

「與長兒準」 金誠一[29]

門戶之興替 문호가 흥하고 망하는 것은
子孫賢不賢 자손들의 현불초에 달린 거라네
聞汝一言善 너의 착한 말 한마디 들으니
感淚自漣漣 감격의 눈물 절로 흐르는구나
四海皆同胞 천하 사람 모두가 동포인데
況是一氣連 더구나 친형제 사이겠는가
孩提同母乳 어려서는 어미젖을 함께 먹었고
飮食卽同筵 밥 먹을 땐 자리를 함께하였지
良知與良能 배우지 않고서도 알고 능한 건
敬愛本自然 공경하고 사랑하는 그것이로다
柰何浸成長 어찌하여 점점 더 자라면서는
稍稍失其天 조금씩 그 천성을 잃는가?
及其分門籍 딴살림을 차리자
妻兒滿眼前 처자식만 눈앞에 가득하여
物我便相形 주객이 곧 서로 형성되어
牆內尋戈鋋 담장 안에서 창을 찾네
有利爭錐刀 이익이 생기면 작은 이익을 서로 다투니
誰念骨肉緣 그 누가 골육 간의 인연을 생각하겠는가?
兄飽弟糊口 형의 배는 부른데도 동생은 입에 풀칠하고
弟寒兄黃綿 동생은 떠는데도 형은 따뜻해
至親若楚越 지친 간이 초나라와 월나라 같고
貧富任相懸 빈부 차이가 서로 간에 현격도 하네

29) 金誠一(1538, 중종 33~1593, 선조 26): 본관은 義城. 자는 士純, 호는 鶴峰. 아버지는 璡이며, 어머니는 驪興 閔氏이다. 李滉의 문인이다. 일본에 파견되었다가 돌아와 일본이 침입하지 않을 것이라고 하여 왜란 초에 파직되기도 하였다. 그러나 다시 경상도초유사로 임명되어 왜란 초기에 피폐해진 경상도 지역의 행정을 바로 세우고 민심을 안정시키는 데 기여하였다.

彼哉何足道 저런 자들 말할 필요 뭐가 있으랴
家訓在祖先 조상께서 내려주신 가훈 있나니
吾門本寒素 우리 집안 본래 한미하여서
世世守靑氈 대대로 청전만을 지켜왔단다
兩代無契券 양대토록 재산 나눈 문서 없으니
疇爭普明田 그 누가 보명처럼 밭을 다투리
常愧我不肖 항상 못난 나 자신이 부끄럽더니
家聲汝又傳 집안 명성 너로 인해 전하게 됐구나
充汝此一念 너의 이 한 생각을 확충해가면
何但蓋前愆 어찌 지난 허물만을 덮을 것이랴
堯舜雖大聖 요순이 비록 큰 성인이지만
孝悌可至旃 효제하면 그 경지에 이를 것이다
鄒孟炳四端 맹자께서 밝혀놓은 사단의 말씀
擴充如達泉 확충하면 샘물처럼 솟아나리
汝如體聖訓 네가 만약 성인 훈계 말씀 체득하려면
請度心之權 마음속의 저울로 헤아려보라

주석

- 替 쇠퇴하다 체. 漣 눈물이 흐르다 련. 疇 누구 주. 鋋 작은 창 연. 浸 차츰차츰 침. 愆 허물 건. 旃 어조사 전. 炳 빛나다 병
- 一氣連: 형제지간을 말한다.
- 孩提: 어린아이
- 良知與良能: 사람이 선천적으로 구비한 재능을 말한다. 『맹자, 진심 상』에 "사람이 배우지 않아도 할 수 있음은 良能이요, 생각하지 않아도 아는 것은 良知이다(人之所不學而能者 其良能也 所不

慮而知者 其良知也).”라고 하였다.

- 物我: 主客
- 爭錐刀: 『춘추좌씨전, 昭公 6년』에 “백성들이 刑書를 알면 예를 버리고 형서를 증거로 끌어대면서 눈곱만 한 이익도 다투려고 할 것이다(民知爭端矣 將棄禮而徵於書 錐刀之末 將盡爭之)”라는 내용이 보인다. 楊伯峻(1909~1992)에 따르면 ‘錐刀’는 형서를 만들 때 글자를 새기는 도구로, ‘錐刀之末’은 형서의 매 자구를 이른다.
- 黃綿: ‘黃綿襖子’의 약칭으로 겨울철의 태양을 비유한 말이다. 『鶴林玉露』에, 宋나라 임인년 정월에 10여 일을 계속해서 눈이 내리다가 갑자기 날이 활짝 개자, 마을의 남녀 노인들이 축하를 외치면서 “황면오자가 나왔다(黃綿襖子出矣).”라고 했다는 데서 온 말이다.
- 楚越: 서로 간에 관계가 먼 것을 가리킨다.
- 青氈(요 전): 벼슬하는 집안에서 대대로 전해져 내려온 푸른 담요로, 대대로 벼슬자리를 잃지 않았다는 뜻이다. 『太平御覽』 제70권에, “王子敬이 齋室 안에 누워 있을 적에 도둑이 들어 물건을 훔쳤는데, 온 방 안의 물건을 다 훔치도록 가만히 있다가 도둑이 榻위로 올라가서 훔칠 물건을 찾으려고 하자, 왕자경이 소리치면서 말하기를, ‘石染과 青氈은 우리 집안에서 대대로 전해져 온 물건이니 그냥 놔둘 수 없겠느냐?’ 하였다. 이에 도둑이 물건을 놓아둔 채 도망쳤다.”라고 하였다.
- 契券: 보통은 문서로, 鐵券은 옛날 帝王이 功臣들에게 나누어주던 鐵制의 契券을 말하는데, 맨 위에 丹砂로 誓詞를 썼던바, 漢나라

가 천하를 통일하고 나서 공신들을 封爵하는 서사에 "황하가 띠처럼 가늘어지고, 태산이 숫돌처럼 닳는다 하더라도, 나라는 영원히 보존되어, 후손에게 대대로 영화가 미치게 하리라(使黃河如帶 泰山若礪 國以永存 爰及苗裔)."라 한 데서 온 말이다.

- 爭普明田: 田地를 가지고 형제간에 다투지 않는다는 뜻이다. 『小學 卷6, 實明倫』에, 北齊 때 蘇瓊이 南淸河太守가 되었는데, 乙普明 형제가 전지를 가지고 서로 다투었다. 이에 소경이 그들 형제를 불러서 타이르기를, "하늘 아래에서 얻기 어려운 것이 형제이고 구하기 쉬운 것이 전지인데, 전지를 얻었더라도 형제를 잃는다면 어떻겠는가?" 하니, 두 형제가 잘못을 빌면서 분가하여 산 지 10년 만에 합쳐서 살았다.
- 四端: 仁, 義, 禮, 智의 단서가 되는 네 가지 마음씨로, 惻隱之心, 羞惡之心, 辭讓之心, 是非之心을 가리킨다.
- 達泉: 샘물이 막 콸콸 솟아나오기 시작하는 것을 말하는 것으로, 아주 힘찬 기세를 의미한다. 『孟子, 公孫丑上』에, "무릇 나에게 있는 四端을 확충할 줄 알면 마치 불이 처음 타오르는 것 같고 샘물이 처음 솟는 것 같을 것이니, 만일 이를 능히 확충할 수 있으면 사해를 보존할 수 있고 확충하지 못하면 부모를 섬기기에도 부족하다(凡有四端於我者 知皆擴而充之矣 若火之始然 泉之始達 苟能充之 足以保四海 苟不充之 不足以事父母)."라고 하였다.

감상

이 시는 『학봉속집』 제1권에 실린 것으로, 큰아들 집에게 주면서 지은 것이다. 시의 끝에 "병술년(1586, 선조 19) 8월 13일에 여종 2

명을 큰아들에게 주었는데, 큰아들이 형제들 가운데 가난한 사람에게 나누어주기를 청하면서 굳이 사양하였으므로 술 취한 가운데 붓을 가져오라고 하여 이를 기록하였다(丙戌八月十二日 以兩婢別給長兒 兒請分與兄弟之貧者 固辭 醉中索筆書此).”라고 되어 있다.

학봉은 1555년 18살에 安東 權氏 權德鳳의 따님과 결혼하여 金潗, 金奕, 金浤과 3녀를 두었으며, 側室에게서 다시 4남 2녀를 두었다.

「寄二壻」 李山海[30]

牛院相扶淚滿裾 우원에서 부여잡자 눈물이 옷깃에 가득했는데
別來三載斷音書 이별한 뒤 삼 년 동안 소식이 끊기었네
似聞患恙猶難悉 병들었단 말 들은 듯하나 여전히 자세히 모르겠고
且說休官倘不虛 벼슬을 그만두었단 말은 혹시 헛소문은 아닌지?
綠鬢韶顏能似舊 검은 머리에 아름다운 얼굴은 옛날 그대로인지?
弱妻癡子更何如 연약한 아내며 철없는 자식들은 어떻게 지내는가?
呑聲惻惻皆無益 소리 죽여 흐느껴 울어도 아무런 이익 없으니
莫向於菟苦倚閭 전란에 잃은 자식을 애써 기다리지 말게나

주석

- 扶 붙들다 부. 裾 옷자락 거. 恙 병 양. 倘=儻 혹시 당
- 牛院: 미상이나, 『신증동국여지승람』에 의하면 平安道 雲山郡 동쪽 60리쯤에 있다고 한다.

---

30) 李山海(1539, 중종 34~1609, 광해군 1): 본관은 韓山. 자는 汝受, 호는 鵝溪・終南睡翁. 李穡의 7대손으로, '산해'라는 이름은 아버지가 山海關에서 그의 잉태를 꿈꾸었기 때문에 붙여진 것이라 한다. 어려서부터 작은아버지인 之菡에게 학문을 배웠다. 글씨는 6세 때부터 썼는데 장안의 명인들이 그의 글씨를 받으려고 모여들었다고 하며 명종에게 불려가 그 앞에서 글씨를 쓰기도 했다. 1545년 을사사화 때 친지들이 화를 입자 보령으로 이주했다. 그 뒤 이조정랑・직제학・동부승지・대사성・도승지 등을 지냈다. 1578년(선조 11) 대사간으로 西人 尹斗壽・尹根壽 등을 탄핵하여 파직시켰다. 1588년 우의정이 되었는데, 이 무렵 동인이 남인과 북인으로 갈라지자 북인의 영수로 정권을 장악했다. 일찍이 그는 南師古와 宋松亭에 앉아 서쪽으로 鞍嶺과 동쪽으로 駱峯을 가리키며 뒷날 조정에 반드시 동서의 黨이 생길 것이라고 예언했다는 이야기가 『於于野談』에 전하는데 이는 그가 실제로 동서분당에 큰 역할을 했다는 것을 시사해준다. 1589년 좌의정을 거쳐 이듬해 영의정이 되었다. 이해 鵝城府院君에 봉해졌다. 1591년 아들 慶全을 시켜 鄭澈을 탄핵하게 하여 강계로 유배시키고, 그 밖의 서인의 영수급을 파직시키거나 귀양 보내 동인의 집권을 확고히 했다. 1592년 왜적이 침입하도록 했다는 탄핵을 받아 평해에 유배되었다가 1595년에 영돈녕부사로 복직되었다. 이후 대북파의 영수로서 1599년 영의정에 올랐으나 이듬해 파직되었다. 1601년 府院君으로 還拜되었으며 선조가 죽자 院相으로 국정을 맡았다. 문장에 능하여 선조대 문장8대가의 한 사람으로 불렸다. 평해 유배시절에는 수많은 시문을 지었다. 시호는 文忠이다.

- 音書: 서신, 소식
- 綠鬢(=鬢): 검고 광택이 있는 머리카락
- 韶顏(화창하다 소): 아름다운 얼굴로, 젊은이의 용모
- 於菟(오토): 楚나라의 방언으로 호랑이의 별칭이나, 여기서는 호랑이 같은 무서운 대상으로 戰亂을 의미하는 듯하다.
- 倚閭: 전국시대 齊나라 王孫賈의 모친이 문에 기대어서[倚門] 아들이 돌아올 때까지 기다렸던 '倚閭之望'이라는 고사가 있다.

丹鳳門前看着鞭 대궐문 앞에서 채찍 잡은 것 보았는데
卽今相憶杳天淵 지금 회상하니 너무나 아득하기만 하구나
瘴鄉眠食餘殘喘 나는 유배지에서 자고 먹으며 남은 숨 헐떡이는데
嶺海文章勝妙年 영해의 문장은 소싯적보다 훨씬 낫구나
愁裏有時空望月 시름 속에 때로 부질없이 달을 보니
春來無夜不啼鵑 봄이 오자 밤마다 두견새 울지 않은 날이 없다네
憑人莫寄平安信 인편에 평안하다는 편질랑 부치지 마시게
每拆情緘只惘然 정겨운 편지 뜯을 때마다 마음이 아득하다네

주석

- 杳 아득하다 묘. 喘 헐떡이다 천. 妙 젊다 묘. 憑 기대다 빙. 拆 터지다 탁. 緘 봉하다 함. 惘 멍하다 망
- 丹鳳: 帝都, 朝廷
- 天淵: 원래 천지에 도가 유행하는 것을 하늘에 솔개가 날고 연못에 물고기가 뛰는 현상으로 비유한 것으로, 『시경, 大雅, 旱麓』에

서 "솔개는 날아 하늘에 이르고, 고기는 못에서 뛰네(鳶飛戾天魚躍于淵)."라고 한 데서 유래하였는데, 여기서는 하늘과 연못으로 아득한 세계를 의미하는 듯하다.

- 瘴鄕(산천의 나쁜 기운 장): 남쪽의 나쁜 기운이 있는 지방
- 海: 湖南과 湖北의 두 고을을 지칭하는데, 작자의 사위가 이곳에 가 있었던 것으로 생각된다.
- 鵑: 두견새 견(又名杜宇, 子規 相傳爲古蜀王杜宇之魂所化 春末夏初 常晝夜啼鳴 其聲哀切)

감상

이 시는『아계유고』제2권에 실린 것으로, 두 사위에게 부친 시이다. 이산해는 楊州 趙氏 趙彦秀의 따님과 결혼하여 李慶伯(早卒), 李慶全, 李慶仲(早卒), 李慶愈(早卒) 4남과 4녀를 두었는데, 사위는 校理 李尙弘, 領議政 李德馨(1577년 39세에 사위로 삼음), 持平 柳惺, 觀察使 安應亨이다.

「夢殤女」 崔岦

歲除前曉夢殤兒 세밑 전의 새벽꿈에 요절한 딸아이가 보였는데
五歲生今二歲離 다섯 살에 죽은 뒤로 떠난 지 지금 이 년
學語嬉遊惟悅孝 말 배우며 재롱 떨 때 아비 기뻤고
尋書念說不勤師 가르치지 않았어도 책갈피 뒤지며 옹알댔네
從知善惡由天得 선악은 선천적인 것을 이로부터 알았는데
孰管賢愚入地爲 누가 어리석고 어질고 구분 없이 죽음을 주관했나?
眉目分明俄已去 예쁜 얼굴 이윽고 사라지니
龍鐘枕上淚乾遲 늙은 아비 침상에서 눈물이 더디 마르는구나

주석

- 嬉 놀다 희. 管 맡다 관. 俄 갑자기 아
- 殤(일찍 죽다 상): 16~19세까지 죽는 것을 '長殤', 12~15세까지를 '中殤', 8~11세까지를 '下殤', 7세 이하를 '無服之殤'이라고 한다.
- 歲除: =年終. 옛 풍속에 冬至뒤 三戌 후 앞날 북을 쳐서 역귀를 몰아내는 것을 '逐除'이라 한 것에서 유래
- 眉目: 눈썹과 눈으로, 얼굴을 가리킴.
- 龍鐘: 노쇠한 모양

人情鍾愛晩生兒	인정상 늦게 낳은 자식이라 지극히 사랑하여
避寇舟中膝不離	적을 피해 가는 배에서도 슬하에서 떠난 적이 없었지
提挈擬將隨尹府	府尹으로 부임할 때 데리고 갈까 생각하며
語言翻已下巫師	말을 입 밖에 내자마자 巫陽이 그만 내려왔네
埋香慘絶他鄕寄	참혹하게도 너를 타향에 묻고 말았는데
入夢依然昔日爲	옛날과 똑같은 모습으로 꿈속에 찾아와 주었구나
及我江干知汝意	내가 강변에 이르러 너의 뜻을 알았으니
江西千里得通遲	강 건너 서쪽 천 리 길엔 안부 통하기 더디구나

주석

- 挈 끌다 설. 擬 헤아리다 의. 干 물가 간
- 鍾愛(모으다 종): 지극히 사랑함.
- 避寇: 임진왜란을 말한다.
- 尹府: 1592년 54세에 長湍 府使로 있다가 全州 府尹이 되었다.
- 巫師: 巫陽으로, 고대 신화에 나오는 무당의 이름인데, 天帝의 명을 받들어 죽은 사람의 영혼을 불러들인다고 한다.
- 埋香: 미녀를 매장하는 것을 말하는데, 여기서는 딸을 매장한 것을 의미한다.
- 依然: 전과 다름없는 모양

감상

이 시는 『간이집』 제6권에 실린 것으로, 1593년 55세에 죽은 딸아이를 꿈에 보고 지은 것이다. 최립은 禮安 李氏 李嗣宗의 따님과 결혼하여 1남 1녀를 두었는데, 아들은 正郞 崔東望이고 1녀는 李誠元에게 시집을 갔다. 그리고 후실 한산 우씨에게서 2남인 崔東聞, 崔東觀을 두었다고 기록되어 있고 요절한 딸에 대한 기록은 없는데, 이 시를 지은 때가 55세이고 5살에 죽고 지금 2년이 지났다고 했으니, 48세쯤 낳은 딸로 아마 측실에게서 낳은 딸로 보인다.

「東還來 傳聞男評事罷免得歸 而至今不得其信書 於是有作二首」 崔岦

吾家四壁享金兒	사방에 벽만 서 있는 우리 집의 향금아
不祝榮華怕別離	영화를 빌지 않고 이별만을 걱정했네
遊宦偶然仍佐帥	우연히 집 떠나 벼슬하여 장수의 참모가 되었으니
免懷曾未許從師	부모 품을 벗어난 뒤로 공부나 제대로 시켰던가?
夫人避地三年矣	부인은 피난한 지 삼 년이요
老子朝天萬里爲	이 아비도 일만 리 길 중국이라
卽汝得歸聞已幸	네가 돌아왔단 말 들은 건 다행이다마는
團圓何日慰乖遲	언제 단란하게 모여 떨어져 기다린 마음 위로 받아 볼까?

주석

- 怕 두려워하다 파. 乖 떨어지다 괴. 遲 기다리다 지
- 吾家四壁享金兒: 다른 사람들은 보잘것없이 볼지 모르지만, 가난한 집안 형편에서도 애지중지하며 키운 아들이라는 말이다. 『史記 卷117, 司馬相如列傳』에, 漢나라 司馬相如가 卓文君과 야반도주하여 成都에 살림을 차렸을 때, 집안에 살림살이도 하나 없이 사방에 벽만 덩그러니 서 있을 뿐이었다는 고사가 있다. 享金兒는 천금처럼 귀하게 여기는 아들이라는 뜻으로, 魏 文帝 曹丕가 지은 「典論」에 "집안에서 쓰던 몽당 빗자루를 천금의 가치가 있는 것처럼 애지중지한다(家有弊帚享之千金)는 속담이 있는데, 이는 자기 분수를 모르는 데에서 나온 것이다."라는 말이 나온다.

- 遊宦: 집을 떠나 벼슬을 함.
- 避地: 땅을 옮겨 다니며 재난을 피함.
- 老子: 父親의 俗稱
- 團圓(모이다 단): 친척들이 모임.

萬里行回不見兒 만 리 길에서 돌아와 아들은 못 만난 채
因人聞已北門離 사람 통해 北關을 떠났다는 말만 들었네
兵荒未保尋溫墅 전쟁 통인데 溫陽의 시골집 찾아갔을까?
雨潦無期聚洛師 장마철이라 서울에서 모일 기약 없네
念裏千金得無恙 천금 같은 내 아들 별 탈은 없을 거라 생각하지만
便中一字豈難爲 人便에 소식 한 자 어찌 전하기 어려운가?
年來骨肉傷懷抱 근래 자식 잃는 슬픔도 겪었는데
亂世生孫莫恨遲 난세에 손자 늦게 보는 거야 유감없네

주석

- 保 알다 보. 墅 별장 서. 潦 장마 료. 恙 병 양. 便 소식 편. 傷 근심하다 상
- 兵荒: 전쟁 통에 만들어진 재앙
- 溫: 溫陽의 외암리에 외갓집이 있다.
- 洛師: 서울
- 骨肉: 지극히 친한 사람의 비유로, 父母・兄弟・子女 등 친한 사람을 가리킴.

감상

이 시는 『간이집』 제6권에 실린 것으로, 우리나라로 돌아올 때 전해들은 바에 의하면, 評事로 있던 아들이 파면을 당해 돌아왔다고 하는데, 지금까지도 소식을 받아보지 못해 아들 소식이 궁금해 지은 것이다.

최립은 예안 이씨와의 사이에서 崔東望을 두었고, 후실 한산 우씨에게서 최동문과 최동관을 두었는데, 여기의 아들은 正郞 최동망을 말한다. 최립은 1594년(선조 27년) 8월에는 주청사의 부사로 명나라에 두 번이나 갔다 왔는데, 이 시는 아마 이 시기에 지어진 것으로 보인다.

「兒至夕酌」 崔岦

恰有村醪數斗香 마침 촌 막걸리 몇 말쯤 향기를 풍겼지만
由來獨酌不能强 이래로 홀로 마시느라 많이 먹지 못했네
吾兒適會乘舟至 마침 배를 타고 온 우리 아이와 만나니
日夕端宜席地涼 해질녘의 서늘한 돗자리가 좋구나
骨肉團圓聊可喜 부자간의 단란한 모임 애오라지 기뻐할 만하니
杯盤儉朴又何妨 술상이야 약소한들 무슨 거리낄 게 있으리오?
頗聞時議加澄汰 당시 논의를 들으니 서울에선 肅淸을 더 시킨다니
從此湖山歲月長 이로부터 호산에서 세월을 많이도 보내겠군

주석

- 酌 따르다 작. 恰 꼭 흡. 醪 막걸리 료. 適 마침 적. 盤 소반 반
- 由來: =自始以來
- 席地: 땅에 자리를 깔다.
- 骨肉: 지극히 친한 사람의 비유로, 父母・兄弟・子女 등 친한 사람을 가리킴.
- 團圓(모이다 단): 친척들이 모임.
- 澄汰(맑게 하다 징. 씻다 태): =淘汰. 좋지 않거나 불리한 것을 제거함.

감상

이 시는 『간이집』 제6권에 실린 것으로, 자식 아이가 온 것을 기뻐하며 저녁에 술을 마시며 지은 것이다. 최립은 1562년(명종 17),

24세에 長淵 縣監으로 나갔다가 甕津 縣監이 되었는데, 이때 아들 崔東望이 찾아오자 오랜만에 부자간에 만난 기쁨을 노래하고 있다.

「戲兒」 車天輅[31)]

所嬌惟是掌中珠 손바닥의 구슬처럼 귀여워할 뿐이었지
不分熊兒與鳳雛 곰 새끼니 봉 새끼니 따져 보지 않았네
但願箕裘終有託 다만 바라는 건 가업을 끝까지 책임져서
免從夫子卜商瞿 부자 따른 복상구를 면하는 것뿐이네

주석

- 嬌 귀여워하다 교
- 掌中珠: 손안의 구슬로, 사랑하는 아내나 자녀를 이르는 말
- 熊兒: 杜甫의 시 「得家書」에 "熊兒幸無恙(웅아는 다행히 병이 없다)"라고 했는데, 『두시언해』에는 "熊兒亦 甫子宗文小名(웅아는 두보의 아들 종문의 어릴 적 이름이다)."라고 되어 있고, 『杜工部草堂詩箋』에는 "熊兒必公之幼女也(웅아는 반드시 공의 어린 딸일 것이다)."라고 되어 있다.
- 鳳雛: 중국 삼국시대 臥龍 諸葛亮과 함께 천하의 인재로 거론되던 龐士元의 號로, 전하여 前途有望하거나 또는 세상에 알려지지 않은 유능한 인재를 말함.

---

31) 車天輅(1556, 명종 11~1615, 광해군 7): 본관은 延安. 자는 復元, 호는 五山·蘭嵎·橘室·淸妙居士. 송도의 한미한 가문 출신으로 1577년(선조 10) 알성문과에 병과로 급제, 1583년 문과 중시에 을과로 급제했다. 1586년 校書館 正字로 있을 때 呂繼先의 과거시험 답안을 대필한 죄로 明川으로 유배된 적이 있었는데, 죄인의 입장에도 불구하고 宣祖의 보살핌을 받기도 했는데, 이것은 製述에 뛰어난 차천로의 재주가 있었기 때문이다. 1589년 통신사 黃允吉을 따라 일본에 다녀왔으며 체재 중에 4,000~5,000수의 시를 지어 일인들을 놀라게 했다. 문장이 수려하여 명나라에 보내는 대부분의 외교문서를 담당했으며 명나라의 인사들로부터 '東方文士'라는 칭호를 받았다. 奉常寺判官을 거쳐 1601년 교리가 되어 校正廳의 관직을 겸했고 광해군 때 봉상시첨정을 지냈다. 조부 車廣運, 부 車軾, 형 車殷輅, 아우 車雲輅와 함께 '三世五文章'으로 불렸으며, 韓濩의 글씨와 崔岦의 문장과 함께 松都三絶로 불렸으며 歌辭에도 조예가 깊었다.

- 箕裘(키 기): 전래되어 오는 家業을 이어받는 것. 또는 전래되어 오는 法道를 가리킴. 『예기, 學記篇』에 "良冶之子 必學爲裘 良弓之子 必學爲箕(우수한 대장장이 아들은 반드시 가죽 옷 꿰매는 것을 익히고, 뛰어난 궁사의 아들은 키 만드는 일을 익힌다)."라고 하였음.
- 免從夫子卜商瞿: 부자는 孔子이고, 복상구는 卜商과 商瞿 두 사람이다. 공자가 교화를 펴려고 천하를 돌아다닐 때 이 두 사람이 따라다녔으므로 자신의 아들은 그러지 않기를 바란다는 뜻이다.

감상

이 시는 『오산집 속집』 제1권에 실린 것으로, 아이를 데리고 놀면서 지은 것이다. 차천로는 全州 李氏 錦川正 李俌의 따님과 결혼하여 외아들인 車轉坤을 두었다.

「憶鵬兒」 梁慶遇[32]

今日我爲頭白烏 이제 나는 머리 흰 까마귀 되었는데
何時汝作反哺雛 너는 언제 반포하는 새끼 되려나?
耽書休覓紫囊佩 책에 빠지되 자줏빛 향낭 차지 말 것이니
愛汝常如明月珠 너를 항상 명월주처럼 사랑하노라

주석

- 雛 새 새끼 추. 耽 빠지다 탐
- 反哺: 까마귀가 어미에게 먹이를 먹여주는 것으로, 까마귀는 새끼가 크면 어미에게 먹이를 먹여준다 하여 反哺鳥라 하고 효도하는 새로 알려져 있다.
- 休覓紫囊佩(자줏빛 자, 주머니 낭): 『晉書, 謝安傳』에, 東晉의 謝玄이 젊어서 붉은 비단 香囊을 차고 다니길 좋아했다. 숙부 謝安이 근심하였으나 그 마음을 상하게 할까 두려워서 내기를 하여 그 향낭을 빼앗았다고 한다. 여기에서는 시인이 자식에게 玩物喪志를 경계하는 뜻으로 썼다.
- 明月珠: 구슬의 이름으로, 밤에 光彩를 발하는 구슬

---

32) 梁慶遇(1568, 선조 1~1629?, 인조 7): 본관은 南原. 자는 子漸, 호는 霽湖·點易齋·寥汀·泰巖. 아버지는 충장공 梁大樸이다. 1592년(선조 25) 임진왜란이 일어났을 때 양대박이 창의하자, 아우 梁亨遇와 함께 아버지를 보필하였다. 때마침 왜적이 錦山을 치려 하자 고경명은 양경우에게 珍山을 지키게 하고 자신은 금산에서 싸우다가 패하였다. 이에 고경명을 구하려고 가는 중에 아버지가 진산에서 순국하였다는 소식을 들었다. 1595년(선조 28)에는 격문을 돌려 군량 7천 석을 모으는 공을 세우니 조정에서 참봉에 제수하였다. 1597년(선조 30) 정유재란 때에는 종사관으로 있으면서 공을 세웠다. 그해에 별시 문과에 급제하여 죽산현감·연산현감을 거쳐 판관이 되었다. 1616(광해군 8)에는 重試에 급제하여 홍문관교리로 승진하였고 이어 봉상시첨정에 이르렀다. 그 뒤 廢母論이 일어나자 벼슬을 버리고 향리로 돌아와서 학문에만 전념하였다.

人間父子知無限 인간 세상 부자 사이 알아줌이 한이 없으나
誰似衰翁愛汝情 누가 너를 사랑하는 늙은 아비 마음 같으랴?
枕畔每疑隨我宿 침상에서 늘 함께 나를 따라 자는 듯하고
耳邊如聽讀書聲 귓가엔 글 읽는 소리 들리는 듯하구나

주석

- 畔 가 반

汝身若有些兒疾 너의 몸에 만약 약간의 병이라도 있으면
老父胸中觸劍稜 늙은 아비의 가슴은 칼에 베인 듯
別汝今經四十日 너와 이별한 지 이제 사십 일이 지났건만
可憐安否問無憑 안부를 물을 길 없어 안타깝구나!

주석

- 稜 모서리 릉. 憑 의뢰하다 빙
- 些兒(적다 사): 적음.

汝兄粗學編詞賦 네 형은 대략 사부를 지을 수 있고
汝亦駸駸有骨神 너도 빠르게 골격과 정신 생기니
老我他年身歿後 늙은 내가 훗날 죽고 나면
詩書幸免付隣人 시서를 이웃에게 주는 것을 다행히 면하겠지

주석

- 粗 대강 조. 駸 진행이 빠른 모양 침. 付 주다 부

窓前竹樹宜常數 창 앞의 대나무를 항상 세어보고
篋裏經書晒更藏 상자 속의 경서는 햇볕에 쬐였다가 다시 보관하라
莫浪嬉遊愼眠食 함부로 놀지 말고 자고 먹는 것을 삼가하여
我歸相與候途傍 내가 돌아갈 때 길가에서 기다려라

주석

- 篋 상자 협. 晒 쬐다 쇄. 浪 함부로 랑. 候 기다리다 후

감상

이 시는 『제호집』 제4권에 실린 것으로, 아들 붕을 그리워하며 지은 것이다. 제목의 주석에 "진익의 어릴 때의 자가 해붕이다. 동쪽에 있을 때 지었다(振翊小字海鵬 在東作)."라고 되어 있다. 양경우는 張世文의 따님과 결혼하여 梁振翮, 梁振翊, 梁振翬를 낳았다.

「示諸子」 鄭蘊

登山採蕨應知死 산에 올라 고사리를 캐면 응당 죽을 줄 알 것이고
因樹爲家亦豈安 나무에 의지해 집을 삼는 것이 어찌 편안타 하랴
當日未聞諸子沮 당일 아이들이 가로막는 소릴 듣지 못하였으니
從來孝道在承歡 예로부터 효도란 뜻을 받드는 데에 있었다

주석

- 沮 가로막다 저
- 登山採蕨(고사리 궐):『史記 卷61, 伯夷列傳』에, 武王이 殷나라를 무력으로 정벌할 때, 伯夷와 叔齊는 신하가 임금을 치는 것은 부당하다고 말하면서 무왕이 탄 말을 잡고 간언하였으나 듣지 않자, 결국 이들은 周나라의 곡식을 먹지 않겠다고 하여 首陽山으로 들어가 고사리를 캐 먹으면서 여생을 마쳤다.
- 因樹爲家: 높은 절의를 지키며 은거하는 것을 나타내는 말이다. 『後漢書 卷53, 申屠蟠列傳』에, 後漢시대의 申屠蟠이 세상에 나가 벼슬을 하지 않고 시골에서 학문을 연마하면서 나무에 의지하여 집을 만들고 품팔이하는 사람처럼 살았다 한다.
- 承歡: ① 다른 사람의 뜻에 歡心을 구함, ② 부모를 侍奉함.

감상

이 시는『桐溪先生文集』권1에 실린 것으로, 부모의 뜻을 잘 받드는 것이 효도라는 것을 자식들에게 노래하고 있다. 정온은 坡平 尹

氏 尹劼의 따님과 결혼하여 昌詩, 昌訓, 昌謨 3남을 두었고, 측실에게서 昌謹 1남을 두었다.

「見子」 鄭蘊

今夕是何夕 오늘 저녁은 어떤 저녁이기에
父子同一床 부자가 한 침상에서 자는구나
重溟幸利涉 바다를 부디 잘 건너가서
好音聞北堂 좋은 소식 어머니께 전하려무나
鴒原消息眞 형제의 소식은 참으로 그립고
親舊翰札長 친구의 편지는 사연도 길어라
悲喜交塡膺 희비가 교차하며 가슴을 메워
涕淚動盈眶 눈물이 걸핏하면 눈에 가득하네
汝來不失孝 너는 와서 효성을 잃지 않았다만
我獨作何殃 나만 홀로 무슨 재앙을 지었는가?
夜闌語未盡 밤이 다하도록 할 말을 다 못 했는데
村雞催曉忙 촌닭이 바쁘게도 새벽을 재촉한다

주석

- 塡 메우다 전. 膺 가슴 응. 眶 눈자위 광. 闌 늦다 란. 忙 바쁘다 망
- 重溟: 바다
- 北堂: 古代 居室 가운데 東房 뒤에 있는 곳으로, 婦女가 세수하던 곳이어서 主婦의 居處로 쓰이다가, 『詩經・衛風・伯兮』에서 "어디에서 훤초를 얻어, 北堂에 심을까(焉得諼草 言樹之背)?"라는 언급에서 母親의 居室, 母親의 대명사로 주로 쓰인다.
- 鴒原(할미새 령): 우애 있는 형제를 뜻하는 말이다. 『시경, 小雅, 常棣』의 "저 할미새 들판에서 호들갑 떨 듯, 급할 때는 형제들이

서로 돕는 법이라오. 항상 좋은 벗이 있다고 해도, 그저 길게 탄식만을 늘어놓을 뿐이라오(鶺鴒在原 兄弟急難 每有良朋 況也永歎).”라는 말에서 유래한 것이다.

- 翰札(편지 한): 편지

감상

이 시는『桐溪集』제1권에 실린 것으로, 아들을 만나고서 所懷를 노래한 것이다. 정온은 1614년(광해군 6) 46살에 8월, 廢母論의 부당함을 주장하다 광해군의 분노를 사서 제주도에 위리안치되었고, 仁祖反正 때까지 10년 동안 유배지에 있었는데, 이 시는 아마 이 시기에 지은 것으로 보인다.

「封家書後 寄諸兒」 鄭蘊

書難盡語語難情 편지로는 하고 싶은 말 다 하기 어렵고 말로도 쌓인 정 다 하기 어려워
情到無言淚自零 정을 말로 표현하지 못하니 눈물이 절로 떨어지네
封後又開開又寫 봉한 후에 다시 뜯고 뜯어서 또 쓰느라
封開數日滯歸程 수일을 봉했다 뜯었다 가는 길을 지체했네

주석

- 零 떨어지다 령
- 封後又開開又寫 封開數日滯歸程: 張籍(755~830)의 「秋思」에, "落陽城裏見秋風 欲作家書意萬重 復恐悤悤說不盡 行人臨發又開封(낙양성 안에 가을바람을 보니, 집에 보낼 편지를 쓰려니 온갖 생각 다 드네. 서두르다 할 말을 다 쓰지 못할까 염려되어, 가는 사람 떠나려 함에, 다시 또 뜯어본다)."란 내용이 있다.

감상

이 시는 『동계집』 제1권에 실린 것으로, 이 시도 앞의 시와 마찬가지로 정온이 1614년(광해군 6) 46살에 8월, 廢母論의 부당함을 주장하다 광해군의 분노를 사서 제주도에 위리안치되었고, 仁祖反正 때까지 10년 동안 유배지에 있었을 때 집에 보낼 편지를 봉하고 아이들에게 부친 것으로 보인다.

「以闔眼緘口偶記 示諸子」 李應禧[33]

闔眼養生事 눈을 감음은 양생하는 일이요
緘口保身道 입을 닫음은 보신하는 길이다
卓彼先覺人 위대한 저 선각자들께서는
知斯二者好 이 두 가지가 좋음을 아셨네
吾能行此道 내가 이 도리를 실천한 지가
於今三十年 지금까지 삼십 년인데
年衰鬢髮黑 늙은 나이에도 머리털은 검고
世亂軀命全 혼란한 세상에도 목숨은 온전했네
嗟嗟小子輩 아아! 너희 어린 자식들아
勿替斯言至 이 지극한 말을 잊지 말라
斯言倘不信 이 말을 만약 믿지 못하겠다면
請看老父事 이 늙은 아비의 경우를 보아라

주석

- 闔 문을 닫다 합. 緘 봉하다 함. 卓 높다 탁. 鬢 귀밑털 빈. 嗟 탄식하다 차. 替 버리다 체. 倘=儻 만약 당
- 軀命: 생명

33) 李應禧(1579년, 선조 12~1651년, 효종 2): 본관은 全州. 자는 子綏, 호는 玉潭. 부친은 여흥령 李玹이고 모친은 平山 申氏이다. 14세 때 부친상을 당하고 2년 후인 1594년(선조 27)에 조모상까지 당했다. 이후 그는 홀어머니를 모시고 가업을 이어가며 학문과 예절에 정열을 다 쏟아 원근에서 그 덕망을 칭송하였다. 광해군 때에 李爾瞻이 인목대비를 폐위하고자 꾀할 때 크게 상심하여 白衣抗訴로 간곡히 만류하는 상소를 올렸으나 뜻을 이루지 못하고 경기도 과천 수리산 아래에 은거하였다. 조정에서는 그의 학식이 고명함을 알고 중용하려 했으나 거듭 사양하고 나아가지 않았다. 대대로 전해 내려오는 바에 의하면 선조인 安陽君이 연산군 때 寃死를 당하면서 유언으로 관직에 나아가지 말라고 하여 그 유훈을 따른 것이라 한다. 슬하에 7남 2녀를 두었는데 7형제가 모두 진사에 급제하였는데, 모두 斗자 항렬이라 주위에서는 七斗文章家라고 칭송하였다.

감상

이 시는 『옥담유고』에 실린 것으로, '눈을 감음과 입을 닫음'을 우연히 기억해 시를 지어 자식들에게 보여주면서, 눈과 입을 닫아야 생명을 온전히 보전할 수 있음을 훈계하고 있다.

「乳燕」 李應禧

乳燕巢樑角 새끼 친 제비둥지가 들보 구석에 있는데
千廻復萬廻 어미가 천 번을 돌고 다시 만 번을 도네
如無孳息道 만약 자식을 기르는 도리가 없다면
勤苦若斯哉 이처럼 부지런히 고생할까?

주석

- 樑 대들보 량. 角 구석 각. 孳 번식하다 자

감상

이 시는 『玉潭詩集』에 실린 것으로, 새끼를 키우는 제비에 대해 언급하면서 자식을 기르는 것에 비유하고 있다.

「病中 歎兒曹未得科第」 李應禧

我有七男子 나에겐 일곱 아들이 있으니
可云蕃且兟 번창하고도 많다고 할 만하네
聰明非特達 총명이 특출한 것도 아니요
武力少兼人 무력이 남보다 뛰어난 이도 적다네
縱有蓮三折 비록 소과에는 세 번 급제하였지만
其無桂一新 대과에는 한 번도 오르지 못하네
何當逢泰運 언제 좋은 운수를 만나서
門慶日來臻 가문에 경사가 날마다 찾아올까?

주석

- 蕃 무성하다 번. 兟 많다 신. 臻 이르다 진
- 兼人: 다른 사람보다 능력이 두 배임.
- 蓮: 蓮榜으로, 小科, 즉 生員과 進士를 뽑던 과거 시험의 합격자 명단을 말한다.
- 三折: 『春秋左氏傳, 定公 13년 조』에 "팔이 세 번 부러져 봐야만 훌륭한 의사가 된다는 것을 알 수 있다(三折肱 知爲良醫)."라고 한 데서 온 말인데, 세 번 팔을 부러뜨렸다는 것은 곧 여러 차례 팔이 부러지는 부상을 당해보아야만 그 팔을 치료할 수 있는 방법을 알게 된다는 뜻으로, 전하여 일반적으로는 세상일에 경험이 많음을 비유하지만, 여기서는 과거시험의 경험을 여러 차례 했다는 비유로 쓰였다.
- 桂: 桂榜으로, 大科를 말한다.

– 泰運: =大運, 天運

감상

이 시는 『玉潭詩集』에 실린 것으로, 병이 난 중에 아이들이 과거에 급제하지 못한 것을 탄식하면서 언제 과거에 급제할 수 있을까를 기대하는 마음을 노래하고 있다.

「己丑四月 贈子斗煥赴任慶基殿參奉」 李應禧

宦遊千里外 천 리 밖으로 벼슬살이 가니
老父遠離情 늙은 아비는 이별의 정이 깊구나
定省休言曠 아비 안부는 걱정하지 말거라
歸期且有程 돌아올 시기는 또한 정해져 있으니
班衣雖可樂 색동옷은 비록 즐거울 만하지만
彩服亦云榮 채색 관복 또한 영광스러운 것이니
勿替公餘學 공무의 여가에 공부를 그만두지 말고
安於此小成 이런 작은 성취에 안주하지 말거라

주석

- 曠 헛되이 지내다 광. 程 할당 정. 替 폐하다 체. 遠 깊다 원
- 慶基殿: 全州의 南門 안에 있는 樓殿으로, 이곳에 조선 太祖 李成桂의 御容을 奉安하였다.
- 宦遊: 관리가 되어 타향에서 지냄.
- 定省=昏定晨省
- 班衣: 晉나라 皇甫謐의 『高士傳』에 "노래자는 두 어버이를 효성으로 봉양하였다. 나이 70살에 아이들이 하는 장난을 하여 몸에 오색 무늬의 옷을 입었으며, 일찍이 물을 떠가지고 마루에 오르다가 거짓으로 넘어져서 땅에 엎어져 어린아이의 울음소리를 내었으며, 부모 곁에서 병아리를 가지고 놀며 부모님을 기쁘게 하고자 하였다(老萊子孝奉二親 行年七十 作嬰兒戱 身著五色斑斕之衣 嘗取水上堂 詐跌仆臥地 爲小兒啼 弄雛於親側 欲親之喜)."라

는 말이 있다.

- 彩服: 일반적으로 班衣와 같은 의미로 쓰이지만, 여기서는 갖가지 색으로 채색한 옷으로 官服을 의미한다.

감상

이 시는 『玉潭詩集』에 실린 것으로, 기축년(1649) 4월, 경기전 참봉으로 부임하는 아들 두환에게 주면서 작은 성취에 안주하지 말고 더 열심히 공부할 것을 당부한 것이다.

「寄端兒」 李植

遊山如讀書 산에 노니는 것과 글을 읽는 것
須及少年時 모름지기 나이가 어렸을 때 관여해야지
筋骸一衰謝 힘줄과 뼈가 한번 시들고 나면
登陟奈力疲 피곤한데 어떻게 높은 산을 오르겠는가?
記性亦在早 기억력도 어릴 때가 제일 나으니
已老悔難追 늙고 나면 후회해도 이를 수가 없으리라
乃翁幼多病 너의 아비는 어려서부터 병이 많아
二戒俱犯之 두 가지 큰 戒命을 모두 어긴 채
白首坐蛙坎 우물에 앉은 개구리로 흰머리만 날리면서
俛仰空嗟咨 하늘 보고 땅을 보며 공연히 한숨만 쉬는도다
聞汝遊天磨 들으니, 네가 한번 천마산을 유람하니
楓菊正紛披 단풍이며 국화며 한창 어우러졌더라고
一事即無負 하지만 한 가지 일 저버리지 말 것이니
大業在書帷 큰일은 서재 안에 담겨져 있느니라
歸來莫懶憘 일단 돌아와선 들뜬 기분에 젖지 말고
簡編可孜孜 공부를 부지런히 힘써야지
爲汝喜且勉 너를 위해 기쁘면서도 권면을 해주려고
因之寄新詩 이 일로 시 한 편 지어서 부치노라

주석

- 蛙 개구리 와. 坎 구덩이 감. 俛 숙이다 면. 紛 어지럽다 분. 披 펴다 피. 懶 게으르다 라. 憘 기뻐하다 희. 孜 힘쓰다 자. 勉 권면하다 면. 如~와/과 여. 及 참여하다 급. 筋 힘줄 근. 骸 뼈 해. 謝

시들다 사. 陟 오르다 척. 乃 너 내

- 二戒: 어버이에 대한 효도와 임금에 대한 충성을 말한다. 『莊子, 人間世』에 "천하에 큰 계명이 두 가지가 있으니, 하나는 명이고 하나는 의이다. 자식이 어버이를 사랑하는 것이 命이니, 마음속에서 잠시라도 놓을 수 없는 것이요, 신하가 임금을 섬기는 것이 義이니, 어디를 간들 임금이 없는 곳은 없다(天下有大戒二 其一命也 其一義也 子之愛親 命也 不可解於心 臣之事君 義也 無適而非君也)."라는 말이 나온다.
- 書帷(휘장 유): 서재에 친 휘장으로, 書齋 또는 공부방
- 簡編: 서적

감상

이 시는 『택당선생속집』 제6권에 실린 것으로, 端兒가 천마산에 유람하고 난 뒤 혹시 공부를 게을리할까 염려스러워 아들에게 보낸 시이다. 택당은 1601년 18살에 靑松 沈氏 具思孟의 外孫과 결혼하여 李冕夏, 李紳夏, 李端夏와 3녀를 두었는데, 이 시는 막내아들 李端夏에게 보낸 것이다.

「兒端夏將婚加冠 適棲寄隘陋 不能備禮 書此以代祝辭」 李植

畢娵吾全老 정월에 나는 완전히 늙었는데
加冠汝亦丁 머리에 갓 썼으니 이제는 너도 어른이구나
詩書先世業 『시경』과 『서경』을 대대로 업에 우선하고
廉節本心靈 청렴과 절조를 마음에 근본으로 삼아라
學善非干譽 선을 배움은 명예를 구하려는 것이 아니요
修容要踐形 용모를 닦으면서 천형을 목표하라
唯思鹿門計 오직 녹문의 계책만을 생각하며
終始保脩齡 몸 건강히 오래오래 살도록 하라

주석

- 寄 임시로 살다 기. 隘 좁다 애. 干 구하다 간. 脩 길다 수. 齡 나이 령
- 畢娵(미녀 추): 十干 중에 甲을 얻은 음력 정월을 말한다. 娵는 陬와 통용한다.
- 踐形: 사람의 모습에 걸맞은 보람된 삶을 완전히 具現한 것을 말한다. 『孟子, 盡心上』에 "形色 天性也 惟聖人然後 可以踐形(누구나 하늘로부터 形色을 품부 받고 태어나는데, 오직 聖人의 경지에 오른 분만이 踐形을 할 수 있다)."라는 말이 나온다.
- 鹿門計: 세파에 휩쓸리지 않고 자신의 신념을 지키며 온전한 삶을 누리는 것을 말한다. 後漢 龐德公이 荊州刺史 劉表의 간곡한 요청도 뿌리치고서, 처자를 데리고 鹿門山으로 들어가 약초를 캐며 살았던 고사에서 유래한 것이다.

감상

이 시는『택당선생 속집』제5권에 실린 것으로, 막내 端夏가 장차 婚禮 의식을 앞두고 冠禮를 행하게 되었는데 마침 寓居하던 곳이 비좁고 누추했기 때문에 제대로 갖추어서 예를 행하지 못하여 시를 써서 祝辭에 갈음한 것이다.

「訓子篇」 洪汝河[34)]

麤糲緼袍絶汰奢 거친 밥과 솜옷으로 사치함 끊고
只循勤謹莫虛誇 다만 근면과 근신을 따르되 헛된 자랑 하지 말라
聲譽偏減要名士 명사가 되려 하면 명예가 반으로 줄어들고
災患多生好利家 이익을 좋아하는 집안에는 재앙 근심 많아진다
芍藥繁華難結實 작약은 화려해도 열매 맺기 어렵고
松篁節操肯成花 소나무와 대는 절조 있으면서 꽃을 피우려 한다
丁寧更向雲孫道 되풀이하여 다시 후손들에게 말하노니
忮害爲心去道賖 남 해칠 것을 마음으로 삼으면 도에서 멀어지리

주석

- 麤 거칠다 추. 糲 현미 려. 緼 솜 온. 袍 옷 포. 汰 사치하다 태. 偏 반 편. 忮 해치다 기. 賖 멀다 사
- 麤糲緼袍絶汰奢 只循勤謹莫虛誇: 주석에 "장공은 계자서에서, '부지런함과 삼감이라는 두 글자를 따라 올라가면 무한히 좋은 일이 있다.'고 했다(丈公戒子書曰 勤謹二字 循之以上 有無限好事)."라고 되어 있다. 장공은 朱子를 가리키며, 이 말은 주자가 맏아들에게 훈계하기 위해 지은 글의 일부이다.

---

34) 洪汝河(1621, 광해군 13~1678, 숙종 4): 본관은 缶溪. 자는 百源, 호는 木齋·山澤齋. 어려서 鄭經世에게 배웠다. 1654년(효종 5) 진사가 되었으며, 그해 식년문과에 급제했다. 예문관에 들어가 검열이 되고 이어 설서·전적·정언을 거치면서 경연에서 『주례』를 강학하기도 했으나, 효종에게 時務疏를 올렸다가 서인의 배척을 받아 고산 찰방으로 좌천되었고, 다음 해 파직당했다. 1658년 경성판관으로 복귀하여 다음 해 제1차 예송 때 宋時烈의 朞年服論을 공격하고 尹鑴의 3년복론을 옹호하는 상소를 올렸으나 서인의 주장이 채택되자 1660년 黃澗에 유배되었다. 다음 해 유배에서 풀렸으나 복직을 단념하고 귀향하여 삼택재를 짓고 학문연구와 저술에 전념했다. 1674년(숙종 즉위) 제2차 예송으로 서인이 실각하고 남인정권이 수립되자 관직에 복귀하여 병조좌랑·사간을 역임했다. 부제학에 추증되었고 상주의 近巖書院에 제향되었다.

- 聲譽偏減要名士 災患多生好利家: 주석에 "친척들이 화목하지 않아 작은 이익을 다투다가 송사를 일으켜 재앙을 불러오고, 향당에서 업신여기고 미워하여 집안 도리가 뒤집어짐을 경계하였다(戒親戚不睦而爭小利 以致獄訟挺災 鄕黨賤惡 而家道傾覆也)."라고 되어 있다.
- 芍藥繁華難結實(작약꽃 작): 주석에 "예쁜 아내가 반드시 훌륭한 아이를 낳지는 않고, 문사가 꼭 실재 일을 잘 처리하지는 않는다(艶婦不必生佳兒 文士不必做實事)."라고 되어 있다.
- 松篁節操肯成花(대 황): 주석에 "화려한 문사는 군자가 숭상할 일이 아니고, 야하고 성대한 화장은 곧은 부인의 행실이 아니다(詞華麗藻 非君子之所尙 冶容盛粧 非貞婦之所爲)."라고 되어 있다.
- 丁寧: 되풀이하여 알림.
- 雲孫: 자신부터 9대손까지

감상

이 시는 『목재집』 제2권에 실린 것으로, 자식을 훈계하는 시이다. 홍여하는 長水 黃氏 郡守 黃德柔의 따님과 혼인하여 2남 3녀를 두었고, 聞韶 金氏 別坐 金熡의 따님과는 2남 1녀를 두었으며, 側室에게서 2남을 두었다.

「稚子」 金壽恒[35]

稚子今安未 아가야! 잘 지내고 있느냐?
前宵夢見之 전날 밤 꿈속에서 너를 보았는데
形容何太瘦 모습이 어찌 그리도 말랐느냐?
消息轉堪疑 소식이 더욱 의심스럽구나!
幾度門前候 몇 번이나 문 앞에서 기다렸느냐?
應添病裏思 아마 병중에 그리움 더했겠구나!
東郊追送地 동교까지 뒤쫓아 와 전송했던 곳에서
尙記挽衣時 옷 당기던 때 아직도 기억나구나

주석

- 宵 밤 소. 瘦 마르다 수. 轉 더욱 전. 度 번 도. 候 기다리다 후. 挽 당기다 만

감상

이 시는 『文谷集』 제2권에 실린 것으로, 어린 자식에게 쓴 것이다. 김수항은 17세에 安定 羅氏 羅星斗의 따님과 혼인하여 金昌集, 金昌協, 金昌翕, 金昌業, 金昌緝, 金昌立과 1녀를 두었다.

---

35) 金壽恒(1629, 인조 7~1689, 숙종 15): 본관은 안동. 자는 久之, 호는 文谷. 할아버지는 우의정 尙憲이고, 아버지는 동지중추부사 光燦이다. 영의정 壽興의 아우이다. 1651년(효종 8) 알성문과에 장원급제하고, 1656년 문과 重試에 급제했다. 정언·교리 등을 거쳐 이조정랑·대사간에 오르고 1659년(현종 즉위) 승지가 되었다. 이듬해 효종이 죽자 慈懿大妃가 입을 상복이 문제가 되었다. 그는 송시열과 함께 기년설(朞年說, 1년)을 주장해 남인의 3년설을 누르고, 3년설을 주장한 尹善道를 탄핵하여 유배시켰다(제1차 예송). 그 뒤 이조참판 등을 거쳐 좌의정을 지냈다. 1674년 효종비가 죽은 뒤 일어난 제2차 예송 때는 대공설(大功說, 9개월)을 주장했으나 남인의 기년설이 채택되었다. 1675년(숙종 1) 남인인 尹鑴·許積·許穆 등의 공격으로 관직을 빼앗기고 원주와 영암 등으로 쫓겨났다. 1680년 서인이 재집권하자 영의정이 되었다. 서인이 남인에 대한 처벌문제로 노론과 小論으로 갈릴 때 노론의 영수로서 강력한 처벌을 주도했다. 1689년 기사환국으로 남인이 재집권하자 진도에 유배된 뒤 사약을 받았다.

「燕行時 集兒隨到箕城辭歸 口占書贈 兼示諸兒」

金壽恒

世味全消世路艱 세상길 험난해서 살맛 모두 사라졌으니
餘生只合早投閒 남은 생 다만 일찍 한가하게 살아야지
石田數畝雲溪畔 돌밭 몇 뙈기 있는 백운 계곡 가에서
好勸春耕待我還 봄 농사 힘쓰며 내가 돌아오길 기다려라

주석

- 消 사라지다 소. 艱 괴롭다 간. 合 적합하다 합. 畔 물가 반. 好 심히 호. 勸 힘쓰다 권
- 箕城: 평양
- 口占(입으로 부르다 점): 입에서 나오는 대로 쓰다.

爲學無他在及時 학문을 하는 건 다른 방법 없고 젊을 때 해야 하니
三冬文史莫停披 삼동에 문학과 역사서 읽기를 멈추지 마라
襟裾牛馬存深戒 소와 말에 옷 입혔다는 깊은 경계 있으니
看取昌黎戒子詩 창려공의 아들 훈계하는 시 가져다 읽어라

주석

- 披 펴다 피

- 三冬文史: 『漢書 卷65, 東方朔傳』에, 東方朔이 漢 武帝에게 올린 글 중에 “나이 13세에 글을 배워서 겨울철 석 달 동안 익힌 문학과 역사의 지식이 응용하기에 이미 충분하다(年十三學書 三冬文史足用).”라고 하였다.
- 襟裾牛馬存深戒 看取昌黎戒子詩(옷깃 금. 옷자락 거): 창려공은 韓愈를 가리키는데, 한유의 「아들 부가 성남에서 독서하다(符讀書城南)」에 “사람이 고금의 일에 통달하지 못하면, 소나 말에 옷을 입혀놓은 격이다(人不通古今 馬牛而襟裾).”라고 하였다.

감상

이 시는 『문곡집 제3권』에 실린 것으로, 김수항은 1653년(효종 4) 윤7월 25세에, 冬至使 書狀官에 차임되어 연행 갈 때 큰아들 昌集이 평양까지 따라왔다가 집으로 돌아간다고 하기에, 즉석에서 써주면서 아울러 여러 자식에게 젊은 시절에 열심히 학문에 힘쓸 것을 훈계하고 있다.

「次和郭主簿韻 示兒輩」 金壽恒

聖訓在方策 성현의 가르침은 책 속에 있어
中宵頻擊節 한밤중에 자주 무릎을 쳤지
匪惟口耳資 입과 귀를 위한 학문이 아니라
要使心源澈 마음의 근원을 맑게 해야지
吾人敢自逸 우리가 감히 스스로 안일하겠는가?
孔編亦三絶 공자도 세 번 책 끈 끊어졌는데
庶幾進堂室 바라건대 당에 오르고 방으로 들어가
追蹤顔閔列 안연과 민자건의 경지를 추종하라
士不待文興 선비는 문왕이 없어도 흥기해야 하니
然後稱豪傑 그런 뒤에야 호걸지사라네
克復與博約 극기복례와 박문약례는
傳授有遺訣 전수해 남겨주신 비결이니
莫令少壯時 어리고 젊은 시절에
虛抛閒歲月 헛되이 세월 버리지 말라

주석

- 匪 아니다 비. 澈 맑다 철. 逸 편안하게 지내다 일. 蹤 자취 종. 訣 비결 결. 抛 버리다 포
- 次和郭主簿韻 示兒輩: 402년(원흥 원년) 陶潛의 나이 38세에 지었다. 곽 주부의 이름은 미상이다. 蘇軾이 유배지에서 이 도잠의 시에 차운하기도 하였다. 김수항의 시는 도잠의 두 번째 시에 차운한 것이다.
- 方策: 서적

- 口耳=口耳之學: 『荀子, 勸學』에 “소인의 학문은 귀로 들어와서 입으로 나간다(小人之學也 入乎耳 出乎口).”라고 하여, 후에 道聽途說하는 천박한 학문을 가리킴.
- 孔編亦三絶: ‘韋編三絶’을 가리킨다. 위편은 책을 묶는 가죽끈으로, 책이 다 떨어질 때까지 부지런히 읽는 것을 말한다. 공자가 말년에 『주역』을 좋아하여 많이 읽은 탓에 『주역』을 엮은 가죽끈이 세 번이나 끊어졌다고 한다.
- 庶幾: 바라건대, 희망함.
- 進堂室: 『논어, 先進』에 공자가 제자 子路의 학문 수준을 두고 말하기를 “당에는 올랐고 아직 방에는 들어가지 못했다(升堂矣 未入室也).”라고 한 데서 유래한 말로, 학문의 수준이 점점 깊어지는 과정을 나타낸 말이다.
- 士不待文興 然後稱豪傑: 『맹자, 滕文公上』에, 맹자는 中原에 와서 유교를 배운 초나라 사람 陳良에 대해서 ‘豪傑之士’라고 평하였다. 또한 『맹자, 盡心上』에, 호걸지사란 재주와 지혜가 뛰어난 선비로, 文王과 같은 성군이 없더라도 스스로 흥기한다는 내용이 있다.
- 克復: 克己復禮로, 『論語, 顏淵』에 顏淵이 仁에 대해서 묻자, 孔子가 말하기를 “사욕을 이기고 예를 회복하는 것이 인이다. 하루라도 사욕을 이기고 예를 회복하면 천하가 인으로 돌아갈 것이다. 인을 하는 것은 자신에 달린 것이지 남에게 달린 것이겠는가(克己復禮爲仁 一日克己復禮 天下歸仁焉 爲仁由己 而由人乎哉)?” 라고 한 데서 온 말이다.
- 博約: 博文約禮로, 『논어, 雍也』에, 공자가 “글을 널리 배우고 예

로써 단속하라(博學於文 約之以禮).”라고 하였다.

감상

이 시는 『문곡집』 제7권에 실린 것으로, 「곽 주부에게 화답하다」에 차운하여 자식들에게 보여준 것인데, 다음과 같은 주석의 내용으로 보아 1675년(숙종 1) 남인인 尹鑴·許積·許穆 등의 공격으로 관직을 빼앗기고 원주와 영암 등으로 쫓겨났던 47살에 지은 것으로 보인다.

“동파 노인이 유배지에서 자식 과가 글을 외우는 소리를 듣고 그 소리의 절조가 한가롭고 아름다워 소싯적 감회에 젖어 회상하고 마침내 도연명의 시 두 수에 화운하였다고 한다. 지금 내가 유배지에서 밤중에 자식들의 글 읽는 소리를 듣고 역시나 감회가 있어 드디어 그 시운을 사용해 써서 보여주었다(坡翁在謫 聞子過誦書 聲節閒美 感念少時 乃和淵明二篇云 今余謫裏 夜聞兒輩讀書聲 亦有所感 遂用其韻 書示).”

「與子行敎 1」 尹拯[36)]

爲人子之禮 居不主奧 立不中門 行不中道者 爲親之在 故不敢當尊也 浦渚爲卿相 耆耋之後 猶不着分土 汝之脚病 豈不能跨馬 而每欲乘轎耶 凡事如此可欠

자식 된 자의 예가 거처할 때에 아랫목을 차지하지 않고, 설 때에 문 가운데에 서지 않고, 다닐 때에 길 가운데로 다니지 않은 것은 어버이가 계시기 때문에 감히 존귀함을 자처하지 못하는 것이다. 포저 趙翼은 재상이 되고 연로한 뒤에도 여전히 분토를 신지 않았는데, 너의 다릿병이 어찌 말을 탈 수 없기에 매번 가마를 타려고 하느냐? 모든 일에 이와 같으니 마뜩찮다.

주석

- 奧 아랫목 오. 主 맡다 주. 耆 늙은이(60세) 기. 耋 늙은이(70, 80세) 질. 跨 걸터앉다 고. 轎 가마 교. 欠 부족하다 흠
- 分土: 예전에 주로 상류층 노인들이 신던 마른신의 한 가지로, 뒤축과 코에 꿰맨 솔기가 없고, 코끝이 넓적한데 흰 분을 칠하였으며, 발막, 分套, 分套鞋라고도 한다.

36) 尹拯(1629, 인조 7~1714, 숙종 40): 본관은 坡平. 자는 子仁, 호는 明齋・酉峰. 成渾의 외손이다. 아버지와 兪棨에게 배우고 뒤에는 장인인 權諰와 金集에게 배웠다. 29세 때에는 김집의 권유로 당시 회천에 살고 있던 宋時烈에게 『朱子大全』을 배웠다. 송시열의 문하에서 특히 禮論에 정통한 학자로 이름났다. 1663년(현종 4) 천거되어 내시교관・공조랑・지평 등에 제수되었으나 모두 사양했다. 숙종대에도 호조참의・대사헌・우참찬・좌찬성・우의정・판돈녕부사 등에 임명되었으나 모두 사퇴했다. 노론과 소론의 분립과정에서 소론의 영수로 추대되어 활동하면서 宋時烈과 대립했다.

감상

이 편지는 『명재유고』 제29권에 실린 것으로, 7월 4일에 아들 행교에게 준 글이다. 윤증은 1647년 19세에 安東 權氏 左尹 權諰의 따님과 혼인하여 尹行教와 尹忠教, 그리고 1녀를 낳았다.

「與子行教 2」 尹拯

汝以儒素家子 官忝侍從 乞養蒙恩 始得一縣 所當恭儉勤謹 檢身律己 以報君恩 以振家聲 責至重也 衙罷則當退處靜室 淸心省事 潛玩書冊 以自開益 所謂仕學相資 動靜交養 此之謂也 如聽訟治盜 簽丁捧糴等政 只爲俗吏之能事 猶非所以自名也 況便爾放倒 與雜客下流 狎昵戲謔 評論女色 此是何等坑塹 何等羞辱 而忍自棄身於其間耶 如此而自謂淸潔而不汚 人誰信之 人必自侮 而後人侮之 汝若截然嚴整 粹然明白 人誰敢戱汝 人誰敢疑汝 使人戱汝而疑汝 則汝之自取也 汝若自今惕然自訟 奮然自拔 痛改前習 卓然樹立 日用云爲 一如上文所云 則吾猶有望 不然則敗衊身名 覆墜門戶 必自此始 汝其知之

네가 선비 집안의 자식으로 벼슬이 시종의 반열에 올랐고, 부모를 봉양하겠다고 청한 일이 성은을 입어 비로소 한 縣을 맡았다. 마땅히 공손하고 검소하며 부지런하고 삼가는 것으로 자신을 단속해서 임금의 은혜에 보답하고 집안의 명성을 드날려야 할 것이니, 그 책임이 지극히 무겁다. 관아의 공무를 마치면 마땅히 조용한 방에 물러나 앉아서 마음을 맑게 하고 일을 줄이며 서책을 깊이 익혀 스스로 啓發해야 할 것이니, 이른바 벼슬과 학문이 서로 도움이 되고 動할 때나 靜할 때나 서로 수양한다는 말은 이것을 두고 하는 말이다. 송사를 처결하고 도둑을 다스리고, 軍籍을 정리하고 환곡을 거두는 등의 정사는 다만 속된 관리들이 하는 일이지 명성을 떨치는 방법이 아니다. 더구나 편할 대로 함부로 행동하여 잡객이나 하류들과 친하게 어울려 놀면서 여자나 평론하는 것은 그 얼마나 심한 구렁텅이이며 그 얼마나 심한 치욕인데 차마 자신을 그런 곳에 버린단 말이냐? 이렇게 하고서 스스로 깨끗하여 더럽지 않다고 하면 누가 믿어주겠느냐? 사람은 반드시 자기 스스로를 업신여긴 뒤에야 남이 자기를 업신여기는 것이다. 네가 만약 결연히 엄정하게 하고, 깨끗이 명백하게 한다면 누가 감히 너에게 농지거리하고 누가 감히 너를 의심하겠느냐? 남들이 너에게 농지거리하고 너를 의심하게 한 것은 네가 스스로 초래한 것이다. 네가 만약 지금부터 두려운 마음으로 스스로 자책하고 분연히 스스로 분발하여 이전의 버릇을 통렬히 고치고 우뚝이 뜻을 세워서 일상의 말과 행위를 위 글에서 말한 것처럼 한다면 내가 그래도 기대하는 것이 있을 것이다. 그렇지 않으면 몸을 망치고 이름을 더럽히며 가문을 전복하는 것이 반드시 여기에서부터 시작될 것이니, 너는 잘 알도록 해라.

주석

- 玩 익히다 완. 放 방자하다 방. 狎 친하다 압. 昵 친하다 닐. 截 끊다 절. 粹 순수하다 수. 惕 두려워하다 척. 訟 자책하다 송. 拔 덜어버리다 발. 衊 욕되게 하다 멸
- 儒素: 名儒, 儒士
- 侍從: 宋代 翰林學士, 給事中, 六尙書, 侍郞
- 律己: 자기 자신을 단속함.
- 簽丁(이름을 두다 첨): 장정을 군적에 올려 기록함.
- 捧糴(쌀을 사다 적): 還穀을 나눠주고 받아내는 일
- 何等: 얼마나
- 坑塹(구덩이 참): 구덩이나 山谷, 험악한 환경의 비유로 쓰임.
- 云爲: 말과 행동

감상

이 편지는 『명재유고』 제29권에 실린 것으로, 무인년(1698, 숙종 24) 上元日에 아들 행교에게 준 글이다. 윤증은 이해 2월에 좌참찬이 되었으나 상소하여 사직하였다.

「與子行敎 3」 尹拯

方苦待汝歸 得書知已無事解脫 又得男子 慰喜慰喜 旣生欲其壽名以壽孫可也 年踰五十 始得見孫 稱以首孫亦可 各散之後 則不可獨留空家 勢當來歸 而兒生未滿月 是可慮也 然一日之程 再三息而來 則無妨否 汝雖得子 一月浪遊 須知光陰之可惜 讀得一冊子而來可也 小兒保護法書送 令汝妻切戒之

네가 돌아오기를 고대하고 있다가 편지를 받고 무사히 해산하고 또 아들을 얻었다는 것을 알았으니 매우 안심이 되고 기쁘다. 자식이 태어났으면 그가 오래 살기를 바라는 것이니, 이름을 壽孫으로 짓는 것이 좋겠다. 50세가 넘어 비로소 손자를 보았으니 首孫이라고 해도 될 것이다. 각자 흩어진 뒤에는 빈집에 혼자 남겨두어서는 안 되므로 형세상 돌아와야 할 것인데 아이가 태어나 한 달이 안 되었으니 이것이 염려된다. 그러나 하루 여정이니, 두세 번 쉬어서 온다면 문제가 없지 않겠느냐? 네가 아들을 얻기는 하였지만 한 달을 그냥 놀았으니, 모쪼록 시간이 아까운 줄을 알아서 책을 한 권 읽으면서 오는 것이 좋겠다. 어린아이를 보호하는 법을 써서 보내니 네 처로 하여금 철저히 경계하게 해라.

주석

- 浪遊: 이리저리 돌아다니며 놂.

감상

이 편지는 『명재유고』 제29권에 실린 것으로, 신유년(1681, 숙종 7) 2월 8일에 아들 행교에게 보낸 것이다. 행교는 朴泰素의 따님, 宋基厚의 따님과 결혼하였다.

「贈外孫李後翁」 朴世堂[37]

外祖雪樵公 외조부 설초공이
生以己巳年 기사년에 나셨는데
吾又己巳生 나도 기사생이니
甲子一回旋 갑자 한 번 돈 것이지
汝爲吾外孫 너는 내 외손으로
汝生如我焉 너도 나처럼 기사생이구나
名汝曰後翁 너를 후옹이라 이름 지은 건
吾意所由緣 내 마음에 이유가 있음이니
一百二十年 백이십 년
五世蓋三傳 오 대째 셋이 기사생이구나
汝尊從我居 네 아비가 나를 따라 거처할 때
結屋溪南邊 서계 남쪽 가에 집을 지었지
汝於朝晝晩 네가 아침 점심 저녁으로
常多在眼前 늘 눈앞에 있으니
老人對稚孫 이 늙은이 어린 외손 대해
安得不心憐 어찌 어여쁜 마음이 없을 수 있겠니?
喜汝身漸長 네 몸이 점점 자라는 게 기뻐서
忘我年力愆 내 나이와 힘이 빠지는 것도 잊었구나

37) 朴世堂(1629, 인조 7~1703, 숙종 29): 본관은 潘南. 자는 季肯, 호는 潛叟·西溪樵叟·西溪. 應川의 증손으로, 할아버지는 좌참찬 東善이고, 아버지는 이조참판 炡이며, 어머니는 楊州 尹氏로 관찰사 安國의 딸이다. 4살 때 아버지가 죽고 편모 밑에서 원주·안동·청주·천안 등지를 전전하다가 13세에 비로소 고모부인 鄭思武에게 수학하였다. 1660년(현종 1)에 증광문과에 장원해 성균관전적에 제수되었고, 그 뒤 예조좌랑·병조좌랑·정언·병조정랑·지평·홍문관 교리 겸 경연시독관·함경북도 兵馬評事 등 내외직을 역임하였다. 1668년 書狀官으로 청나라를 다녀왔지만 당쟁에 혐오를 느낀 나머지 관료 생활을 포기하고 양주 석천동으로 물러났다. 그 뒤 한때 통진현감이 되어 흉년으로 고통을 받는 백성들을 구휼하는 데 힘쓰기도 하였다. 그러나 당쟁의 소용돌이 속에서 맏아들 泰維와 둘째 아들 泰輔를 잃자, 여러 차례에 걸친 출사 권유에도 불구하고 석천동에서 농사지으며 학문 연구와 제자 양성에만 힘썼다.

顧我百之一 돌아보니, 나는 백에 하나도
不及雪樵賢 설초 외조부의 어짊에 미치지 못하고
獨此得壽多 다만 이렇게 목숨만 기니
造物意苦偏 조물주의 뜻 심히 치우쳤는데
汝今八九歲 네가 지금 여덟아홉 살에
善學字又姸 공부도 잘하고 글씨도 예쁘니
比量吾幼少 내 어릴 적과 견주어보면
才否甚相懸 재주가 막혀 차이가 많이 나지
故知渠異日 알겠다, 너는 뒷날
聲名掩我先 명성이 나보다 능가하겠지
但悲當此時 다만 슬프게도 그때쯤엔
吾久歸下泉 나는 벌써 저세상에 있겠구나
勸汝勤令德 너에게 권하노니, 부지런히 효도하고 공경하렴
祝汝吉祥全 네 복이 오롯하길 빌어주마

주석

- 渠 그 거. 旋 돌다 선. 尊 부친 존. 愆 어그러지다 건. 苦 심히 고. 姸 아름답다 연
- 雪樵公: 박세당의 외조부 尹安國을 말한다. 본관은 楊州이고, 설초는 호이다.
- 才否: 재주가 막힌다는 것으로, 北宋 張耒의 『柯山集 卷49, 商屯田墓誌銘』에 "천하가 잘 다스려지면 선비가 공명을 얻지 못하고 재주가 한쪽으로 막혀 있으면 죽을 때까지 명성을 얻지 못한다(天下平治 士無功名 才否一區 之死無聲)."라고 하였다.
- 令德: 구체적으로 부모에 대한 효도와 형제에 대한 공경을 뜻한

다. 『서경, 君陳』에 "너의 영덕은 효이며 공경이니, 오직 효도하며 형제에게 우애 있게 하라(惟爾令德 孝恭 惟孝友于兄弟)."라고 하였다.

– 吉祥: 행복, 경사가 날 조짐

감상

이 시는 『서계집』 제4권에 실린 것으로, 正郞 李濂의 아들이자 서계의 외손 李後翁이 정축년(1697, 숙종 23) 5월 6일에 종이를 가지고 와서 글을 써 달라고 하기에 이 시를 준 것이다(丁丑仲夏六日 後翁持紙索書 故贈此云爾). 서계는 당시 69세로 1월에 우참찬이 되고, 이후 대사헌, 한성 부윤, 공조판서 등이 되었으나 모두 나아가지 않았다.

「訓子八條」 李瀷[38]

應事時 輒省心不在腔裏
溫柔近民 赦小過 察其有情無情
戒暴怒 下吏有罪 談笑而治之
召父老 訪其疾苦
事官長如父兄
牒訴有詐者 錄其名
胥徒之過在疑似者 勿輕泄 姑默以觀之
以治民爲心 勿以家爲累 不負國是孝子 前後筵說 常留案上 觀省

일에 대처할 때에는 항상 마음이 몸에 있지 않은지를 살피라.
온유함으로써 백성을 가까이하고, 작은 잘못은 용서하는데, 實情이 있는지 없는지를 살피라.
사납게 성냄을 경계하고, 아래 관리에게 죄가 있거든 담소하며 죄를 다스려 하라.
어른을 불러 그들의 고충을 물어라.
관청의 장을 父兄처럼 섬기라.
소송을 하는 데 거짓이 있으면, 그 이름을 기록해두라.
胥吏들의 과실이 의심스러운 경우에는 경솔하게 발설하지 말고 우선 조용히 관찰하라.
백성을 다스리는 것을 마음으로 삼고 家事를 걱정으로 삼지 말라. 나라를 저버리지 않는 사람이 효자이다. 전후의 자리에서 한 말을 항상 책상 위에 두고 살펴보라.

38) 李瀷(1681, 숙종 7~1763, 영조 39): 호는 星湖. 柳馨遠의 학문을 계승하여 조선 후기의 실학을 대성했다. 독창성이 풍부했고, 항상 世務實用의 學에 주력했으며, 時弊를 개혁하기 위하여 사색과 연구를 거듭했다. 그의 개혁방안들은 획기적인 변혁을 도모하기보다는 점진적인 개혁을 추구한 것으로 현실에서 실제로 시행될 수 있는 것을 마련하기에 힘을 기울였다. 그의 실학사상은 丁若鏞을 비롯한 후대 실학자들의 사상 형성에 커다란 영향을 끼쳤다.

주석

- 赦 용서하다 사. 訪 묻다 방. 牒 소장 첩. 訴 하소연하다 소. 胥 아전 서. 泄 새다 설. 姑 잠시 고. 累 걱정 루. 筵 자리 연
- 應事時 輒省心不在腔裏(몸 강): 사물에 대처할 때에 사물에 마음을 빼앗기게 되면 자신의 몸을 다스릴 수가 없게 되므로 항상 마음이 자기 몸의 主宰가 되어 사물에 대처할 수 있도록 성찰하라는 의미이다.
- 曓: 暴의 本字

감상

이 글은『성호전집』제48권에 실린 것으로, 자식을 훈계하는 여덟 가지 조목에 대한 修身을 기록한 것이다. 성호는 高靈 申氏 申必淸의 따님과 결혼해서는 자식이 없었고, 泗川 睦氏 睦天健의 따님과 혼인하여 李孟休와 1녀를 두었으니, 이 글은 李孟休에게 남긴 당부의 글이다. 그런데 李孟休(1713~1751)는 성호의 나이 33살에 태어났다가 71살에 병으로 먼저 죽는다.

「齋居學規」 李象靖[39]

一 晨興盥櫛

每日昧爽而起 盥櫛衣冠 務要端莊整肅 進見長者訖 退入私室 各執其事 夜深而宿 亦進見長者 枕席衾簟 皆要整齊 不得胡亂顚倒

하나, 새벽에 일어나 씻고 머리 빗는다.

매일 동틀 무렵 일어나 씻고 머리 빗고 의관을 정제하여 단정하고 정숙하기를 힘쓴다. 어른에게 찾아가 문안한 뒤에 물러나 자신의 방에 들어가 각자 자신의 일을 한다. 밤이 깊어 잘 때에도 어른에게 문안한다. 베개와 이부자리를 모두 바르게 하고 어지럽히거나 뒤집지 않는다.

주석

- 盥 씻다 관. 櫛 빗다 즐. 訖 마치다 글. 簟 대자리 점
- 昧爽(날이 샐 무렵 매): 날이 새려고 먼동이 틀 때

---

39) 李象靖(1711, 숙종 37~1781, 정조 5): 본관은 韓山. 자는 景文, 호는 大山. 아버지는 泰和이며, 어머니는 載寧 李氏로 玄逸의 손녀이며 栽의 딸이다. 1735년(영조 11) 사마시와 대과에 급제하여 가주서가 되었으나 곧 사직하고, 학문에 전념하였다. 1739년 連原察訪에 임명되었으나, 이듬해 9월 관직을 버리고 고향 안동으로 돌아와 大山書堂을 짓고 제자 교육과 학문 연구에 힘썼다. 1753년 연일현감이 되어 민폐를 제거하고 교육을 진흥하는 데 진력하였다. 2년 2개월 만에 사직하려 하였으나 허락되지 않자, 그대로 벼슬을 버리고 돌아와 告身(직첩의 별칭)을 박탈당하였다. 그 이후로는 오직 학문에만 힘을 쏟아 사우들과 강론하고, 제자를 교육하는 데 전념하였다. 정조가 왕위에 오른 뒤 병조참지·예조참의 등에 임명되었으나 부임하지 않았다.

一 灑掃涓潔

逐日晨起 輪次灑掃室堂及庭 置几案筆硯書冊等物 皆令整齊潔淨 不可錯亂顚倒 點汚損毁

하나, 청소하고 깨끗이 한다.

날마다 새벽에 일어나 돌아가며 방, 대청, 마당을 청소한다. 궤안, 붓, 벼루, 서책 등을 놓기를 모두 가지런하고 깨끗하게 하여 어지러이 뒤섞이지 않도록 하고 더럽히거나 훼손해서도 안 된다.

주석

- 灑 뿌리다 쇄. 涓 깨끗이 하다 연. 几 책상 궤. 點 더럽히다 점

一 出入步趨

無故不得出入 五日一往候親側 出入必告長者 行步務要徐緩 不可 票輕 見長者必斂身齊整

하나, 출입과 걸음걸이

아무 일 없이 출입할 수 없고, 5일에 한 번 부모님께 문안할 때에는 반드시 어른에게 출입을 고한다. 걸을 때에는 반드시 가만가만 걸음에 힘쓰며 가볍게 날듯이 걸어서는 안 되고, 어른을 만나면 반드시 몸을 단속하여 단정히 해야 한다.

주석

- 候 안부를 묻다 후. 票 훌쩍 날리다 표
- 步趨: 큰 걸음과 종종걸음

一 謹言行

子弟之職 尤在謹愼言行 起居須端莊 飮食須愼節 言語須忠信 喜怒須順適 不可放意行止及喧譁譟擾

하나, 말과 행동을 조심한다.

자제의 직분은 말과 행동을 더욱 삼가고 조심하는 데 있다. 거동은 모름지기 단정해야 하며, 먹고 마실 때에는 모름지기 삼가고 절제하며, 말할 때에는 모름지기 진실되고 미덥게 하며, 기뻐하고 성낼 때에는 모름지기 순종하여 거스르지 아니하여, 제멋대로 행동하거나 소란스럽게 떠들어서는 안 된다.

주석

- 莊 엄하다 장. 喧 시끄럽다 훤. 譁 시끄럽다 화. 譟 시끄럽다 조. 擾 소란하다 요
- 順適: 순종하여 거스르지 아니함.

一 愼交接

羣居幷處 須攝以威儀 久益敬信 不可把臂枕股謔浪笑語

하나, 신중히 서로 대한다.

여러 사람이 함께 머무는 곳에서는 모름지기 위의를 갖추되 오래될수록 더욱 공경하고 신뢰하여, 팔을 붙잡거나 넓적다리를 베고 눕거나 장난치거나 우스갯소리를 해서도 안 된다.

주석

- 攝 잡다 섭. 臂 팔 비. 股 넓적다리 고. 謔 농 학. 浪 방자하다 랑
- 威儀: 예의에 맞아 위엄 있는 거동

一 勤讀書
須將逐日所受之業 端坐誦讀 專心致志 務要精熟 不可荒怠 或有雜以笑語全欠精一者 可見用心不雅 最宜戒之

하나, 독서를 부지런히 한다.
반드시 날마다 배운 학업을 가지고 단정히 앉아 소리 내서 읽되, 마음을 오로지 하고 정신을 다하여 정밀하고 익숙해지도록 힘써야지 게으름을 피워서는 안 된다. 혹시라도 우스갯소리를 섞어가며 전혀 집중하지 않는 것은 마음 씀이 바르지 못한 것을 드러내 보이는 것이니 가장 마땅히 경계해야 한다.

주석

- 致 다하다 치. 欠 모자라다 흠
- 荒怠: 성질이 거칠고 게으름.
- 精一: 마음이 아주 자세하고 한결같음으로, 舜 임금이 禹 임금에게 왕위를 전해주며 경계한 말에서 나왔다. 『書經, 虞書大禹謨』에, "사람의 마음은 사욕으로 흘러 위태하고, 도를 지키려는 마음은 극히 희미한 것이니, 정신 차리고 오직 하나로 모아, 그 中正을 진실로 잡아야 하느니라(人心惟危 道心惟微 惟精惟一 允執

厥中).”라는 말이 나온다.

一 戒鬪鬨

須以謙遜自牧 和敬相待 不可鬪爭語訟 一有強狠忿戾先自侵犯者 不可饒貸 與之相校者 亦宜有罰

하나, 싸움을 경계하다.

모름지기 겸손한 마음으로 자신을 기르고 온화함과 공경함으로 상대를 대하여 싸우거나 말다툼해서는 안 된다. 조금이라도 사납게 성질부리며 먼저 침해한 사람은 용서하지 않을 것이고, 함께 다툰 사람도 마땅히 벌을 받을 것이다.

주석

– 鬨 싸우다 홍. 訟 시비하다 송. 狠 패려궂다 흔. 戾 사납다 려. 饒 용서하다 요. 貸 용서하다 대. 校 부대 교

一 用夏楚

此古者學宮遺制 如有令之而不從者 當以此物從事 最宜戒飭

하나, 회초리를 사용한다.

이것은 옛날부터 학교에서 사용하던 방식으로, 만약 시킨 것을 따르지 않는 사람이 있거든 마땅히 이 물건을 사용하여야 하니, 경계하고 타이르기에 가장 알맞다.

주석

- 飭 경계하다 칙
- 夏楚(회초리 화): 학교에서 게으른 생도를 때리는 회초리

감상

이 글은 『大山先生文集』 권42에 실린 것으로, 정사년(1737, 영조 13) 3월에 문중에서 지어준 大山書堂이 완공되자 서재에서의 공부 규칙에 대해 쓴 것인데, “암재에서 아이를 가르칠 때 쓴 것(巖齋課蒙時)”이라는 주석이 붙어 있다.

이상정은 1727년 17세에 長水 黃氏 黃混의 따님과 결혼하여 李埦을 낳았다.

「示家兒」 安鼎福[40]

君子不夸言 군자는 큰소리를 치지 않으니
夸言無其實 큰소리는 알맹이가 없느니라
聖人示周行 성인이 보여준 큰길은
無妄與主一 거짓 없는 진실과 정신 집중이지
平生臨履意 평생 조심할 걸 생각해야
可以保性質 본질을 보전할 수 있느니라
身外百千事 이 몸 밖의 백 가지 천 가지 일들은
視此以爲律 이것을 본받아 기준으로 삼아라

주석

- 夸 큰소리를 치다 과. 視 본받다 시
- 周行: 大路, 至善之道
- 主一: =專一, 專心
- 臨履: =臨深履冰=臨深履薄. 『시경, 小雅』의 "두려워하며, 깊은 연못에 임한 듯, 엷은 얼음을 밟는 듯(戰戰兢兢 如臨深淵 如履薄冰)."에서 온 말로, 삼가고 조심함을 뜻함.
- 性質: 氣質, 本質

---

40) 安鼎福(1712~1791): 조선 정조 때의 실학자. 자는 百順, 호는 橡軒・順菴이다. 李瀷을 스승으로 삼았으며 經學과 史學에 대한 공부가 깊었다. 경세론을 학문과 현실에 연결시키고 우리 역사를 독자적으로 서술하기 위해 노력했다. 저서로는 『東史綱目』, 『순암집』 등이 있다.

居家如釋子 집에서는 스님같이 지내고
處鄕如閨婦 밖에 나가면 부인처럼 처세하라
閨婦恒畏人 부인은 늘 남을 두려워하고
釋子不嫌窶 스님은 가난을 싫어하지 않는단다
淡泊而謹愼 담박하고 그리고 근신해야
出入免憂懼 출입할 때 근심걱정 면하느니라
戒爾又自警 너도 경계하고 나도 경계하여
聊欲代矇瞽 소경이나 면해 보자꾸나

주석

- 恒 항상 항. 嫌 싫어하다 혐. 窶 가난하다 구. 泊 얇다 박. 警 경계하다 경
- 矇瞽(소경 몽. 소경 고): 소경

감상

이 시는『순암선생문집』제1권에 실린 것으로, 자식에게 보여주기 위해 지은 것이다. 안정복은 昌寧 成氏 成純의 따님과 결혼하여 1남(安景曾), 1녀를 두었다.

「警女兒」 安鼎福

婦行不多只有四	아녀자 행실은 많지 않아 다만 네 가지니
孜孜不怠警朝曛	부지런히 게으르지 말고 조석으로 경계하라
貌存敬謹宜思靜	모습은 공경하고 삼가하고 마땅히 조용해야 할 것이며
言欲周詳更着溫	언어는 자상하고 따뜻해야 하느니라
德以和柔貞烈最	조화와 부드러움으로 덕을 삼고 정열을 최고로 삼으며
工因酒食織紝勤	술과 음식 뛰어나고 길쌈질 부지런히 해야 한다
若將此語銘心肚	만약 장차 이 말을 마음속에 새겨두기만 한다면야
吉福綿綿裕後昆	길한 복이 끝없이 이어져 자손이 넉넉할 것이다

주석

- 孜 부지런하다 자. 曛 석양 훈. 紝 짜다 임. 肚 배 두. 綿 이어지다 면. 裕 넉넉하다 유. 昆 자손 곤
- 只有四: 『명심보감』에 "『익지서』에 이르기를 '여자는 네 가지 덕의 아름다움이 있으니, 첫째는 부인의 덕이고, 둘째는 부인의 용모이고, 셋째는 부인의 말이며, 넷째는 부인의 기술이다(益智書云 女有四德之譽 一曰婦德 二曰婦容 三曰婦言 四曰婦工也).'"라고 하였다.

감상

이 시는 『순암선생문집』 제1권에 실린 것으로, 외동딸을 경계하며 모습, 언어, 덕, 솜씨인 부인이 지녀야 할 四德에 대해 노래하고 있다.

「戲吟稚子」 尹愭

惡卧踏衾裂 이불을 밟아 찢는 고약한 잠버릇에
恒飢索飯啼 언제나 배고파 밥 달라고 울어대네
時看晴江浴 때로 비 개자 강에서 미역 감는 것 보니
一何杜稚齊 두보의 아이들과 어쩜 이리 똑같은지

주석

- 惡卧踏衾裂: 杜甫의 『杜少陵詩集 卷10, 茅屋爲秋風所破歌』에 "아이가 잠버릇 고약해 이불을 밟아 안감을 찢어놓았네(嬌兒惡臥踏裏裂)."라는 시구가 있다.
- 恒飢索飯啼: 두보의 『杜少陵詩集 卷10, 百憂集行』에 "어리석은 아이가 父子間의 예는 모르고, 부엌 문간에서 성난 소리로 부르짖으며 밥 달라고 우네(癡兒不知父子禮 叫怒索飯啼門東)."라는 시구가 있다.
- 時看晴江浴: 두보의 『杜少陵詩集 卷10, 進艇』에 "비 갤 적에 어린 자식 보니 맑은 강에서 미역 감네(晴看稚子浴淸江)."라는 시구가 있다.

감상

이 시는 『무명자집시고』 제1책에 실린 것으로, 어린 자식에 대해 장난삼아 읊은 것이다. 이 시는 『무명자집시고』의 편차 순서로 보아 작자 나이 30세 때인 1770년(영조 46) 여름의 작품이다. 윤기는 靈

山 辛氏 辛光弼의 따님과 결혼하여 尹斗培(양자), 尹翼培(양자로 나감), 尹心培(早歿)와 1녀를 두고 있었는데, 이때는 슬하에 6살 난 장남 尹翼培와 그보다 두어 살 위의 딸 하나를 두고 있었다. 어린 자식들의 행동을 묘사하되 당나라 杜甫의 시구를 원용하여 장난스럽게 엮었다.

「譽兒」 尹愭

造物忌才又忌名 조물주가 재주와 명성을 꺼리므로
兒雖聰悟戒宜明 아이가 아무리 총명해도 총명해지라 경계하네
如何福畤偏多癖 복치는 어찌하여 고질병이 많아서
誇向他人聒不停 남에게 떠들썩한 자랑을 그치지 않았는가?

주석

- 悟 슬기롭다 오. 誇 자랑하다 과. 癖 버릇 벽. 聒 떠들썩하다 괄
- 如何福畤偏多癖 誇向他人聒不停: 『新唐書 卷201, 王勃列傳』에 의하면, 복치는 당나라 王通의 아들 王福畤를 가리킨다. 왕복치는 王勔, 王勮, 王勃, 王助, 王劼, 王勸 여섯 아들을 두었는데, 왕갈이 일찍 죽고 남은 다섯이 모두 문장으로 이름이 높았다. 왕복치가 韓彦思에게 아들을 자랑했더니, 한언사는 "王濟는 말을 좋아하는 고질병이 있었는데, 그대는 아이를 자랑하는 고질병이 있구려. 왕씨 집안엔 어찌 이리 고질병이 많은가?"라고 희롱했다. 그런데 한언사가 그 문장들을 직접 보고서 "아이들이 이렇다면 자랑할 만하군."이라며 탄복했다고 한다.

감상

이 시는 『무명자집 시고』 제6책에 실린 것으로, 아이를 자랑하면서 지은 것이다.

「我兒」 尹愭

湖西遠涉正春時 호서의 먼 길 다녀올 때 한창 봄이었는데
花樹歡情慰久離 친족들 모여 반가운 정으로 헤어진 정 풀었지
自憐有子還無子 자식 있어도 다시 자식 없는 내 신세 가련하여
却使君兒作我兒 도리어 그대 아이를 내 아이로 삼아주었네
候門解助衰年喜 문에서 기다릴 제 노년의 기쁨 더하고
課業仍忘舊日悲 공부 가르치며 옛 슬픔을 잊노라
莫笑籯金無所遺 물려줄 광주리의 돈 없다 비웃지 마라
吾安何似世人危 나의 편함을 세인의 위태로움과 어찌 비기랴?

주석

- 涉 거치다 섭. 課 공부하다 과. 籯 광주리 영
- 花樹: 唐나라 岑參의 「韋員外花樹歌」라는 시에 "그대의 집 형제를 당할 수 없나니, 열경과 어사 상서랑이 즐비하구나. 조회에서 돌아와서는 늘 꽃나무 아래 모이나니, 꽃이 옥 항아리에 떨어져 봄술이 향기로워라(唐家兄弟不可當 列卿御使尙書郞 朝回花底恒會客 花撲玉缸春酒香)."라고 한 데서 유래한 것으로, 친족끼리의 모임을 뜻한다.
- 使君: 漢나라 때 太守를 府君이라 칭함에 대해, 刺史나 그에 준하는 지위에 있는 벼슬아치 또는 사또

감상

이 시는 『무명자집 시고』 제4책에 실린 것으로, 60세에 再從兄弟들이 사는 湖西의 海美에 다녀오다 데려온 양자 尹斗培에게 공부를 가르치며 느끼는 즐거움을 노래한 것이다.

「哭子詩」 尹愭

青山埋白玉 청산에 백옥을 묻으니
嗚呼跡已滅 아! 자취 이미 사라졌네
痛哭裂青山 통곡은 청산을 찢고
山裂胷亦裂 청산이 찢어지자 가슴 또한 찢어지네
飛鳥爲我號 나는 새는 날 위해 울고
流水爲我咽 흐르는 물은 날 위해 목이 메이네
昔哲亦喪明 옛 賢哲께서도 눈이 멀었으니
逆理良酷烈 이치를 거스른 슬픔은 참으로 혹독하네
季子達理人 계찰은 이치에 통달한 사람이라
嬴博仍永訣 영박에서 이에 영결했었네
死者應無知 죽은 자는 아마 지각이 없겠지만
生者長鬱結 산 자는 영원히 가슴에 한 맺히리

주석

- 號 울다 호. 咽 목이 메이다 열. 酷 괴롭다 혹
- 昔哲亦喪明: 옛 현철은 공자의 제자 子夏를 가리킨다. 『禮記, 檀弓』에 "자하가 아들을 잃고서 밝음을 잃었다(子夏喪其子而喪其明)."라고 하였다. 그래서 자식의 죽음을 슬퍼하는 것을 '喪明之痛'이라 한다.
- 逆理: 이치를 거스른 슬픔은 아들이 아비보다 먼저 죽은 슬픔을 뜻한다.
- 季子達理人 嬴博仍永訣: 春秋시대 吳나라 季札이 齊나라에 다녀오

는 길에 자식을 잃어 제나라 嬴縣과 博縣 사이에서 장례를 지낸 일이 있다. 아들의 죽음을 담담히 받아들이고, 머나먼 타향 땅에 다 묻고도 아픔을 극복하고 돌아왔기 때문에 이렇게 표현하였다.

- 欝結: 생각이 마음에 쌓여 밖으로 표출되지 않음.

人生在世間 사람이 태어나 세상에 살아가며
室家而衣食 가정 이루어 입고 먹으니
貧富窮達間 빈부와 궁달 사이에
孰非各自得 누군들 저마다 얻은 것이 아니겠는가?
一朝乘化逝 하루아침에 하늘로 가서
冥漠無所識 아득하여 알 수 없게 되었네
斂之三寸棺 삼촌의 작은 관에 담아
瘞之青山側 청산 자락에 묻노라
凄凉遂塵土 처량하게 마침내 흙이 되리니
萬古無終極 만고에 슬픔이 끝이 없으리
送者自崖返 보낸 자 기슭에서 돌아오니
寧不心憯惻 어찌 마음이 참담치 않으랴
誰將南面樂 누가 남면의 즐거움 가지고
強欲寬胷臆 억지로 마음을 달래려는가?

주석

- 瘞 묻다 예. 憯 슬퍼하다 참
- 室家: 가정이나 가정의 사람
- 乘化: 자연을 따름.

- 冥漠: 아득하거나 사망을 뜻함.
- 送者自崖返(기슭 애): 죽은 이를 영결한 자들이 산소에서 돌아와 모두 일상으로 돌아갔다는 뜻이다. 『莊子, 山木』에 "임금을 보내는 이가 기슭에서 돌아가고 나면, 이때부터 임금이 멀어질 것입니다(送君者皆自崖而反 君自此遠矣)."라고 하였다.
- 誰將南面樂 強欲寬胷臆: 굶주림과 병이 없는 죽음의 세계가 고통으로 가득한 이승보다 더 행복하다는 터무니없는 말로 자식 잃은 슬픔을 위로할 수 없다는 뜻이다. 『莊子, 至樂』에, 莊子가 楚나라로 가다가 도중에 깡마른 해골을 발견하고는, 어쩌다가 이 모양이 되었느냐고 여러 가지로 물어보고는 그날 밤에 해골을 베고 잠을 잤는데, 그 해골이 꿈에 나타나서 장자의 말을 반박하며 "그대의 말은 변사와 같다. 그대가 말한 것은 살아 있는 사람들의 허물이요, 죽은 사람은 그런 걱정이 없다. 그대는 죽음에 대해 듣고 싶은가(子之談者似辯士 諸子所言 皆生人之累也 死則無此矣 子欲聞死之說乎)?"라고 하자, 장자가 그렇다고 하였다. 해골이 말하기를 "죽으면 위로 임금도 없고, 아래로 신하도 없으며, 또한 네 계절의 변화도 없이 편안히 천지와 수명을 같이하니, 비록 남면하는 제왕의 즐거움이라도 이보다는 못할 것이다(死無君於上 無臣於下 亦無四時之事 從然以天地爲春秋 雖南面王樂 不能過也)."라고 하였다.

天地有晝夜 천지에 밤낮이 있고
草木有榮枯 초목에 성쇠가 있으니

人生豈不死 사람이 나면 어찌 죽지 않겠는가?
此理良非誣 이러한 이치 참으로 속일 수 없다만
夜必有時晨 밤도 시간이 지나면 반드시 새벽 오고
枯亦逢春蘇 마른 나무도 봄이 오면 회생하는데
人死不復還 사람은 죽으면 다시 돌아오지 아니하니
到此一何殊 여기에 이르러선 왜 다르단 말인가?
所以送死者 이런 까닭에 죽은 자를 전송하는 이가
悲啼且寃呼 슬피 울며 원통히 부르짖는다

주석

– 誣 속이다 무. 蘇 회생하다 소

生長老病死 나고 자라고 늙고 병들고 죽는 것은
此是當然理 이것은 당연한 이치지만
胡爲有短折 어쩌자고 요절하여
使父哭其子 아비에게 자식을 통곡하게 하는가?
上天至仁慈 상천은 지극히 인자한데
何不均彼此 어쩌면 차별이 이다지 심한가?
我欲訴于帝 내 상제에게 하소연하여
明詔司命氏 사명씨에게 밝은 조서 내려
有生無不壽 생명이 있는 것은 장수를 누려
百年以爲紀 백년을 一紀로 삼게 하고 싶네
然後死則死 그런 뒤에 죽게 되면 죽을 것이니
誰敢怨逝水 누가 감히 흐르는 세월을 원망하랴?

주석

- 訴 하소연하다 소. 紀 해 기(12년을 一紀라 한다)
- 上天: 하늘, 만물의 주재자
- 司命: 생명을 관장하는 신
- 逝水: 흘러가는 세월을 비유함.

芳蘭敗不秀 향기로운 난초는 꺾여 꽃피우지 못하고
美玉碎成棄 아름다운 옥은 부서져 버려졌네
終古此恨多 예로부터 이런 한이 많았으니
志士爲涕泗 지사가 이 때문에 눈물 흘렸네
諒非天地理 진실로 천지의 이치 아니라면
無乃化翁戲 조화옹의 장난은 아닐까?
所以莊周說 그래서 장자는 말했지
鼠肝與蟲臂 쥐의 간과 벌레의 팔뚝을

주석

- 秀 꽃 피다 수. 泗 콧물 사. 諒 진실로 량
- 終古: 예로부터
- 鼠肝與蟲臂: 사람의 죽음은 자연의 무궁한 변화 가운데 하나로, 지극히 평범하고 자연스러운 것으로서 슬퍼할 것 없다는 뜻이다. 『莊子, 大宗師』에 "위대하다 조물주여…… 이제 그대를 쥐의 간으로 만들려는가? 사마귀의 팔뚝으로 만들려는가(偉哉造化……

以汝爲鼠肝乎 以汝爲蟲臂乎)?"라고 하였다.

감상

이 시는 『무명자집 시고』 제3책에 실린 것으로, 막내아들 尹心培(1774~1794)가 윤기의 34세에 태어났다가 54세에 사망하자, 애도하며 지은 시이다.

「冠子日口占」 尹愭

總角居然弁突而 총각머리 아이가 마침내 우뚝이 관을 쓸 제
錫之嘉字命之辭 좋은 字를 지어주고 축사도 함께 하네
古經最重成人始 처음 어른 되는 시작을 옛 경서에서 가장 중시하니
今日須知景福基 오늘이 큰 복 짓는 기초임을 모름지기 알고
愼爾威儀如有意 유념하여 네 몸가짐을 신중히 한다면
光吾門戶定無疑 틀림없이 우리 집안 빛낼 수 있을 것이다
貧家更願迎佳婦 좋은 며느리 맞는 것이 가난한 집 소원인데
嗚雁嗈嗈已卜期 화락한 혼례 날짜 이미 정해놓았네

주석

- 錫 하사하다 석. 命 가르치다 명. 嗈=雝(화락하다 옹) 새 울음이 고운 모양 옹
- 口占(입으로 부르다 점): 입에서 나오는 대로 쓰다.
- 居然: 마침내
- 弁突而(고깔 변): 관을 써서 머리 위가 오뚝해진 모습을 이른다. 『시경, 甫田』에서 冠禮 전후의 변화를 묘사하여 "총각머리가 귀엽고 예쁘더니, 잠시 후에 보니 우뚝이 관을 썼네(婉兮孌兮 總角丱兮 未幾見兮 突而弁兮)."라고 하였다.
- 古經: 『儀禮』를 가리킨다. 『의례』 17편 중 「士冠禮」가 첫 편으로 실려 있기 때문에 한 말이다.
- 威儀: 장중한 행동거지
- 鳴雁: 『시경, 匏有苦葉』에 "끼룩끼룩 기러기 울고, 아침 해가 솟

아오르네. 남자가 아내를 데려오는 일은, 얼음이 풀리기 전에 해야 하네(雝雝鳴雁 旭日始旦 士如歸妻 迨氷未泮)"라고 하였는데, 鄭玄箋에 "기러기는 양을 따라 거처하는데 부인이 남편을 따르는 것과 비슷하므로 옛날 혼례에 사용하였다(雁者 隨陽而處 似婦人從夫 故婚禮用焉)"라고 하여 후에 결혼하는 일을 의미하게 되었다.

감상

이 시는 『무명자집 시고』 제2책에 실린 것으로, 자식의 관례 날에 입에서 나오는 대로 쓴 것이다. 이 시를 지은 시기는 대략 윤기 나이 50세 때인 1790년(정조 14) 10~11월이다. 尹心培(1774~1794)의 冠禮날에, 관례의 의미와 윤심배에게 하는 당부 및 혼례 날짜가 정해진 데 대한 기쁨을 읊었다. 관례는 15~20세 때 올리는 것이 상례인데 윤심배는 당시 17세였으니, 이듬해에 예정된 혼인을 앞두고 미리 관례를 올린 것이다.

「孫兒生 名以七孫 詩以祝之」 尹愭

七袠抱孫錫汝名 칠십에 손자를 안고 이름 지어주고
更申嘉祝在初生 처음 태어난 때 축하하는 심정 거듭 펴네
無隳先訓斯爲貴 선인의 가르침 어기지 않음이 귀하니
克守拙規不羨榮 옹졸한 분수 잘 지켜 영화를 부러워하지 말라
昔哲有言願愚魯 옛 賢哲들은 우직하고 노둔하기를 바랐으니
寒門何用賦聰明 빈한한 가문에 총명함을 받은들 어디에 쓰랴?
倘蒙天假傳經業 만약 하늘이 내려줌을 받아 경학공부를 한다면
勝似他人遺滿籯 돈을 가득 물려준 남들보다 나으리

주석

- 袠 십년 질. 隳 무너뜨리다 휴. 規 보유하다 규. 羨 부러워하다 선. 魯 미련하다 로. 賦 받다 부. 倘 혹시 당. 蒙 받다 몽
- 天假: 하늘이 수여함.
- 經業: 經書의 學業
- 勝似他人遺滿籯(광주리 영): 『漢書 卷73, 韋賢傳』에, 漢나라 때 經學者인 韋賢이 네 아들을 두어 모두 훌륭하게 되었는데, 그중에서도 막내아들 玄成은 특히 明經으로 벼슬이 丞相에 이르렀으므로, 당시 鄒魯의 속담에 "바구니에 가득한 황금을 자식에게 남겨주는 것이 한 경서를 가르치는 것만 못하다(遺子黃金滿籯 不如一經)."라고 했던 데서 온 말이다.

감상

이 시는 『무명자집 시고』 제6책에 실린 것으로, 윤기의 나이 69세인 1809년에 손자가 태어나 '칠손'이라 이름 짓고 시를 지어 축하한 것이다.

「四月二十日學圃至 相別已八周矣」 丁若鏞[41)]

眉目如吾子 얼굴은 내 자식 같은데
鬚髥似別人 수염이 나니 다른 사람 같구나
家書雖帶至 비록 집 편지를 가지고 왔지마는
猶未十分眞 틀림없는 진짜가 아닌 듯하네

주석

- 鬚 수염 수. 髥 구레나룻 염

감상

이 시는 『다산시문집』 제5권에 실린 것으로, 서로 헤어진 지 8년이 지난 4월 20일 둘째 아들인 학포가 유배지로 찾아온 것을 두고 노래한 것이다. 가경 무진년(1808) 윤 5월(嘉慶戊辰中夏之閏)에 자식에게 쓴 편지인 「示二子家誠」에 "마침 학포가 곁에 있어 그에게 준다(適圃子在側 因以與之)."라는 기록으로 보아 이 시기에 쓴 것으로 보인다.

다산은 풍산 洪氏와 혼인하여, 6남 3녀를 낳았지만 4남 2녀가 요절

---

41) 丁若鏞(1762, 영조 38~1836, 헌종 2): 호는 茶山·俟菴·與猶堂. 近畿 南人 가문 출신으로, 청년기에 접했던 西學으로 인해 장기간 유배생활을 하였다. 그는 이 유배기간 동안 자신의 학문을 더욱 연마해 六經四書에 대한 연구를 비롯해 一表二書(『經世遺表』·『牧民心書』·『欽欽新書』) 등 모두 500여 권에 이르는 방대한 저술을 남겼고, 이 저술을 통해서 조선 후기 실학사상을 집대성한 인물로 평가되고 있다. 그는 李瀷의 학통을 이어받아 발전시켰으며, 각종 사회 개혁사상을 제시하여 '묵은 나라를 새롭게 하고자' 노력하였다. 정치·경제·사회·문화 등 역사 현상의 전반에 걸쳐 전개된 그의 사상은 조선왕조의 기존 질서를 전적으로 부정하는 '혁명론'이었다기보다는 파탄에 이른 당시의 사회를 개량하여 조선왕조의 질서를 새롭게 강화시키려는 의도를 가지고 있었다. 그리하여 그는 조선에 왕조적 질서를 확립하고 유교적 사회에서 중시해 오던 王道政治의 이념을 구현함으로써 '國泰民安'이라는 이상적 상황을 도출해 내고자 하였다.

하였는데 요절한 자녀들은 대부분은 천연두로 사망하였다. 큰아들 學淵(1783～1859)의 아명은 武牂, 자는 穉修, 호는 酉山으로, 시문에 능하고 의술에도 밝았으며 감역벼슬을 지냈다. 둘째 아들 學游(1786～1855)의 아명은 文牂, 學圃, 자는 穉求로 「農家月令歌」의 작자로 알려져 있다.

「豌豆歌」 丁若鏞

小兒學語君莫喜	작은아이 말 배워도 그대는 기뻐하지 않았고
大兒學字君莫恃	큰아이 글자 배워도 그대는 믿지 않았지
豌豆瘡成骨格變	완두창을 이겨내자 골격이 변하여
今日居然有二子	오늘에야 의젓이 두 아들을 두었구나
吾令二子昭大德	두 아들에게 내 장차 큰 덕을 밝히게 하여
擎天捧日隨所使	하늘과 해를 받들어 부리는 대로 따르게 하리

주석

- 豌豆(완두 완): 豌豆瘡으로, 완두 모양으로 허는 종기
- 居然: 편안한 모습, 사물에 動하지 아니하는 모양
- 擎天捧日隨所使(들다 경): 제왕의 股肱으로 큰 재목이 되라는 의미이다.

감상

이 시는 『다산시문집』 제1권에 실린 것으로, 제목의 주석에 "이때 두 아이가 천연두를 마쳤다(時兩兒痘完)."라고 되어 있다. 앞서 언급했듯이, 다산은 풍산 洪氏와 혼인하여, 6남 3녀를 낳았지만 4남 2녀가 요절하였는데 요절한 자녀들 대부분은 천연두로 사망하였다. 그 중 큰아들 學淵과 둘째 아들 學游가 천연두를 극복하자, 왕의 股肱之臣이 되기를 바라는 마음을 노래한 것이다.

「穉子寄栗至」 丁若鏞

頗勝淵明子 도연명 자식보다 훨씬 낫구나
能將栗寄翁 아비에게 밤을 부칠 수 있다니
一囊分瑣細 따지면 한 주머니 하찮은 것이지만
千里慰飢窮 천 리에서 배고픔을 위로하려 한 짓이지
眷係憐心曲 아비 생각 잊지 않은 마음이 사랑스럽고
封緘憶手功 봉할 때의 손놀림이 아른거리누나
欲嘗還不樂 먹으려 하니 도리어 마음에 걸려
惆悵視長空 슬퍼하며 먼 하늘을 바라다보네

주석

- 穉 어리다 치. 瑣 잘다 쇄. 眷 돌아보다 권. 係 잇다 계. 緘 봉하다 함. 惆 슬퍼하다 추. 悵 슬퍼하다 창
- 心曲=心事

감상

이 시는 『다산시문집』 제4권에 실린 것으로, 자식이 밤을 부쳐오자 쓴 시이다. 陶潛의 시 「責子」에서 연상을 얻어 지은 시인데, 전문을 소개하면 다음과 같다.

白髮被兩鬢 백발이 양쪽 귀밑머리 덮고
肌膚不復實 피부는 다시 실하지 못하네
雖有五男兒 비록 다섯 아들이 있지만
總不好紙筆 모두 종이와 붓을 좋아하지 않는다네
阿舒已二八 서란 놈은 벌써 열여섯이나
懶惰故無匹 게으르기가 예로부터 짝할 이 없고
阿宣行志學 선이란 놈은 열다섯 살이지만
而不愛文術 글공부를 좋아하지 않는다네
雍端年十三 옹과 단은 나이 열셋인데
不識六與七 六과 七도 모르고
通子垂九齡 통이라는 자식은 거의 아홉 살이 되는데도
但覓梨與栗 배와 밤만을 찾는구나
天運苟如此 하늘이 내린 자식 운이 진실로 이와 같으니
且進盃中物 장차 술이나 마실 수밖에

주석

– 阿 애칭 옥(남을 부를 때 친근한 뜻을 나타내기 위해 앞에 붙이는 말). 懶 게으르다 라. 惰 게으르다 타. 垂 거의 수. 齡 나이 령. 覓 찾다 멱

「寄兒」 丁若鏞

京華消息每驚心 서울 소식 올 때마다 마음 놀라는데
誰道家書抵萬金 집안 소식 만금이라고 누가 말했던가?
愁似海雲晴復起 시름은 바다 구름인 양 갰다가 다시 일고
謗如山籟靜還吟 비방은 산울림처럼 잠잠했다가 도로 들먹
休嗟世降無巢谷 세상이 흘러 소곡 없다 한탄 말라
差喜門衰有蔡沈 가문은 쇠했어도 채침 있어 그래도 기쁘구나
文字已堪通簡札 편지를 교환할 만큼 문자공부는 이미 되었으니
會教經濟着園林 이제 살림살이 착안하여 경제공부 하려무나

주석

- 謗 비방 방. 籟 울림 뢰. 差 조금 치. 堪 능히 하다 감. 會 기회 회
- 京華: 서울
- 家書抵萬金: 杜甫가 안녹산의 난이 일어난 다음 해인 757년에 함락된 장안에서 쓴 「春望」에 "수도는 망해도 산과 강물만 남아 있고, 성안의 봄은 풀과 나무만 깊었구나. 시절을 슬퍼하니 꽃을 봐도 눈물이 흐르고, 이별을 슬퍼하니 새조차 마음을 놀라네. 전쟁이 석 달 이어지니, 집안의 소식은 만금보다 값지도다. 흰 머리 쥐어뜯으니 또 짧아져서, 도무지 비녀를 이기지 못할 것 같구나(國破山河在 城春草木深 感時花濺淚 恨別鳥驚心 烽火連三月 家書抵萬金 白頭搔更短 渾欲不勝簪)."라고 하였다.
- 巢谷: 열렬한 追從者를 말한다. 소곡은 宋의 眉山 사람으로, 蘇軾과 蘇轍이 유배를 당했을 때 걸어서 소철을 찾아보고 또 소식을 찾아

보기 위해 海南으로 가다가 도중 新州에 이르러 병으로 죽었다.

- 蔡沈: 여기서는 후계자를 말한다. 채침은 蔡元定의 아들이며, 朱熹의 제자였는데, 자기 아버지 원정이, 당시 학자들이 잘 모르는 洪範의 數에 관하여 자기 혼자 깨닫고는 있었으나 미처 論著를 못하고는 이르기를, "내 뒤를 이어 내 학설을 완성시킬 사람은 沈일 것이다."라고 하였고, 주희는 늘그막에 『서경』의 傳을 쓰려다가 못하고 역시 채침에게 그 일을 부탁하였다.

감상

이 시는 『다산시문집』 제4권에 실린 것으로, 자식에게 보낸 시이다. 다산은 이 시 외에도 「示二子家誡」라 하여, 여러 편의 편지를 써서 자식에게 가르침을 내렸는데, 그중에서 대표적인 것만을 제시하면 다음과 같다.

大饑 百姓死者鉅萬 疑天者有之 余觀餓莩 大抵皆惰者 天厭惰者 劓殄滅之

큰 흉년이 들어 백성 중에 죽은 자가 수만 명이나 되므로 하늘을 의심하는 사람도 있으나, 내가 굶어 죽은 사람들을 살펴보니 대체로 모두 게으른 사람들이었다. 하늘은 게으른 자를 미워하여 벌을 내려 죽이는 것이다.

주석

– 饑 흉년이 들다 기. 鉅 크다 거. 莩 굶어 죽다 표. 劓 코를 베다 의. 殄 죽다 진

余無宦業可以田園遺汝等 唯有二字神符 足以厚生救貧 今以遺汝等 汝等勿以爲薄 一字曰勤 又一字曰儉 此二字勝如良田美土 一生需用不盡 何謂勤 今日可爲 勿遲明日 朝辰可爲 勿遲晩間 晴日之事 無使荏苒値雨 雨日之事 無使遷延到晴 老者坐有所監 幼者行有所奉 壯者任力 病者職守 婦人未四更不得寢 要使室中上下男女 都無一個游口 亦無一息閒晷 斯之謂勤也 何謂儉 衣取掩體 細而敝者 帶得萬古凄涼氣 褐寬博 雖敝 無傷也 每裁一領衣衫 須思此後可繼與否 如其不能 將細而敝矣 商量及此 未有不捨精而取疏者 食取延生 凡珍�美鯖 入脣卽成穢物 不待下咽而後 人唾之也

나는 전원을 너희에게 남겨줄 수 있을 만한 벼슬은 하지 않았다만 오직 두 글자의 신령스러운 부신이 있어서 삶을 넉넉히 하고 가난을 구제할 수 있었다. 이제 그것을 너희들에게 주니 너희는 소홀히 여기지 말라. 한 글자는 '勤'이요, 또 한 글자는 '儉'이다. 이 두 글자는 좋은 전답이나 비옥한 토지보다도 나은 것이니, 일생 동안 구하여 쓰더라도 다 쓰지 못할 것이다.

그러면 勤이란 무얼 말하는가? 오늘 할 수 있는 일은 내일을 기다리지 말며, 아침에 할 수 있는 일은 저녁때까지 기다리지 말며, 갠 날에 해야 할 일을 비 오는 날까지 끌지 말며, 비 오는 날에 해야 할 일을 날이 갤 때까지 지연시켜서는 안 된다. 늙은

이는 앉아서 감독할 것이 있고 어린이는 다니면서 받들어 행할 것이 있으며, 젊은이는 힘 드는 일을 맡고 아픈 사람은 지키는 일을 하며, 부인은 새벽 1시에서 3시 사이가 되기 전엔 잠자리에 들지 않아야 한다. 이렇게 집안의 상하 남녀가 한 사람도 놀고먹는 식구가 없게 하고 한순간도 한가한 시간이 없도록 하는 것을 勤이라고 한다.

儉이란 무엇인가? 의복은 몸을 가리기 위한 것을 취할 뿐이니, 가는 베로 만든 옷은 해어지기만 하면 세상없이 볼품없어지고 만다. 그러나 거친 베로 만든 옷은 비록 해어진다 해도 볼품없진 않다. 한 벌의 옷을 만들 때마다 모름지기 이후에도 계속하여 입을 수 있느냐의 여부를 생각해야 한다. 그런데 만약 그렇게 하지 못하면 가는 베로 만들어 해어지고 말 것이다. 생각이 여기에 미치면 고운 베를 버리고 거친 베를 취하지 않을 사람이 없을 것이다. 음식이란 생명만 연장하면 된다. 모든 맛있는 고기나 청어도 입 안으로 들어가기만 하면 더러운 물건이 되어 버리므로 목구멍으로 넘기기도 전에 사람들은 더럽다고 침을 뱉는 것이다.

주석

- 符 부신, 부적 부. 薄 가볍게 여기다 박. 需 구하다 수. 遲 기다리다 지. 辰 오전 7~9시 진. 晷 해 그림자 구. 敝 해지다 폐. 領 벌 령. 袗 홑옷 진. 珍 맛 좋은 음식 진. 脥 脊骨의 곁의 살 회. 鯖 청어 청. 咽 목구멍 인. 唾 뱉다 타
- 荏苒(임염): 시일을 자꾸 끎.
- 褐寬博: 거친 베로 지은 천한 사람이 입는 옷

人生兩間 所貴在誠 都無可欺 欺天最惡 欺君欺親 以至農而欺耦而欺伴 皆陷罪戾 唯有一物可欺 卽自己口吻 須用薄物欺罔 瞥過霎時 斯良策也 今年夏 余在茶山 用萵苣葉 包飯作摶而呑之 客有問者曰 包之有異乎菹之乎 余曰 此先生欺口法也 每喫一膳 須存此想 不要竭精殫智 爲溷圊中效忠也 這個思念 非爲目下處窮之方便 雖貴富熏天士君子 御家律身之法 捨此二字 無可著手處也 汝等切須銘刻

사람이 천지간에 살면서 귀하게 여기는 것은 성실이니 조금도 속여서는 안 된다. 하늘을 속이는 것이 가장 나쁘고, 임금을 속이고 어버이를 속이는 데서부터 농부가 농부를 속이고 상인이 상인을 속이는 데 이르기까지 모두 죄악에 빠지는 것이다. 오직 하나 속일 게 있으니 바로 자기의 입이다. 아무리 보잘것없는 食物로 속이더라도 잠깐 그때를 지나면 되니 이는 괜찮은 방법이다. 금년 여름에 내가 다산에 있을 때 상추로 밥을 싸서 손에 쥐고 먹으니, 손님이 묻기를, "쌈을 싸서 먹는 게 절여서 먹는 것과 차이가 있습니까?" 하기에, 내가, "이건 나의 입을 속이는 법일세."라고 한 일이 있다. 음식을 먹을 때마다 모름지기 이런 생각을 가져라. 정력과 지혜를 다하여 화장실을 위해서 충성을 바칠 필요가 없으리라. 이러한 생각은 눈앞의 궁한 처지를 대처하는 방편일 뿐만 아니라 비록 귀하고 부유함이 극도에 다다른 사군자일지라도 집안을 다스리고 몸을 바르게 하는 방법으로 이 勤과 儉 두 글자를 버리고는 손을 댈 곳이 없을 것이니, 너희들은 절실하게 가슴 깊이 새겨두도록 하라.

주석

- 耦 짜 우. 伴 짜 반. 戾 허물 려. 吻 입 문. 罔 속이다 망. 瞥 잠깐 보다 별. 蹔=暫 잠깐 잠. 萵 상추 와. 苣 상추 거. 搏 쥐다 박. 菹 절이다 저. 膳 음식 선. 殫 다하다 탄. 溷 뒷간 혼. 圊 뒷간 청. 效 바치다 효. 熏 움직이다 훈
- 先生: 自稱
- 這個: =如此

원주용

성균관대학교 한문학과 문학박사이며, 원광대학교, 한림대학교, 안동대학교 등에서 강의했다. 현재 성균관대학교 겸임교수로 재직 중이며, 박약회, 이문회, 전통문화연구회 등 다양한 곳에서 여러 강의를 진행하고 있다. 출간 도서와 논문으로는 『목은 이색 산문 연구』, 『고려시대 산문 읽기』, 『동양의 지혜 그리고 현대인의 삶』, 『조선시대 산문 읽기』, 『천자문 쉽게 알기』, 『고려시대 한시 읽기』, 『조선시대 한시 읽기(상 · 하)』, 『선인들의 지혜 엿보기』, 『손자병법을 읽다』, 『한자의 세계(이형동의자)』, 「牧隱李穡의 碑誌文에 관한 고찰」, 「陶隱散文의 문예적 특징」, 「鄭道傳散文에 관한 일고찰」 외 다수가 있다.

초판인쇄 2016년 11월 25일
초판발행 2016년 11월 25일

지은이 원주용
펴낸이 채종준
펴낸곳 한국학술정보㈜
주소 경기도 파주시 회동길 230(문발동)
전화 031) 908-3181(대표)
팩스 031) 908-3189
홈페이지 http://ebook.kstudy.com
전자우편 출판사업부 publish@kstudy.com
등록 제일산-115호(2000. 6. 19)

ISBN 978-89-268-7674-9 93810